雨城客 著

心灵深处

中国国际广播出版社

图书在版编目(CIP)数据

心灵深处／雨城客著． －－北京：中国国际广播出版社，2023.10

（夏之絮语／王建明主编）

ISBN 978 - 7 - 5078 - 5421 - 3

Ⅰ．①心… Ⅱ．①雨… Ⅲ．①随笔集 - 中国 - 当代 Ⅳ．①I267

中国国家版本馆 CIP 数据核字（2023）第 203383 号

心灵深处

作　　者	雨城客
责任编辑	张娟平
封面设计	星翰书装

出版发行	中国国际广播出版社有限公司 [010—89508207(传真)]
社　　址	北京市丰台区榴乡路 88 号石榴中心 2 号楼 1701
	邮编：100079
印　　刷	明玺印务(廊坊)有限公司
开　　本	787×1092mm　1/16
字　　数	570 千字
印　　张	27.5
版　　次	2023 年 11 月北京第一版
印　　次	2023 年 11 月第一次印刷
定　　价	88.00 元

版权所有　盗版必究

健康至上　走近心灵
——序《心灵深处》

雨城客

金秋之际，《心灵深处》自然长成。

《心灵深处》旨在解决以心理亚健康为主要内容的健康问题。在忙碌的社会中，人人都要工作、学习和生活，面对包括压力在内的诸多问题，人们难免会出现心理亚健康状况。只有秉持健康至上理念，通过心理认知的方法，走进心灵深处，深刻认识到影响心理健康的诸多问题，产生心理亚健康的主要原因和解决心理亚健康的基本思路，才有可能从心理亚健康状态回到心理健康状态，从而回到身心健康状态。这就是《心灵深处》的可读性所在。

我们知道，理疗方法是解决身体健康问题的基本方法：通过包括针灸在内的各种中医疗法，打通身体经络，正所谓"通则不痛"，进而解开症结，促进身体健康。类似地，心理认知的方法是解决心理亚健康问题的基本方法：通过全面系统地了解心理健康的概念、特征、变化和发展规律，进而解开心结，促进心理健康。比如，作者的母亲身患抑郁症几十年，前一段时间看了《心灵深处》的一些手稿，开释了心中谜团，感觉心情格外舒畅，再加上药物治疗，身心逐渐健康起来。因此，《心灵深处》可以作为母亲89岁生日的最佳礼物。

本书是《冠心病日记》的姊妹篇，尽管本书以解决心理健康问题为宗旨，《冠心病日记》以解决身体健康问题为宗旨，但是由于心理和生理具有密切的相关性，因此两本书在内容上具有互补性，在结构上具有相似性。

本书共汇集与心理亚健康相关的文章100篇，按照1~12章进行排列，分别为：第一章：健康篇；第二章：认知篇；第三章：思维篇；第四章：情感篇；第五章：意志篇；第六章：意识篇；第七章：人性篇；第八章：性格篇；第九章：心态篇；第十章：态度篇；第十一章：社会篇；第十二章：实现篇。

本书的每一章为一个单元，每一个单元包括7~10篇文章，每一篇文章阐述一个问题，每一个问题由诸多子问题构成，每一个子问题，都是李明进行提问，雨城客进行回答。不管是李明还是雨城客，仅仅是个符号或代码，而这种采取一问一答陈述问题的方式，可以让读者尽快走进自己的心灵深处。

本书具有六个特点。

一是严格的科学性。本书所表述的基本概念和重要观点，是在查阅和参考心理学、哲学、法学、物理学、数学、《黄帝内经》、《易经》等相关学科知识和著作的基础上，进行深入研究，去伪存真，反复斟酌之后形成的。比如，关于心理健康的主要表现，本书认为：心理健康主要包括智力正常、情绪健康、意志健全、人格完整、自我评价正确、人际关系和谐、社会适应正常和心理行为符合年龄特征等8个方面。

二是明确的唯物性。有些最基本的心理学问题，同时也是最基本的哲学问题。之所以强调意识的物质性，一方面是因为深信马克思主义的基本观点，另一方面是因为长期坚持探索真理的科学精神。比如，关于思维问题，本书认为：思维是人脑对客观事物的反映，有逻辑思维和形象思维之分。思维是大脑的主要功能的体现，是意识的主要内容。意识主要由认知、记忆、思维等内容构成，认知、记忆是思维的前提，是为思维服务的，而思维又可以促进认知、记忆的发展。

三是独立的创造性。为了有效阐述一些重要的基本问题，本书采用了多篇作者独立撰写的文章。比如，为了表达阈限概念，引入了"阈下感知"和"阈上感知"概念；为了说明思维问题，对"心域"问题进行了较为深入地研究，归纳出了心理运动三定律；为了讲述情感问题，建立了"情感坐标系"并阐述了"情感抛物线"概念。这些内容都体现出作者独立的创造性。

四是完整的系统性。本书以心理学框架为基本脉络，紧紧围绕解决心理亚健康问题，把100篇文章编排为12章，章与章之间具有内在的衔接关系，每一篇文章的诸多子问题之间体现出严密的逻辑性，共同勾画出一个完整系统的知识体系。

五是饱满的能量性。本书始终贯穿着社会主义核心价值观，饱含着满满的正能量。比如，关于正义问题，本书认为应该从政治、社会、法律、道德、自然等各个角度对正义进行理解。

六是文字的严谨性。本书的每一篇文章的造句用词都强调严谨性，有些问题会进行详细阐述，有些问题会进行简要概述，体现出文字的精准性和简洁性。

由于篇幅有限，有些问题未能全面展开，仅为抛砖引玉，疏漏之处，敬请读者见谅！

癸卯年金秋·昆明

目 录

第一章　健康篇

001　心理健康对我们有多重要？ ………………… 002
002　压力对心理健康有什么影响？ ……………… 006
003　忍耐的内涵是什么？ ………………………… 010
004　适合与适应是怎样的关系？ ………………… 014
005　抑郁是怎样的心理状态？ …………………… 022
006　担忧与抑郁症是怎样的关系？ ……………… 026
007　用心就是用心脏吗？ ………………………… 031
008　衰老的内涵是什么？ ………………………… 035
009　焦虑的内涵是什么？ ………………………… 038

第二章　认知篇

010　存在的本质是什么？ ………………………… 042
011　感知的内涵是什么？ ………………………… 045
012　感知阈限包括哪些内容？ …………………… 050
013　直觉有什么特点？ …………………………… 053
014　兴趣的意义是什么？ ………………………… 057

015　好奇的意义是什么？ ········· 062
016　快感与痛苦的实质是什么？ ········· 066
017　位觉是什么概念？ ········· 069
018　回忆的本质是什么？ ········· 072

第三章　思维篇

019　语言的实质是什么？ ········· 078
020　思维的内涵是什么？ ········· 081
021　逻辑的本质是什么？ ········· 084
022　形象思维的内涵是什么？ ········· 088
023　思考的本质是什么？ ········· 092
024　心域的意义是什么？ ········· 097
025　坚守的本质是什么？ ········· 100

第四章　情感篇

026　情感是怎么回事？ ········· 104
027　情感抛物线表达了什么含义？ ········· 109
028　爱包括哪些内容？ ········· 117
029　同情的意义是什么？ ········· 125
030　可怜有什么特点？ ········· 129
031　依赖的本质是什么？ ········· 132
032　依恋的内涵是什么？ ········· 135
033　离别的意义是什么？ ········· 139

| 034 | 愤怒的内涵是什么？ | 142 |
| 035 | 烦躁的内涵是什么？ | 147 |

第五章　意志篇

036	意志的内涵是什么？	150
037	懒惰的根源何在？	156
038	自我节制的意义是什么？	162
039	自信的内涵是什么？	166
040	决心的内涵是什么？	169
041	恒心的内涵是什么？	171
042	执着的意义是什么？	174

第六章　意识篇

043	意识包括哪些内容？	178
044	为什么说意识是生命的重要特征？	182
045	心灵有什么特点？	187
046	童稚的本源是什么？	192
047	梦境的本质是什么？	195
048	梦的意义是什么？	198
049	意识与潜意识是怎样的关系？	201
050	心理实现的机制是怎样的？	205

第七章　人性篇

- 051　人性如何定格？ …………………… 210
- 052　人性的多面性是怎么回事？ …………………… 214
- 053　攻击性与破坏性的本质是什么？ …………………… 220
- 054　叛逆的内涵是什么？ …………………… 226
- 055　怀疑的意义是什么？ …………………… 229
- 056　放纵的本质是什么？ …………………… 234
- 057　私心是怎么回事？ …………………… 240
- 058　善良与邪恶的本质是什么？ …………………… 245

第八章　性格篇

- 059　尊严的意义是什么？ …………………… 250
- 060　赞赏的意义是什么？ …………………… 254
- 061　尊重的意义是什么？ …………………… 259
- 062　脾气的本质是什么？ …………………… 265
- 063　清高好不好？ …………………… 270
- 064　坦诚能力的内涵是什么？ …………………… 274
- 065　表扬与批评的意义是什么？ …………………… 277
- 066　幽默与笑话的本质是什么？ …………………… 280
- 067　玩笑的内涵是什么？ …………………… 285

第九章　心态篇

068 知足与常乐是怎样的关系？ ………… 290

069 内疚的本质是什么？ ………… 294

070 羞怯的内涵是什么？ ………… 297

071 渴望的内涵是什么？ ………… 300

072 绝望的内涵是什么？ ………… 303

073 低迷的内涵是什么？ ………… 306

074 谦虚与骄傲是怎样的关系？ ………… 309

075 悲观与乐观的关系如何？ ………… 313

076 嫉妒与羡慕有什么区别？ ………… 318

第十章　态度篇

077 态度的内涵是什么？ ………… 324

078 感恩的意义是什么？ ………… 330

079 满意的内涵是什么？ ………… 335

080 冷漠的内涵是什么？ ………… 338

081 鄙视的内涵是什么？ ………… 341

082 偏见会长期存在吗？ ………… 345

083 积极的意义是什么？ ………… 349

第十一章　社会篇

084 真实与虚伪的本质是什么？ ………… 354

085	如何理解正义？	359
086	责任的意义是什么？	363
087	为什么说不怕慢只怕站？	366
088	个人的基本信息有什么启迪？	370
089	四观的内涵是什么？	374
090	八限的内涵是什么？	378
091	逐利的本质是什么？	382
092	利害关系是怎样的关系？	387
093	敏感与敏锐的本质是什么？	391

第十二章　实现篇

094	场景对成败有什么影响？	396
095	模仿的意义何在？	401
096	承诺的内涵是什么？	405
097	迷惑的本质是什么？	410
098	眼光的本质是什么？	413
099	防备的意义是什么？	416
100	创造的意义是什么？	420

后　记 ………………………………………………… 425

第一章 健康篇

《黄帝内经·素问·天元纪大论篇第六十六》:"黄帝问曰:天有五行御五位,以生寒暑燥湿风;人有五脏化五气,以生喜怒忧思恐。论言五运相袭而皆治之,终期之日,周而复始,余已知之矣,愿闻其与三阴三阳之候,奈何合之?"

001 心理健康对我们有多重要？

李　明：人的自然预期寿命是多少岁？

雨城客：按照细胞分裂的次数和周期计算，人的一生细胞分裂次数大约为50次，平均2.4年一次，人的自然预期寿命应该是120岁左右。如果按照人类的成熟期为14～15年，生长期为20～25年计算，人的自然预期寿命为110～150岁。

李　明：现在各国的实际平均寿命是多少？

雨城客：如果在古代，不管是自然原因还是战争原因，中国人的实际平均寿命在30岁左右。而现在不同了，随着社会的不断发展，尤其是科技和医疗水平的不断提高，世界各国的实际平均寿命在不断增加。就世界范围来看，实际平均寿命最长的地方是日本，为83.7岁；其次是欧洲，绝大多数欧洲国家的实际平均寿命在80岁以上；实际平均寿命最短的是塞拉利昂，为50.1岁。中国人的实际平均寿命为76.1岁。就目前而言，不论是哪个国家，人的实际平均寿命都没有达到人的自然预期寿命。

李　明：为什么会这样呢？

雨城客：主要是人的健康出了问题。以中国人为例，由于健康原因，中国人的实际平均寿命为76.1岁，仅仅达到人的自然预期寿命120岁的63.4%。可以想见，如果健康问题解决得好，中国人的实际平均寿命还有很大的延长空间。因此，不论是对延长实际平均寿命，还是对提高生活质量而言，健康对我们都很重要。

李　明：何谓健康？

雨城客：世卫组织对健康的定义，一是身躯健康：没有严重疾病，如高血压、糖尿病等；二是心理健康：能够保持良好心态，如愉快、开心等，没有悲观、忧伤、过分焦虑等不良情绪；三是社会适应能力良好：在工作当中，能够与周围的人和事保持良好关系，与环境保持良好适应；四是道德健康：具有良好的道德品质。

李　明：心理健康的主要表现有哪些？

雨城客：心理健康主要有八个方面的表现，一是智力正常。二是情绪健康。三是意志健全。四是人格完整。五是自我评价正确。六是人际关系和谐。七是社会适应正常。八是心理行为符合年龄特征。

李　明：什么是亚健康？

雨城客：亚健康是指人的身体介于健康与疾病之间的健康低质状态或边缘状态，又称第三状态，表现为一定时间的活力降低、各种功能和适应能力不同程度地减退。

李　明：亚健康主要有哪些表现？

雨城客：亚健康主要有7个方面的表现，一是眼睛疲劳，身体疲惫。二是头晕乏力，力不从心。三是颈肩疼痛，僵硬发木。四是饮食无度，食量增加。五是记忆力差，脾气暴躁。六是极易疲劳且很难恢复。七是反应迟缓，思维僵化。

李　明：什么是心理亚健康？

雨城客：心理亚健康是指在环境等因素的影响下，由遗传和先天条件所决定的心理特征（包括性格、喜好、情感、智力、承受力等）造成的健康问题，是介于心理健康和心理疾病之间的中间状态。

李　明：心理亚健康主要有哪些表现？

雨城客：心理亚健康主要有12个方面的表现，一是抑郁心理：情绪低落、心情烦躁等。二是焦虑心理：紧张、焦虑等。三是强迫心理：做事追求完美、拘谨等。四是恐惧心理：对一些事物具有恐惧、逃避想法。五是偏执心理：对一些事物具有执念、不易接受事实等。六是敌对心理：对亲近的人不信任、容易冲动等。七是疑心病心理：对人和环境疑神疑

鬼等。八是孤独心理：心情压抑、苦闷等。九是自卑心理：自责、悲观、不自信等。十是嫉妒心理：不满、伤害、破坏心理。十一是失落心理：失落、低落、失望等。十二是疲劳心理：心理疲劳等。

李　明：健康的意义何在？

雨城客：健康，意味着不仅心理健康，而且生理健康。健康与年龄没有必然联系，年轻人可以健康，中年人可以健康，老年人同样可以健康。只要健康，人就能够全身心投入工作、学习和生活之中，在为社会做贡献的同时，汲取广博的知识，享受生活的乐趣。相反地，若不健康，不仅会严重影响工作、学习和生活，还会给社会带来负担，给家庭带来拖累，给自己带来痛苦。

李　明：本书主要解决哪些问题？

雨城客：本书旨在通过解决心理亚健康问题，逐步恢复人的心理健康，从而促进身体健康，最终实现身心健康。因为人的心理与生理具有整体性和系统性，解决了心理亚健康问题，心理就健康了，从而身体也就健康了，进而身心都健康了。

李　明：如何解决心理亚健康问题？

雨城客：正所谓"解铃还须系铃人"，要解决心理亚健康问题，就要追溯产生心理亚健康的心灵根源。主要是解决对心灵的深刻认识问题。要对心灵有深刻认识，就要走进心灵深处。请您如清晨山泉一般平静、自然、流畅地阅读吧！

002 压力对心理健康有什么影响？

李　明：什么是物理意义上的压力？

雨城客：物理意义上的压力是指一个物体由于被另外一个物体所压而产生的一种相互作用的力。

李　明：本书之压力是心理压力吗？

雨城客：本书之压力特指心理压力，是心理压力源和心理压力反应共同构成的一种认知和行为的体验过程。以下简称压力。

李　明：压力对心理健康有什么影响？

雨城客：人在社会中工作、学习、生活，有一些压力是正常的。但是，如果对压力应对不当或者压力过大，势必影响心理健康。

李　明：压力与动力的关系如何？

雨城客：有压力就有动力。压力大则动力大，人就能较多地调动潜能，在对抗压力的过程中克服较大的困难，完成较多的任务；压力小则动力小，就压制了潜能的发挥，人在对抗压力的过程中只能克服较小的困难，完成较少的任务；没有压力则没有动力，人就懒散无聊、无所事事。当然，压力也不能超过一定的限度。这个限度就是人的心理承受力。不同的人的心理承受力是不同的，同一个人在不同阶段的心理承受力也是不同的。虽然说有压力就有动力，但是压力也要适度。

李　明：压力来自何处？

雨城客：压力可以来自自身，也可以来自外界。所谓来自自身的压力，是自己给自己施压。具体而言，就是明确较高的奋斗目标，计划安排好完成目标的任务，然后付诸行动。只要一天有任务，一天就有压力；只要一段时间有任务，一段时间就有压力。所谓来自外界的压力，是来自自身之外的压力，可以来自家庭、孩子，也可以来自单位、工作，还可以来自社会的突发事件、意外事件等。

李　明：压力有什么特征？

雨城客：压力具有绝对性和相对性。一是压力具有绝对性。如果能力可以计量，则压力也可以计量。实际上，能力是可以计量的，因此，心理承受力也是可以

计量的。对压力的计量就是对心理承受力的计量。既然压力可以计量，也就说明压力具有绝对性。压力的绝对性具有静止的意味。二是压力具有相对性。同一件事情，对不同的人所产生的压力不同，这是由人的差异性所决定的。而对同一个人而言，还是同一件事情，其在不同阶段所产生的压力也会不同，这是由压力的相对性所决定的。压力的相对性具有变化的意味。在看某个压力的时候，既要看其绝对性，也要看其相对性；既要静止地看压力，更要变化地看压力。只有这样，才能正确看待压力，从而找到应对压力的方法和措施。

李　明：如何应对压力？

雨城客：不论是谁，应对压力的基本思路是，如果压力过大则要减压，如果压力过小则要增压，如果无压力则要施压。实际上，人没有任何压力的时候是极其少见的。因为人在社会中生存和发展是不可能避开压力的，就像人都是在矛盾中生存和发展一样。因此，对不同的人或者同一个人的不同阶段，压力的差别主要在于大或小。

李　明：增加压力的方法有哪些？

雨城客：增加压力的方法有三种，一是确定目标法，就是通过明确新的、更高的目标来增加压力。二是计划安排法，就是每天或者隔一段时间给自己布置任务，既可以是工作任务也可以是其他任务，有了更多任务自然就有了更多的压力；三是社会交往法，就是跟人打交道，包括家庭、单位、朋友、社会，在交往的过程中自然会揽到一堆事情，从而就增加了压力。

李　明：缓解压力的方法有哪些？

雨城客：缓解压力的方法有五种，一是休息法，就是尽量安排时间多休息，既可以充分利用平时的下班、周日、节假日休息，也可以利用专门的休假进行休整，还可以在工作或者忙碌的过程中加以调整。不管压力有多大，只要注重休息，就可以减轻压力。二是视线转移法，就是把注意力转移到没有压力或者轻松愉快的事情上。既可以看看电视、电影，也可以听听音乐，还可以玩玩游戏。只要是将注意力转移到没有压力的事情上了，原来的压力就自然减轻了。三是封存压力法，就是在心理上封存原来的压力，寻找新的压力，以达到减轻原来压力之目的。说到底就是转换心理空间，让原来的压力暂时潜伏下来，让新的较小的压力替代原来的压力。既可以做一件压力小的事情，也可以看看书而让新的信息充斥头脑，还可以思考一下与压力之源无关的事情。四是提升能力法，因为压力具有相对性，所以只要能力提高了，原来的压力也就相对变小了。提升能力的方法有很多，但都需要一个较长时间的学习和训练过程。五是放弃任务法，有时压力来自自己太苛求自己，自己对自己要求太高。要减轻压力，就要学会放弃一些任务。正所谓"拿得起放得下"，只有学会了放弃，才能真正减轻压力，才能真正解放自己。

003 忍耐的内涵是什么？

李　明：何谓忍耐？

雨城客：忍耐是把痛苦的感觉或某种情绪控制住而不表现出来的状态。忍耐具有不情愿的成分，必须被动地坚持。与忍耐相对的是享受。享受具有情愿的成分，而且是主动地坚持。从忍耐的内容来看，忍耐包括身体的忍耐和精神的忍耐两个方面。

李　明：忍耐与健康是怎样的关系？

雨城客：不论是身体上的痛苦还是心理压力，首要的应对方法就是忍耐。只有对忍耐有正确的认识，才能更好地用好忍耐这一方法，从而有利于健康。

李　明：请谈谈身体的忍耐。

雨城客：身体的忍耐是相对于身体的承受力而言的一个范畴。

李　明：什么是身体的承受力？

雨城客：人要生存和发展，首先要保证自身的生理正常。在日常生活中，人的身体必然要受到来自自身生理和外界环境两个方面的"力"之影响。这两方面的力可能同时作用在人的身体上，也可能分别作用在人的身体上，让人产生诸如疼痛、寒冷、炎热、饥饿、疲倦等生理反应。来自自身的力和来自外界的力都有可能造成生理反应。以寒冷为例：假设人开始感到寒冷的时候为 A 点，此时不需要忍耐就能应付。当温度不断降低，达到 B 点的时候，身体就会感到明显的不舒服，此时就需要忍耐来抗拒寒冷了。当温度再不断降低，达到 C 点的时候，身体就有可能崩溃。人承受不了寒冷，要么产生昏迷等不良的生理反应，要么加衣服或者取暖等。因此，人忍耐寒冷是有一定限度的，这个限度就是 BC 线段的长度。同理，人忍耐疼痛、炎热、疲倦等不良生理反应同样是有一定限度的。在忍耐限度范围内，人可以忍耐，超出忍耐限度，人就无法忍耐。

李　明：不同的人的忍耐限度都一样吗？

雨城客：人的忍耐限度因人而异，同样是寒冷，有的人习惯在低温下生存，对于其他人需要忍耐的温度，则不需要忍耐。忍耐会形成习惯。习惯是忍耐发展的必然结果，并改变着忍耐的限度。因此，不同的人的忍耐限度是不一样的，同一个人在不同时间段的忍耐限度也不同。

李　明：请谈谈精神的忍耐。

雨城客：精神的忍耐是相对于精神的承受力而言的一个范畴。精神的承受力同样也有一个限度。在精神忍耐限度范围内，是可以忍耐的。在精神忍耐限度范围之外，是忍耐不了的。造成精神忍耐的力同样来自自身和外界两个方面，会使人产生诸如委屈、屈辱、烦恼、羞耻、后悔等心理反应。同理，精神的忍耐也与习惯有关，习惯改变着精神忍耐的长度。正所谓"小不忍则乱大谋"，充分说明精神的忍耐与人的意志密切相关。意志坚定的人,精神的忍耐力就相对强些;而意志薄弱的人,精神的忍耐力就相对弱些。

李　明:如果同时需要肉体和精神的忍耐,情况如何?

雨城客:通常情况下,人不仅要面对肉体的忍耐,还要面对精神的忍耐。对于同一个造成忍耐的力,不论是来自自身还是来自外界,都有可能需要肉体的忍耐和精神的忍耐。比如,当一个人身患重病的时候,不仅其身体要忍耐病痛,其精神也要忍耐疾病所带来的不利后果。究其原因,与人的整体性是分不开的。人的身体和精神都依托于人本身,当人产生身体病痛的时候,必然带来一定程度的精神痛苦,从而导致当人需要身体忍耐的时候,就必然需要精神的忍耐。同理,当人产生精神痛苦的时候,必然会带来一定程度的肉身痛苦,从而导致当人需要精神忍耐的时候,就必然需要身体的忍耐。

李　明：请谈谈忍耐力。

雨城客：忍耐力是指忍耐的时间长短，强调忍耐的时间性。忍耐的时间越长，忍耐力就越强；忍耐的时间越短，忍耐力就越弱。要综合评价一个人的忍耐性，就需要结合其承受力和忍耐力进行评价。如果一个人的承受力越宽，忍耐力越强，那么这个人的忍耐性就越好；反之，如果一个人的承受力越窄，忍耐力越弱，那么这个人的忍耐性就越差。

李　明：忍耐具有可控性吗？

雨城客：虽然说忍耐具有明显的被动性，但是人在忍耐的过程中同时伴随着抗拒性。这种抗拒性就会在一定程度上控制影响忍耐的一些条件，包括自身的意志和外界的环境，从而达到控制忍耐或者改变忍耐的目的。这个过程就是忍耐的控制性的表现。也可以这么理解，忍耐不是一味地被动，而是具有一定主动成分的。只要控制性发挥得好，就可以从根本上改变忍耐的条件，就有可能不需要忍耐。或者通过控制性地发挥，至少可以拓宽承受力，加强忍耐力。

004 适合与适应是怎样的关系？

李　明：何谓适合？何谓适应？

雨城客：从广义的角度来看，适合是一个结果，即某个主体对某个客体的关系状态；而适应是一个过程，即某个主体对某个客体的关系过程。就适合和适应本身而言，它们所涉及的客体不仅仅是人，也可以是动物，还可以是植物，同样可以是其他抽象的事物。

李　明：为什么要探讨适合与适应问题？

雨城客：只有对适合与适应问题有了全面了解，才能把学习抓好，把工作搞好，从而有利于心理健康。

李　明：请重点谈谈人与事物的适合与适应问题。

雨城客：人与事物的适合与适应问题，其外延相对窄一些。所谓适合，是指人的知识、能力和性格等综合素质与其面对的事物的吻合性。人与事物越适合，吻合性就越好；人与事物越不适合，吻合性就越差。所谓适应，是指人的知识、能力和性格等综合素质与其面对的事物的吻合过程。人对事物越适应，吻合过程所占用的时间就越短；人对事物越不适应，吻合过程所占用的时间就越长。

李　明：在学习方面，适合与适应的关系怎样？

雨城客：在现代社会，知识在爆炸性地增长。一个人要想在社会上立足，就要大量学习各种知识和技能。人的一生中，至少有一半时间在学习。一个人从幼儿园开始，历经小学、初中、高中、大学乃至研究生，需要二十多年时间。在社会生活和工作中，也会面对许多新生事物，同样需要学习。从汲取知识和提高技能的角度看，哪怕是看电视、听音乐，也是学习的过程。一个人在学生时代，无疑是专职的学习者，而在社会中，也可以看成除去工作和食宿以外，就是在学习。人工作的过程也是学习的过程，做饭的过程也是掌握技能的过程，正所谓"活到老学到老"。

李　明：对农民而言，也存在学习的适合与适应问题吗？

雨城客：对于在国内专职务农的人而言，他若要全面掌握传统的种植和养殖技术，同样需要花大量时间去学习，虽然他学习的地点不在教室，但是他学习的行为是必不可少的。随着科技水平的不断提高，许多新的农业技术正在不断推广，农民就不得不去学习和掌握。自从国家实行家庭联产承包责任制之后，中国农民几乎天天在学习新的农业技术。虽然学习的过程不是那么严谨，但是学习的内容是丰富多彩的，包括对传统的种植、养殖技术的总结和提高，对新技术的接受和实践等。

李　明：请谈谈人的一生中关于学习的适合与适应问题。

雨城客：既然一个人在一生中至少一半以上的时间都是用在学习上的，那么就不可避免地要面对学习，不管是主动的还是被动的。有的人从小就比较适合学习，至于其适合学习的原因，也许是来源于聪慧的天资，也许是来源于良好的习惯，也许是来源于家庭的熏陶，也许是来源于环境的影响，也许是来源于奋斗的目标和坚定的决心。不管什么原因，我们要承认，有的人比较适合学习。同样，有的人就比较不适合学习。对于比较适合学习的人而言，同样的知识量，他所花费的时间和精力就要比别人少一些。同样的道理，对于比较不适合学习的人而言，同样的知识量，他所花费的时间和精力就要比别人多一些。但是，不管是比较适合学习的人还是比较不适合学习的人，在学习的过程中，都有一个适应学习的过程。对于比较适合学习的人来讲，可以看成他适应学习的时间是比较短的；而对于比较不适合学习的人来讲，可以看成他适应学习的时间是比较长的。但是，即便是比较不适合学习的人，也不用担心，要下定决心，勇于挑战，虽然适应学习的时间会长一些，但终能达到目的。也许，你从小就听过乌龟跟兔子赛跑的故事，最终乌龟胜利了，这就是坚持的力量。有一个成语叫作"笨鸟先飞"，只要你多用时间，多下功夫，就一定能够适应所要学习的知识，哪怕所用的时间可能会长一些，但是最终会变成一个适合学习的人，实现自己学习的目标。

李　明：在工作方面，适合与适应的情况如何？

雨城客：一个智力正常的人，到了一定年龄都需要工作。说得小一点，工作是一个人的谋生手段；说得大一点，工作是一个人应该对社会尽的义务。因为社会是由各行各业构成的，所以就有各种职业和岗位。人对于自己工作的选择是由多种因素所决定的。这些因素也许与你的学历、知识和专业有关，也许与你的兴趣爱好有关，也许与你的家庭传承有关，也许与你的社会关系有关，也许与你的奋斗目标有关，也许与国家和社会的需要有关，也许与工作收入有关，也许与工作环境有关，也许与你的爱情和家庭有关，也许与其他原因有关。但是不管怎么说，你选择的工作，对你来讲肯定是有充足理由的。

李　明：请谈谈工作的选择问题。

雨城客：对于工作的选择问题，意味着你有两种以上选择的可能性。这些可能性都表现在你选定工作之前，一旦你选定某个工作并开始了这项工作之后，在某个时间段里，就失去了再选择其他工作的余地，你将具体面对你所从事的工作。

李　明：面对工作，如何看待适合与适应的问题？

雨城客：面对工作，有的人比较适合从事某项工作，这既与他对工作的选择有关，也与他所具备的综合知识、能力和性格等因素有关。由于比较适合某项工作，那么他干起这项工作来就比较顺畅，心情就比较愉快，工作效率就比较高，工作绩效就比较突出。

李　明：关于升迁问题，你是怎么看的？

雨城客：关于升迁问题，这是一个复杂的社会问题。那些比较适合某项工作的人，不一定能够得到升迁。因为复杂的社会环境毕竟不是单纯的学习环境。对于学习而言，依靠自己的努力，就完全有可能把学业做好，但是对于工作而言则不同，即便是自己的工作做好了，也未必会得到充分的认可，更未必会得到升迁。对于比较适合某项工作的人而言，虽说不一定能够得到升迁，但是存在着升迁的可能性。然而，在工作中是否能够得到升迁，并不是检验一个人工作成果的唯一标准。

李　明：请谈谈适应工作问题。

雨城客：有的人比较不适合从事某项工作，不适合的原因是多种多样的。虽然说不适合，但是在某个时间段里甚至在较长时间里又不能摆脱所从事的工作，痛苦肯定是少不了的。因为一个人所从事的工作并不像上餐馆吃饭那么随便，这家口味不适合就选择另一家，而工作是不能随意变动的，至少在某个时间段内是如此。这就存在一个适应工作的问题。对于不适合从事某项工作的人而言，由于工作具有不可选择性，就需要克服诸多困难去适应工作。说得具体一点，你所从事的工作是你吃饭的家伙，即便你不适合，也应当适应。也许在你努力适应工作的过程

中会遇到许多困难，包括克服心理障碍、学习更多的知识、熟悉工作性质和特点、向同事们请教等。相信你会成功地变成适合从事某项工作的人，正所谓"功夫不负有心人"，只要你愿意去适应工作，愿意克服困难，你最终会变成适合从事某项工作的人，只是你所花费的时间会多一些。对于那些比较适合从事某项具体工作的人而言，同样存在着适应工作的问题，只不过他所花费的时间会比其他人少一些而已。

李　明：在不同阶段，适合与适应的关系如何？

雨城客：不论是学习还是工作，都具备过程。不论过程长短，都可以分成不同阶段。对于学习而言，有的人在某个阶段比较适合学习，而在另一个阶段就不一定适合学习。有的人可能在中学阶段比较适合学习，学习成绩也比较好，但是到了大学阶段，由于学习方法的较大变化和学习内容的大幅度增加，就不太适合学习了。而有的人在中学阶段成绩平常，可以看成不太适合学习的人，但是进入大学之后，就有可能如鱼得水、游刃有余，因为他的学习方法一直是以自学为主，在中学阶段还显示不出来自学的力量，而大学正是需要自学的阶段。由此，我们不难得出这样的结论：在某个阶段适合学习的人，在另一个阶段就不一定适合学习；同样，在某个阶段不太适合学习的人，在另一个阶段就适合学习。所以，要充满信心，因为学习是一生的事情，要看得远一些。即便自己在某个阶段不适合学习，相信在其他阶段是适合学习的。同样，如果自己在某个阶段适合学习，也要有心理准备面对困难，因为完全有可能在另一阶段不适合学习。

李　明：请举例说明适合与适应的关系问题。

雨城客：有人曾经问杨振宁博士中国学生与美国学生的差别，他说，在小学、初中、高中和大学低年级阶段，美国学生不如中国学生，而在大学高年级、硕士研究生、博士研究生、博士后阶段，中国学生不如美国学生，原因是中国学生的学习方法主要是记忆式的，美国学生的学习方法主要是发现式的。杨振宁博士的回答更说明了不同学生在不同阶段具有不同的适合性。

李　明：对工作而言，情况又如何？

雨城客：对于工作而言，也同样存在着不同阶段有不同适合性的问题。有的人可能在某个阶段比较适合从事某项工作，但是随着工作岗位的变化，就有可能变得不适合了。有的人做一般人员的工作是比较适合的，工作绩效也比较突出。因为工作绩效比较突出，职位得到了升迁。但是，升迁之后的领导岗位跟原来的具体工作岗位相比，工作的内容不同了，工作的性质也不同了。因为过去做具体工作时的工作对象可能是物，而当领导之后的工作对象可能是人，从而无法适应新的工作岗位。当然，有的人不适合某个具体的工作岗位，因为即便他努力工作，工作绩效也比较平常。但是，由于种种原因，他当上了领导，在领导岗位上就比较适合，他会体贴人、关心人，充分调动大家的工作积极性，把他所负责部门的工作搞得比以前更好。有的人在某个阶段适合从事某项具体工作，在另外一个阶段就有可能不适合；而有的人在某个阶段不太适合从事某项具体工作，在另一个阶段可能就比较适合。正因为如此，在自己比较适合某个工作岗位的时候，应当安不忘危，要有面对困难的思想准备，这样才能做到有备无患。同理，即便自己处于不太适合某个具体工作岗位的时候，也不要失去信心，更不要放弃，要尽快适应自己所从事的工作，相信自己可能在另一个阶段就变得比较适合。如果连续在几个阶段都不适合某项工作，或者自己根本不感兴趣甚至讨厌某项工作，调换工作已经成了你的主要选择，这正是所谓的调动、跳槽需要解决的问题。

李　明：关于适合与适应问题，你有什么建议呢？

雨城客：适合时，不要得意忘形，因为你有可能在下一阶段就不适合了；不适合时，要尽快适应，因为你有可能在下一个阶段就适合了。

抑郁是怎样的心理状态?

李　明：为什么要了解抑郁呢？

雨城客：抑郁是人的一种典型的并经常出现的心理状态，如果应对得好，则有利于心理健康；如果应对不好，轻则影响心理健康，重则会导致抑郁症。为此，我们有必要对抑郁有一个全面的了解。

李　明：何谓抑郁？

雨城客：抑郁是人的心理被压抑从而郁闷的表现。从表面上看，抑郁似乎完全是心理过程，因为心理压抑和郁闷都是心理过程。其实，这要根据抑郁的程度而定。当一般抑郁的时候，人们可以把抑郁看成一个纯粹的心理问题，因为此时人的生理并没有异常的反应。但是，当人的抑郁的程度比较深的时候，就会出现抑郁症的表现，而且具有心理和生理双重性的问题，因为抑郁症患者不仅心理抑郁，生理上也表现出心跳加速、心悸、气急、呼吸困难等现象。在此，需要引入身心平衡和心理空间这两个概念，才能较好地诠释抑郁。

李　明：何谓身心平衡概念？

雨城客：心理与生理的相关性问题，不仅是现代心理学的发现，也是支撑现代心理学的重要理论基础。抑郁症正是心理与生理相关性问题的典型例子。抑郁症产生主要是心理原因，当然也有遗传原因。只有心理长期抑郁的人，才会发展成为抑郁症。但是，当人已经成为抑郁症患者的时候，其症状就不仅仅是心理一个方面的表现，还伴随着生理上的失眠、心悸、气促、胸闷等表现。可以这样来理解：抑郁症患者的心理深度抑郁与其生理的失眠、心悸、气促、胸闷等生理症状是一一对应的关系，因为抑郁症之深度抑郁的心理必须有与其相适应的失眠、心悸等生理症状才能形成平衡，这种平衡就是我们所讲的身心平衡——有什么样的心理状态必然要求有什么样的生理状态与之相适应。

李　明：那么，治疗抑郁症的方法主要有哪些？

雨城客：就是通过改变身心平衡之要素，从而形成新的身心平衡。方法有二：一是通过药物改变抑郁症患者的生理状态。抑郁症通常用的药物有盐酸度洛西汀肠溶胶囊、草酸艾司西酞普兰片、盐酸曲唑酮片、艾司唑仑片等。由于人的生理与心理具有对应性，已经改变的生理状态必然要求有相应的心理状态与之相适应，从而形成新的身心平衡，进而起到改善或者治疗抑郁症的目的。二是通过心理控制来改变抑郁症患者的心理状态。主要是通过来自外界的心理开导来改变抑郁症患者的心理状态，从而改变或改善其生理表现，形成新的身心平衡，进而治疗或改善抑郁症。其实，以上两种方法都是需要相互配合的，否则效果不佳。

李　明：何谓心理空间概念？

雨城客：同一个人，可能在有些时候表现出抑郁，有些时候表现出激情。但是，经常表现出抑郁的人，其激情必然就少；同理，经常表现出激情的人，其抑郁必然就少。原因就在于人存在着一个心理空间的问题。所谓心理空间，就是人的心理能够容纳外界信息的能力。心理空间大的人，其容纳外界信息的能力就强，一般的事情不会让其产生烦恼，也就不会有抑郁，更不会引发抑郁症；反之，心理空间小的人，其容纳外界信息的能力就弱，一般的事情就会让其产生烦恼，从而产生抑郁，更有可能引发抑郁症。按照心理空间的概念，所谓抑郁就是一些事情常常占据着个体的心理空间，让其不能自拔。人在某个时间段，其心理空间是有限的。即便人的心理空间是可变的，但是在某个时间段具有相对稳定性。所谓激情，就是心理空间得到拓展或者正在拓展的过程。所谓抑郁就是心理空间被占领或者正在被占

领的过程。

李　明：请谈谈心理空间与抑郁症的关系。

雨城客：心理空间跟实际空间不同，实际空间只有一元性，而心理空间则具有多元性。实际空间一旦被占据，就会被完全占据，哪怕实际空间具有三维性。但是，心理空间则不同，人的心理空间对不同的事物具有不同的容量。同一个人，对于某些事物所表现出来的心理空间大些，对某些事物表现出来的心理空间小些，当然也会随时间的变化而变化，但是在某个时间段具有相对稳定性。人在同一个时间段，只会开启一个心理空间，从而屏蔽其他心理空间。正因为心理空间的选择性之缘故，人在同一个时间只能做（想）一件事情。对于抑郁症而言，就是人长期局限于某个心理空间。要改善抑郁症，就要开启其他心理空间。具体就是遗忘造成抑郁的根源，开启健康、积极、趣味、上善的心理空间。

006 担忧与抑郁症是怎样的关系？

李　明：何谓担忧？

雨城客：所谓担忧，就是忧虑和忧愁。担忧是对未来有可能发生的不利事件或者危险的心理负担。与担忧相近的词汇主要有疑虑、疑惑、怀疑、顾虑、烦恼、懊恼、懊悔、盼望、观望、期待、希冀等。

李　明：担忧的主要对象有哪些？

雨城客：担忧的主要对象一是自己本身，包括自己的身体健康、收入、事业发展和前途命运等；二是自己的亲友，包括出入安全、事情成败、利益得失和名义影响等；三是生存的环境，包括食品质量、空气污染、海洋生物和自然灾害等；四是国家，包括国家安全、经济发展、社会发展和人民生活水平等。

李　明：产生担忧的根源是什么？

雨城客：产生担忧的根源是可能发生的不利事件或者危险，具有两可性，即有可能发生，也有可能不发生。

李　明：请说说可能发生的不利事件。

雨城客：当你确定某件事情安全之后，就不会产生担忧，即便原来有过担忧，也会在心理上主动打消。因为人在大千世界中是脆弱的，不管你有意识还是无意识,都不会改变人的脆弱性。可能发生的不利事件随时让你担忧。可能导致不利事件发生的因素很多,有可能是他人的伤害,也有可能是他物的伤害,还有可能是自然环境和社会环境的伤害。比如,当一个年轻的女孩晚上出行的时候,父母就会对她可能发生的不利事件产生担忧。既然产生了担忧,就会采取一些措施,而不管这些措施是否有助于消除可能发生的不利事件。但是,担忧的不利事件不一定会发生,而且在绝大多数情况下不会发生,即便如此,仍然不能消除担忧。

李　明：请谈谈可能发生的危险。

雨城客：当亲友出行的时候,不管是坐飞机、火车、汽车还是轮船,你都会产生担忧。在信息时代,我们经常听到、看到各种交通事故的发生,自然会联想到自己,就会产生对自己所关心的人出行的担忧。比如,哪怕坐飞机发生危险的概率小于百万分之四,但仍然存在发生危险的可能性,也就消除不了担忧。

李　明：担忧的根源发生在何时？

雨城客：担忧的根源主要发生在未来。哪怕可能发生危险的根源发生在过去,其必然是从过去延续到未来。如果担忧的根源发生在现在,那就肯定会延续到未来。比如,你从过去就开始抽烟,现在也抽,也不打算戒烟,这就意味着你在未来还会继续抽烟。当你从不同渠道得知抽烟可能会导致肺癌的时候,多少会对抽烟的害处有些担忧。担忧的内容虽然发生在未来,但是担忧对未来的影响不大,因为担忧仅仅是心理活动。当你对抽烟的害处产生了担忧之后,并不一定会改变你是否继续抽烟的决定。对绝大多数抽烟的人而言，当自己对抽烟的害处产生担忧之后，仍然会继续抽烟，只有少数人能够主动戒烟。正所谓"不到黄河心不死"，只有抽烟的害处真正发生了之后，才有可能改变那些抽烟的人的习惯。因此，担忧并不一定能够解决问题。说得具体一点，人对自己的担忧在绝大多数情况下解决不了问题，对他人或者他事的担忧更解决不了问题。

李　明：既然担忧从根本上解决不了什么问题，那么人为什么总要担忧呢？

雨城客：其实担忧产生于人对未来的期盼。人有七情六欲，会产生各种期盼，继而产生担忧。换句话说，只要有期盼就会产生担忧。即便某人已经超凡脱俗，也要解决衣食住行等实际问题，就自然少不了期盼，同样也就会产生担忧。只要人活着，就会有期盼，也就会产生担忧。

李　明：担忧本身有什么差异性呢？

雨城客：对不同的人、不同的事或者在不同的阶段，人担忧的程度和持续的时间是有差别的。一是对同样有可能发生的不利事件或者危险，不同的人的担忧程度和持续时间是不同的。比如，在同一架飞机上的乘客，他们可能发生的危险或者不利事件的概率是一样的，但是乘客各自的亲友对他们的担忧程度和担忧持续时间肯定不一样。有的亲友可能从飞机起飞之前担忧到飞机降落之后，而有的亲友虽然在脑海中闪现过担忧的念头，但是很快就忘却了；有的亲友可能担忧得做不了其他事情，而有的亲友则送完乘客登机后就去谈生意了。二是对不同的事情有可能发生的不利事件或者危险的担忧，对同一个人而言也会不同。比如，有的家长对孩子的前程抱有极大希望，为孩子投入了自己最多的时间、精力和财力，他们对孩子成长的担忧远远超过对自己事业的担忧。三是同一个人在不同阶段对同一件事情的担忧也不一样。比如，当孩子上小学、初中、高中的时候，家长就会对孩子上什么学校、学习成绩好坏等非常担忧；当孩子上了大学之后，家长对孩子的担忧就比以前少了许多；当孩子大学毕业面临找工作的时候，家长对孩子就业的情况的担忧又多了起来。

李　明：担忧的极端情况是什么？

雨城客：担忧的极端情况，那就是抑郁症。抑郁症是担忧发展的极端不利结果。产生抑郁症的原因很多，其中一个很重要的原因就是担忧。当某人担忧的程度比较重，担忧持续的时间比较长之后，就会形成习惯性的担忧，对什么事情都担忧，同时还不能从担忧的状态中自拔。因为人的心理和生理是一个统一的整体，当长期处于担忧这种心理活动状态的时候，就必然会产生生理的变化。当然这种变化是对自己身心不利的

变化。这就是心理和生理相互平衡的问题。

李　明：何谓心理和生理相互平衡的问题？

雨城客：当某人长期处于担忧的心理活动状态的时候，他的生理就自然会有一种状态与之相适应，从而形成暂时的心理与生理平衡。平衡一旦形成，就意味着这种已经变化了的生理状态必须要有担忧与之相适应，否则就会打破平衡。换句话说，平衡一旦形成，即便担忧暂时消失了，但是其生理必然需要担忧与之相适应，也就不由自主地产生担忧。而这种由生理产生的担忧是人无法控制的，就会导致更多的担忧产生，从而再形成新的心理与生理的暂时平衡。当心理与生理的暂时平衡不断被打破并不断升级之后，人的生理症状就会比较明显地表现出来，这就是抑郁症。

李　明：一般情况下，如何治疗抑郁症呢？

雨城客：要治疗抑郁症，主要包括两个方面的内容，一方面是吃药，另一方面是心理调整。吃药改变人的生理状态，从而打破人的心理与生理的平衡，继而"寻找"到程度较轻的担忧心理状态与之相适应。同时，心理调整也要配合好，尽量减少或者消除担忧。在药物和心理调整共同作用下，形成新的心理与生理的平衡，继而不断形成新的心理与生理平衡，循环往复。这样，从理论上讲，抑郁症就能治愈。

李　明：如果抑郁症患者停止用药会怎样？

雨城客：抑郁症患者一旦停止用药，其心理与生理的平衡就会被打破，抑郁症就会反复。因此，人一旦得了抑郁症，就需要长期服药，但是可以因时因地适当减药，以减少药物的副作用。

用心就是用心脏吗?

李　明：何谓用心？

雨城客：传统意义上讲的用心，实际上是用脑，而且是专心用脑，与心脏根本挨不上边。小学生都知道，心脏不是思维器官，它是维持生命的动力源泉。心脏即便很重要，也不能用来完成思维活动。能够完成思维活动的器官是大脑。

李　明：用心，真的就是用心脏吗？

雨城客：简单地讲，用心既是用大脑，又是用心脏。

李　明：请说得具体一点。

雨城客：其实，用心的确是在用心脏，而且是超负荷用心脏。大家都知道，大脑是思维器官。大脑除了完成感知、记忆、思考、联想、创造等广义的思维活动，还指挥着人的动作、行为和语言表达等。心脏是动力器官，它的主要任务是维系生命并为血液循环提供动力，它既是人体这个机器的"发动机"，又是人体这样一个封闭的循环系统的"泵"。同样的道理，人的各个器官也都有明确的分工，包括五脏六腑、眼耳鼻舌、双手双脚、肌肤毛发等，各司其职。然而，人是一个统一的系统。可以这么说，

心灵深处

人这个系统是世界上最复杂的系统，其复杂性远远超过世界上最先进的大型电脑、运载火箭、人造卫星、航空母舰等。换句话说，人对人本身的认识程度远远低于对海洋、月球乃至太阳系的认识程度。人作为一个系统，各个器官之间必然是有机协作的关系。不管这种协作关系是怎么形成的，也不管这种协作关系的协作机制是什么，我们只要明白，人的任何一个活动都不是一个器官能够独立完成的，而是由许多器官相互有机配合完成的。人看世界，似乎是通过眼睛这一个器官完成的，其实不然，它需要大脑的指挥，需要心脏提供动力，需要呼吸提供氧气，需要其他人体器官的配合。换句话说，人看世界需要人体各个器官的有机配合才能完成。同样的道理，人的任何活动都需要人的各个器官的有机配合才能完成。

李　明：人的各个器官配合是怎样的关系？

雨城客：对于人的某个活动而言，虽然各个器官都参与了，但是需要明确两个主次关系。第一个主次关系：人的某个活动是以某个器官为主完成的，其他器官处于配合协作的次要地位。第二个主次关系：在配合协作的各个器官之间还有主次之分，有的器官在配合协作过程中处于主要地位，而有的器官在配合协作过程中处于次要地位。

李　明：在用心的问题上，各个器官发挥作用的主次关系如何？

雨城客：用心，肯定是以大脑这个器官为主，其他器官为辅共同完成的。在为辅的器官中，心脏又处于主要地位。换句话来说，人在用心的时候，至少心脏处于

超负荷工作状态。若不用心,则心脏仅仅正常工作,这就是用心与不用心的差别。因为用了心,所以心脏就有可能疲劳,甚至还会出现休克或者死亡的极端情况。从这个意义上来讲,用心,的确是用心脏。说得更准确一点就是:用心,就是心脏处于紧张工作状态下的用脑。

李　明:既然明白了用心就是用心脏,你有什么好的建议呢?

雨城客:既然我们已经明白了"用心,就是用心脏"的道理,就应该在实际生活中加以正确利用。当我们年富力强的时候,就尽量多用心,多学习各方面的知识,多为社会工作,多做有意义有价值的事情,不要把大好时光耗费在碌碌无为的事情上。当我们年迈体弱的时候,就要在保重身体的前提下,量力而行地做一些事情,正确处理好身体跟做事的关系。不论是谁,都要正确处理好学习、工作与休息的关系。年轻的时候,不能太累,更不能透支自己的身体,要劳逸结合、适当锻炼、适当休息，更何况人都会有生病的时候。年迈的时候，不能一味地休息，在自己身体状态好的时候，也应该做一些事情。总之，不论是谁，也不论在什么年龄段，不论身体状态如何，都要在充分认识"用心，就是用心脏"的前提下，妥善处理好用心与休息的关系，只有这样，人的寿命才能更长，所做的事情才更多，对社会的贡献才更大。

衰老的内涵是什么?

李　明：何谓衰老？

雨城客：衰老是机体对环境的生理和心理适应能力进行性降低，逐渐趋向死亡的现象。狭义地讲，衰老是个体生命之衰老，包括人之衰老、动物的衰老和植物的衰老等。生命可以分为出生、成长期、成熟期、衰老期、死亡五个阶段，衰老是个体生命的一个阶段。个体生命之衰老除了指整个生命的衰老，还包括局部衰老，如面部的衰老。广义地讲，衰老不仅包括个体生命之衰老，还包括社会的衰老和自然界物质的衰老。社会的衰老包括社会单位的衰老和整个社会的衰老。社会单位的衰老，指社会单位发展到一定阶段，面临着倒闭或被撤销的状态。整个社会的衰老，指社会制度逐渐不适应社会发展的需要，即将被新的社会制度所替代。物质的衰老，指自然界的物质发展到即将湮灭的阶段。物质湮灭时，要么释放能量，要么发光发热。

李　明：请谈谈个体生命之衰老问题。

雨城客：通常情况下，个体生命的衰老包括生理衰老和心理衰老。生理衰老表现包括体弱多病、濒临死亡。心理衰老表现包括不思进取、得过且过。一般而言，生理衰老必然伴随着各种疾病，正因为疾病的存在，才让个体的生命走向死亡，才让心理随着生理衰老。比如，人进入老年，其心理就会变得跟孩子一样，即所谓"老小孩"。人的生理衰老与心理衰老可以不同步，即便人的生理衰老了，人的心理不一定衰老。人的心理衰老可超前于生理衰老，也可滞后于生理衰老。比如，对成熟期而言，年轻者可以心理早熟，即所谓"少年老成"；年长者也可以心理晚熟，即所谓"老顽童"。

李　明：请谈谈人们对寿命的渴望。

雨城客：不管人们对生理衰老的必然性是否有清晰的认识，但人们普遍渴望长生不老。历史上，秦始皇曾派3000名童男童女去寻找长生不老药，其目的就是长生不老。明朝的嘉靖皇帝把朝政交给大臣，自己闭关修行，其目的也是长生不老。因此，只要是人就会渴望长生不老，哪怕自己已然知道生老病死的客观规律。无论人们有着多么美好的愿望，最终都不能摆脱生理衰老和死亡的结局。但是，群体的生

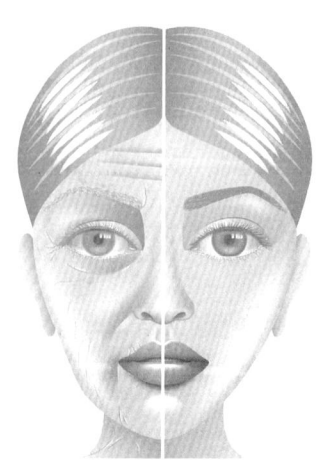

命则可以延续：一是靠遗传，二是靠文明之传承。

李　　明：人应当如何应对生理衰老问题？

雨城客：人要看到生理衰老的客观性、规律性、必然性，在此基础上对人生进行妥善安排。一是通过锻炼、保健、治疗等各种措施，延缓生理衰老。比如，通过做美容，可以延缓面部衰老；通过锻炼、保健，可以延缓整个生命衰老。二是要珍惜生命。哪怕得了严重疾病甚至濒临死亡，也要积极治疗、永不放弃。三是安排好有生之年的事务。任何人都会有自己的各种愿望，要学会勤勉而不懒惰，尽量在有生之年完成各种愿望，包括家庭愿望、事业愿望、社会愿望等，不要带着遗憾离开。

李　　明：如何应对心理衰老问题？

雨城客：心理衰老不同于生理衰老，只要方法得当，就可以一辈子不衰老。所谓"心病还得心药治"，只要调整好心态，就可以永葆心理年轻。所谓"人上一百，五颜六色"，不同的人调整心态的方式方法是不同的。即便如此，一般而言，只要不断学习、看淡人生、勤于思考、开拓创新、懂得知足，人的心理可以不随着生理的衰老而衰老，甚至一辈子年轻。

李　　明：请谈谈衰老的整体性问题。

雨城客：一般而言，生理衰老与心理衰老是一个整体，人生理的衰老会促使人心理衰老，而心理年轻有利于延缓生理衰老。人们可以通过调整好心态实现心理健康，通过心理健康来反作用于生理的不健康，以达到让生理在一定程度上走向健康之目的，从而实现生命的延长。

009 焦虑的内涵是什么?

李　明：何谓焦虑?

雨城客：焦虑是个人对现实或未来事物的价值特性出现严重恶化趋势所产生的情感反应,是对即将来临的、可能会造成的危险或威胁所产生的紧张、不安、忧虑、烦恼等不愉快的复杂情绪状态。焦虑具有忧虑成分,但是又不同于普通的忧虑。

李　明：焦虑是主动产生的吗?

雨城客：焦虑是被动产生的。焦虑不同于主动的意志表现,主要特征是主观可控性相对弱一些,而主动的意志表现则是主观可控性相对强一些,比如考试。即便如此,焦虑也不是主观上绝对不可控。

李　明：任何人都会产生焦虑吗?

雨城客：是的,焦虑是任何人都会出现的正常情绪状态。当然,不同的人之焦虑是不同的。即对同一个焦虑对象,不同的人之焦虑程度会不同,焦虑的时间长短会不同,焦虑对生理的影响会不同。一般而言,焦虑会随着产生焦虑条件的出现而出现,随着产生焦虑条件的消失而消失。焦虑也会暂时被"覆盖"。当人正在忙着其他事情的时候,也就没有焦虑了,正所谓"忙人无忧"。

李　明：焦虑更多发生于哪些情形？

雨城客：个人越是关心、关注、支持、珍惜的事物，越会使人产生焦虑。因此，焦虑是人的自我保护性的体现。因为人类在长期进化和发展的过程中，形成了多种自我保护本能，焦虑便是众多自我保护本能的一种。当人面对已经发生或有可能发生的危险、灾难等情形的时候，自然就会产生焦虑。至少在焦虑之后可能会有相应的对策，正所谓"眉头一皱计上心头"。

李　明：产生焦虑的原因有哪些？

雨城客：产生焦虑的原因在于不知晓真相，包括两个方面含义，一是焦虑者由于信息不畅而暂时不知晓真相。比如某人被检查出严重疾病，可暂时不让该患者知晓病情。针对非理性患者，最好不要告知实情，正

所谓"善良的谎言比实话实说强"。此时，患者就会产生焦虑。即便患者产生了焦虑，总比被吓死好。当然，针对理性患者，医生可告知实情，不仅可以消除焦虑，而且也不影响进一步治疗。正所谓"长痛不如短痛"。二是无法知道或没有能力知道真相。属于知识欠缺或能力不足问题。正因为无法知晓真相，从而会产生焦虑。比如，很多人会对太空产生焦虑，正所谓"杞人忧天"。

李　明：焦虑可以通过主观努力加以克制吗？

雨城客：焦虑具有一定的主观可控性，可以通过暗示或训练的方法来减轻或消除焦虑。尽管焦虑的可控性相对小一些，但是仍然可控，至少在一定程度上可控。当然，不同人的焦虑表现是不同的，克制的方式方法也不同。

李　明：焦虑发展的极端情形是什么？

雨城客：如果焦虑克制不好，随着焦虑的不断发展，会出现两种极端状态。一种是抑郁症。抑郁症具有焦虑的成分，或者说，焦虑是抑郁症的一种表现形式。抑郁症的主观可控性是非常小的，需要药物的帮助才能做到对焦虑的克制。一般的焦虑是可以通过意志努力消除的。但是，如果焦虑克制不好，日积月累之后，一般的焦虑也会发展成抑郁症。第二种是精神分裂症。精神分裂症是主观完全不可控的情形。精神分裂症可能是抑郁症发展的结果，也可能是其他原因导致的。但是精神分裂症是区别于抑郁症的：抑郁症病人在药物的帮助下，对焦虑具有可控性；而精神分裂症病人是即便在药物的帮助下，对焦虑几乎没有可控性。

第二章

认知篇

DI ER ZHANG
RENZHI PIAN

《黄帝内经·素问·金匮真言论篇第四》:"故曰,阴中有阴,阳中有阳。平旦至日中,天之阳,阳中之阳也;日中至黄昏,天之阳,阳中之阴也;合夜至鸡鸣,天之阴,阴中之阴也;鸡鸣至平旦,天之阴,阴中之阳也。故人亦应之。"

010 存在的本质是什么?

李　明：何谓存在?

雨城客：存在是不以人的意志为转移的实在,包括物质的存在和意识的存在,也包括实体的存在、属性的存在和关系的存在等。存在具有物质性、运动性、时间性、空间性等四个特征。反过来讲,只要具备物质性、运动性、时间性、空间性的,都是存在。存在的这四个特征是一个统一整体,缺一不可。爱因斯坦的狭义相对论和广义相对论正说明了存在的方式和规律。

李　明：对存在有哪几种解释?

雨城客：对存在有狭义的解释和广义的解释两种。

李　明：请谈谈存在的狭义解释。

雨城客：狭义地看,存在就是月亮、地球、太阳系、银河系、星辰中的物质性表现,包括自然存在、社会存在、心理存在三种。狭义的存在解释与人类的认知程度或水平有关。如果在古代,狭义的存在就是地球的物质性表现。而在现代,狭义的存在外延就已经包括了地球、太阳系和银河系。

李　明：请谈谈存在的广义解释。

雨城客：广义地看，存在就是宇宙物质性的表现。广义的自然存在及于整个宇宙的所有物质，广义的社会存在及于整个宇宙中的所有智能生命的生存和发展，广义的心理存在及于整个宇宙中所有智能生命的智力活动。

李　明：探讨存在问题有什么意义呢？

雨城客：存在是认知的基础。只有对存在的概念有了大概的了解，才能进一步探讨认知问题。

李　明：上述对存在的解释似乎有些抽象，能否具体一些呢？

雨城客：当然。对存在的解释既可以抽象一些，也可以具体一些，比如夫妻关系的存在问题。

李　明：请按照存在的观点谈谈夫妻关系。

雨城客：正因为存在具有运动性，所以对于同一个存在，要在不同时间段用不同的方式来对待，否则就不适宜。夫妻关系，是一种狭义的社会存在。夫妻关系完全是一种社会法律关系，没有血缘维系。正因为如此，随着时间的推移或者夫妻年龄的增长，夫妻关系的稳定性就必然发生变化。可以把夫妻关系分为三个阶段，即新婚燕尔阶段、养儿敬老阶段、相依为命阶段。夫妻关系在不同的阶段需要用相应的方式方法来处理，否则夫妻关系就不稳定。在新婚燕尔阶段，主要靠情感和性来维系夫妻关系；在养儿敬老阶段，主要靠情感、性和责任来维系夫妻关系；在相依为命阶段，主要靠情感和责任来维系夫妻关系。如果夫妻在相依为命阶段还用新婚燕尔阶段的方式方法相处，那么就必然矛盾重重，甚至会造成夫妻分离的后果。因此，夫妻要正视存在的变化，在不摈弃存在的前提下，用新的方式方法来对待存在的变化。

感知的内涵是什么?

李　明：何谓感知？

雨城客：感知是意识对内外界信息的觉察、感觉、注意、知觉的一系列活动。感知的主体是人，而不是动物，更不是植物。感知的对象是客观世界。感知的器官是眼睛、耳朵、鼻子、舌头、身体，这些器官就像具有不同功能的接收器，接收着来自客观世界的不同种类的信息。感知的内容就是通过不同的感官所接收的各种信息。

李　明：请谈谈眼睛的感知。

雨城客：眼睛的感知通常被称为看。看，有看的过程和看的结果这两方面的内容。看的过程就是通常讲的去看或者看。既然是看，就有可能看见，也有可能看不见。不管看见还是看不见，都是以可见光为中介来完成的。通常我们所讲的可见光为红、橙、黄、绿、青、蓝、紫等七种颜色的光，这七种颜色都对应着一定的光线波长和频率。红光，波长为 605～700 纳米，频率为 480～405 兆赫；紫光，波长为 400～435 纳米，频率为 790～680 兆赫。也就是说，只有波长为 400～700 纳米，频率为

790～405兆赫的光能被人看见。超出这个范围的光,即便是客观存在的,人也看不见。人要想感知到超出感知范围的光,如紫外线、红外线等,就需要借助仪器来完成。通过看,人便能感知物体的形状、大小、颜色等。

李　明：何谓观察?

雨城客：观察是认真、细致地看。通过观察,人便知道事物的美与丑。对于形状的美而言,自然就产生了欣赏画面等观察的过程。美术就是为了满足人看的美感而产生的一种艺术。

李　明：请谈谈耳朵的感知。

雨城客：耳朵的感知通常被称为听。听也有听的过程和听的结果这两方面的内容。听的过程就是通常讲的去听或者听。不管听见还是听不见,都是以声音为中介来完成的。人对声音频率的感知范围是20～20000赫兹。换句话说,人对于低于20赫兹和高于20000赫兹的声音是听不到的。人对于听不见的声音,也只能借助仪器才能感知。通过听,人便能感知声音的大小。

李　明：请谈谈聆听。

雨城客：聆听是认真、细致地听。通过聆听,人便知道声音的美与丑。对于声音的美而言,自然就产生了欣赏声音的聆听的过程。音乐就是为了满足人听的美感而产生的一种艺术。口头语言是一种特殊的声音,这类声音不仅具有声音所具备的音量的大小等特点,还具有寓意的性质。换句话说,人可以通过听见口头语言的声音来感知到更丰富的内容。

李　明：请谈谈鼻子的感知。

雨城客：鼻子的感知通常被称为嗅或者闻。嗅，也有嗅的过程和嗅的结果这两个方面的内容。嗅的过程就是通常讲的去闻或者闻。不管闻到还是闻不到，都是以不同气味为中介来完成的。通过闻，人便知道事物的各种气味，包括香、臭、无气味等各种闻的结果。闻同样存在着美的性质，那就是香气。实际上，任何物体都会发出不同的气味，这些气味有的好闻，有的难闻。人对于香气就比较青睐或者喜欢，因此，各种化妆品之所以带有香气，也正是为了满足人的嗅觉需要。

李　明：请谈谈舌头的感知。

雨城客：实际上，我们通常意义上所讲的舌头的感知，即所谓的尝或者品尝，并不只是舌头一种器官去完成的，而是由包括舌头在内的整个口腔共同完成的。通过品尝，人便知道食物的酸、甜、苦、辣等不同的味道。对于品尝而言，同样存在着美感，那就是爽口。其中甜就是一种爽口，或者说品尝的美感。对于爽口的食物，人就喜欢吃，对于不爽口的食物，人就不喜欢吃。爽口与否，不一定是人的真正需要。比如，对于食物而言，爽口与否并不一定是人的胃或者人的身体的真正需要。食物是否爽口，并不决定着食物对人体的好坏。爽口的食物与难吃的食物的关系是对等的。对于吃药则相反，因为药物尤其是中药，爽口的并不多。正所谓"良药苦口利于病"，哪怕药难吃，为了身体的健康也要吃。当然，对于食物而言，即便各种食物的关系对等，食物爽口与否也比较重要。爽口的食物，人就会吃得快一些、多一些、好一些，这就是美食或者烹饪产生的原因。

李　明：请谈谈身体的感知。

雨城客：一般来讲，身体的感知就是指除人的眼睛、耳朵、鼻子、口腔等感觉器官之外的人的身体的所有感知。说得更准确一点，就是通过人的皮肤而产生的所有感知。在大多数情况下，身体的感知是通过手来完成的，因为手是人区别于动物的最大特征，人的许多身体的感知都是通过手来完成的。手的感知通常情况下称为摸，盲人就是全凭摸来完成识字的。有时，摸也与"摩"混用。通过按摩，被按摩的人可以获得不同的感觉，不同的感觉对身体有不同的作用，这就是按摩行业产生的生理原因。通过身体的感觉，人便感知到冷热、疼痛等。对于冷而言，有凉、冷、寒等不同程度之感；对于热而言，有温、热、烫等不同程度之感；对于痛而言，同样也有轻微疼痛、一般疼痛、剧烈疼痛之别。对于身体的感觉而言，有一种特殊的感觉，那就是快感。快感是一种愉悦的、安逸的感觉，是人喜欢的感

觉。男女的交媾就是男女生殖器的相互抚摸所产生的程度比较强烈的快感。这就是男女相互吸引的生理原因,也是人类之所以能够繁衍的生理原因。实际上,快感就是对身体这种感觉器官而言的一种美感。既然如此,快感就不仅仅存在于男女交媾的过程中,也存在于任何只要有身体感觉的过程中。比如,在冷或热的过程中,只要温度适宜,就会产生快感,即所谓的凉爽。

012 感知阈限包括哪些内容？

李　明：何谓阈限？

雨城客：阈限是感觉器官感知范围的临界点的刺激强度，也是人能够感知到外界能量或信息的最低限度。既然是最低限度，就必然为某个值或某个点，不管这个值或点是什么。人的感知是通过感官来进行的。人的感官为眼、耳、鼻、舌、身，通过这些感官所感知到的外界能量或信息便为光、声、气味、酸甜苦辣、身感物。通过观察发现，人类的阈限大同小异。之所以说"大同"，主要是区别于动物而言的。动物的感知同样存在着阈限问题，而动物的阈限与人的阈限有着很大的不同。之所以说"小异"，一是因为不同的人的阈限会有小的不同，二是因为同一个人在不同的心理状态下的阈限也会有小的不同。

李　明：阈限是一个范围吗？

雨城客：正因为人类阈限存在不同，说明了阈限并非为某个固定的值或点，而应该为一定范围的值或点。这些值或点，都是人类能够感知的最低限度。通常意义上的阈限是指阈限的下限。既然存在阈限的下限，就必然存在着阈限的上限。阈限的上限是人类能够感知的最高限度。同理，既然阈限的下限是一定范围的值或点，那么阈限的上限也就必然是一定范围的值或点。以此类推，既然阈限（包括下限和上限）是一定范围的值或点，那么正常的感知也就必然为某个范围的值或点。也就是说，在阈限的下限与上限之间，是可数的数量级的感知，比如，可见光为七种颜色。动物之阈限，也包括下限和上限，与人不同。比如，鹰、猫、狗的阈限必然与人不同，也应该为一定数量级的值或点，只不过这些值或点与人不同而已。

李　明：存在阈下或阈上感知吗？

雨城客：阈下或阈上感知的存在毋庸置疑。所谓阈下或阈上感知，就是在意识范围内感知不到而在潜意识范围内可以感知到的感知。同样，阈下或阈上感知不是一个值或点，而是一个范围，这个范围也因人而异。既然存在潜意识的感知，便存在潜意识的思维。不论是阈下感知还是阈上感知，都是按照一定数量级递增的值或点。

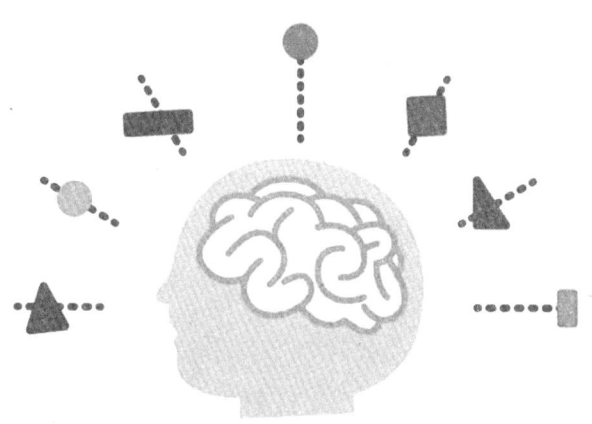

李　明：阈限稳定吗？

雨城客：阈限（包括下限和上限）具有相对稳定性。对于人或某种生物而言，其感知的变化仅仅在阈限的下限和上限之间，当然也不排除个体差异。就同一个人而言，在不同的状态下，阈限可以下移，也可以上移。正因为阈限存在差异性，可以推论：阈下或阈上感知至少为两个数量级的存在。当阈限下移或上移之后，还存在着潜意识的感知，这说明了感知范围的连续性，即不同数量级的值之间的连接，也说明了人类演变和发展的潜力所在。可以假设，动物与人最早的时候的阈限，不论是下限还是上限皆相同或相近，随着生存的需要，随着生命的演变，便形成现在的差异。但是这个差异的存在是在漫长的进化过程中形成的。人与动物的阈限之所以会存在着如此差异，是因为人会使用工具。人类的工具使人的感知能力逐渐下降，工具越先进，人的感知阈限退化越多。当然，随着生存环境的变化，动物的阈限也会变化，只不过其变化比人类缓慢且永远比人类缓慢。

直觉有什么特点？

李　明：何谓直觉？

雨城客：直觉是直接而且没有意识参与的感觉，是既不需要逻辑推理也不需要证据的感知。不同的人有不同的直觉，有的人直觉强些，而有的人直觉弱些，有些人直觉多些，而有些人直觉少些，同一个人在不同阶段的直觉会有所不同，女性的直觉似乎比男性强些，诸如此类。习惯上把直觉称为预感。实际上，很多人都有过预感的经历和体会。直觉有着广泛的应用。有些事情只能依靠直觉进行判断，因为这些事情没有证据。在时间紧迫或者时间不够用的时候也需要直觉，如考试的时候、下棋的时候。

李　明：直觉的主要特征是什么？

雨城客：直觉的主要特征，一是直觉是一种超感觉；二是直觉并非一般意义上的感觉；三是直觉与通常的感知有着密切联系。

李　明：为什么说直觉是一种超感觉？

雨城客：我们只能通过现象来阐述直觉的超感觉特征。直觉这种超感觉是可以经常被观察到的。一个好的围棋选手的第一感通常就是最合适的点，哪怕再经过深思熟虑亦然；一个好的枪手能够感知到有人拿枪对着他，哪怕他看不见也听不见对方的动作；一个好的剑客能够感知到对手何时出剑，哪怕对手似乎没有动静；一个有心的盲人能够"看到"五彩缤纷的世界，哪怕他实际上看不到。这些棋手、枪手、剑客、盲人等都是依靠直觉去完成的判断，而且这种判断还比较准确。其实，直觉不仅仅存在于棋手、枪手、剑客、盲人等这些特殊的人身上，在一般人的身上也会出现。只要留意，绝大多数人都会想起自己的直觉经历。

李　明：为什么说直觉并非一般意义上的感觉？

雨城客：通常的感觉是通过人的眼、耳、鼻、舌、身等感官所直接感知到的内容。我们可以假设，如果直觉是指通过人的感官直接感知到的世界，那么直觉就是一般意义上的感觉，也就不值得研究了。据说，有人把思维分为记忆思维和感觉思维，即通常情况

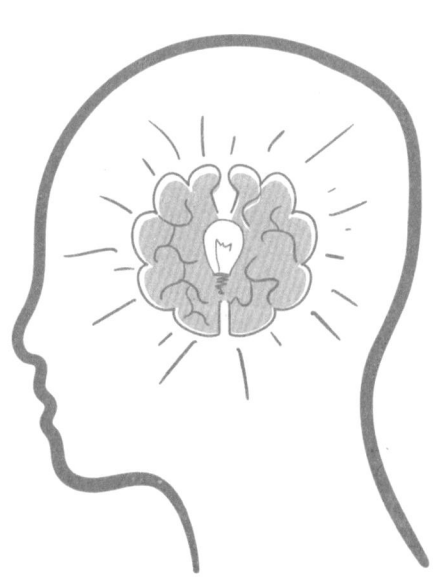

下的思维是以记忆为基础的思维，直觉是以感觉为基础的思维。其实这个观点是错误的，原因有二，一是思维只有一种，都是以记忆为基础的思维，并不存在以感觉为基础的思维；二是直觉本身也是一种思维，但这种思维并不是建立在通常感知并记忆基础上的思维，而是建立在特定情况下的感知并记忆基础上的思维，所不同的是这种感知区别于通常意义上的感知而已。

李　明：直觉与通常意义上的感知有关联吗？

雨城客：直觉这种感知与通常意义上的感知有着密切联系。通常意义上的感知是通过人的感官感觉的内容，而直觉是通过大脑直接感知到的内容。一般情况下，大脑不会直接感知到世界，只有经过丰富的训练和积淀，才能通过大脑直接感知到世界，这种感知也与通常意义上的感觉有着密切的联系。

李　明：请以声音为例阐述直觉。

雨城客：我们以声音为例。通常情况下，人对声音频率的感知范围是 20 ~ 20000 赫兹。人对于低于 20 赫兹和高于 20000 赫兹的声音是听不到的。人听不到这种声音并不意味着这种声音不存在，因为狗就能够听到低于 20 赫兹的声音。实际上，许多动物都具有超过人的感觉。虽然人耳听不到低于 20 赫兹的声音，但是人经过一定的训练，通过大脑同样能够"听到"客观存在的声音。这就是人对声音的直觉。既然任何思维都来自通过感知后的记忆，那么人同样经过直觉所产生的记忆进行思维，这就是直觉的思维基础。

李　明：请以可见光为例阐述直觉。

雨城客：通常我们所讲的可见光为红、橙、黄、绿、青、蓝、紫等七种颜色的光，这七种颜色都对应着一定的光线波长和频率。红光，波长为605～700纳米，频率为480～405兆赫；橙光，波长为595～605纳米，频率为510～480兆赫；黄光，波长为580～595纳米，频率为530～510兆赫；绿光，波长为500～560纳米，频率为600～530兆赫；青光，波长为480～490纳米，频率为600～620兆赫；蓝光，波长为450～480纳米，频率为680～620兆赫；紫光，波长为400～435纳米，频率为790～680兆赫。在通常情况下，人通过眼睛只能感知到这七种颜色的光所对应的波长和频率，也就是说，光线波长低于400纳米和高于700纳米的光和光线频率低于405兆赫和高于790兆赫的光，人眼是看不见的。但是，人通过一定的训练，就能够通过人的大脑"看见"这些平时看不见的光。实际上，很多动物就能够看见人不能看见的光线。比如鹰的视力就比人强，猫头鹰的夜间视力同样比人强。

兴趣的意义是什么？

014

李　明：何谓兴趣？

雨城客：兴趣是对事物喜好或关切的情绪，是兴致和趣味之和。兴致是一种纯粹的心理活动，是指人面对具体事物时在心理上所表现出来的兴奋、喜欢、愉悦的状态。趣味是心理活动与具体事物相结合时所表现出来的兴奋、喜欢、愉悦的状态，也是人在兴趣行为方面表现出来的特征。不论是纯粹的心理活动还是心理活动与具体事物相结合所产生的兴奋、喜欢、愉悦的状态，兴趣都是求知欲望和好奇心的具体表现。求知欲望与好奇心的意思差不多，都是对客观世界的认知需要的表现，但是求知欲望比好奇心的意义更普遍，因为求知欲望的外延比好奇心的外延更大。人有了求知欲望和好奇心，就自然会产生兴趣。兴趣是求知欲望和好奇心的表现形式，因为求知欲望和好奇心的外延比兴趣的外延都大。或者说，兴趣是一种自发的心理倾向。

李　明：兴趣是什么样的心理倾向呢？

雨城客：兴趣是心理倾向的一种。人不论是在自然环境中还是在社会环境中，都会面临各种选择，因为人的生命是有限的，这就决定了人的时间和精力也是有限的。生命的有限性决定了人必须时刻做出选择。人不可能用有限的生命去认知、了解世界上的所有事物，更不可能去做世界上的所有事情。反过来说，人只能去想一些自己认准的事物，去做一些自己必须做的事情。不论是去想的事物还是去做的事情，人都必须是有选择的。人对所想的事物和所做的事情的态度就是心理倾向。即便人的心理倾向是有限的，兴趣也只能是心理倾向的一部分。在此，我们可以把心理倾向分为两类，一类被称为目标，它是基于价值观的驱使，从而有计划、有目的地做出选择的心理倾向。另一类被称为兴趣，它是人在思维和行为这两个具有心理活动的过程中所体现出来的自发的心理倾向。

李　明：兴趣的主要特征是什么？

雨城客：兴趣的主要特征是自发性、兴奋性、趣味性、坚定性、创造性。一是不论在思维过程中还是行为过程中，兴趣的产生都是自发性的。当然，兴趣的自发性是建立在一定的认知基础上的。反过来说，如果没有一定的认知作为基础，是不存在兴趣的，只会存在好奇。有了一定的认知基础，人在思维和行为两个领域才会产生自发的心理倾向，从而产生自愿、自觉的心理倾向。二是兴趣的自发性不是孤立存在的，它与兴奋和趣味密不可分。兴趣的自发性的对象就是兴奋和趣味。兴趣有了自发性，也就自然有了兴奋性和趣味性，自发性与兴奋性和趣味性是一个统一的整体。三是不论在思维还是行为领域，正因为有了兴奋性和趣味性，才能够让人在所感兴趣的事物上做出的选择维持较长时间、集中较多精力,从而形成坚定性。兴趣里的坚定性是由其兴奋性和趣味性所产生的。兴趣里的坚定性不需要意志力作为支撑,这种坚定性区别于需要意志力维系的其他坚定性。四是正因为兴趣里的坚定性不需要意志力的支撑,它就会促使人自觉地坚持,从而激发人的创造性。

李　明:兴趣与爱好有什么关联?

雨城客:兴趣与爱好既有联系又有区别。一是爱好是兴趣的产物。当人对某个事物有了兴趣之后,就会多次去实践这个事物,在实践中就会获得乐趣,从而形成爱好。反过来说,一旦形成了爱好,就必然有兴趣。从这个意义上来讲,爱好就是兴趣,这就是人

们通常把兴趣爱好放在一起来称谓的原因。二是兴趣的外延比爱好的外延更大。有了兴趣，就有爱好，这一点不假。但是，不是所有人们感兴趣的事物都能够形成爱好。爱好往往与特长联系在一起，哪怕特长具有明显的相对性。换句话来说，在人们所感兴趣的事物中，能够形成特长的毕竟有限，至少特长的外延比兴趣的外延小许多，从而决定了人们爱好的外延要比兴趣的外延小。三是爱好比兴趣更稳定。人在不同阶段所感兴趣的事物是不完全相同的，在一个阶段对一些事物感兴趣，在另一个阶段对另外一些事物感兴趣，因为兴趣具有自发性。因此，兴趣具有多变性或者不稳定性。相对而言，爱好就具有相对稳定性。当爱好一旦形成，相对于兴趣而言就比较稳定，这既与爱好的外延比兴趣的外延小有关，也与爱好本身已经形成人的特长有关。不仅如此，爱好还与人的习惯有关。当然，爱好有好的爱好、不好的爱好，或者良好爱好、不良爱好。对于良好爱好，不论是对自己还是他人都是有益的。对于不良爱好，有可能会危害他人利益，也有可能会危害自身利益。人们通常把危害利益的爱好称为嗜好。

李　明：兴趣与习惯有什么关联？

雨城客：兴趣与习惯既有联系又有区别。一是兴趣与习惯都具有行为性。人的习惯是行为的产物。人只要多次重复某个行为，就能够形成习惯。而兴趣具有思维特性和行为特性。在兴趣的行为表现中，在很大程度上有可能多次重复，只要多次重复，就能够形成习惯。在习惯中，有一部分是由于兴趣而形成的。

因此，兴趣和习惯都具有行为性。二是兴趣与习惯的外延有不同之处，也有交叉。兴趣与习惯不是同一个范畴的概念，因此二者的外延必然不相同。即便如此，兴趣和习惯之间依然有着密切联系。在兴趣表现出行为性的时候，兴趣的内容就有可能跟习惯一致。不是兴趣表现出来的所有行为都能形成习惯，而只有一部分兴趣的行为成为习惯。反之，并不是所有的习惯都由兴趣形成，而只有一部分习惯是由兴趣形成的。即便如此，只要兴趣表现出行为性，就必然有一些形成习惯，这就是兴趣与习惯的一致性和交叉性。

015 好奇的意义是什么？

李　明：何谓好奇？

雨城客：好奇是人觉得新鲜而特别有兴趣，好奇既有名词解释又有动词解释。好奇的名词解释就是好奇心。好奇的动词解释就是好奇之行为，对奇怪的事物投入兴趣、投入关注、投入时间、投入精力、投入智力等。

李　明：好奇心的本质是什么？

雨城客：好奇心是人之天性。人人都有好奇心，儿童的好奇心多一些，成年人的好奇心少一些。儿童的好奇心之所以会较成年人多一些，是因为儿童没有经验，任何事物对儿童而言都是陌生的。而成年人之所以好奇心较儿童会少一些，是因为成年人的思维和行为都会受到经验的影响，哪怕这些经验不一定都能够反映客观规律。随着经验的不断丰富，成年人的好奇心会逐渐减少。尽管成年人的好奇心较儿童少一些，但是并不会消失殆尽。只要有成年人感兴趣的原因出现，他们也会像儿童一样焕发出童真的好奇心。因此，好奇心是人之天性，好奇心因年龄之不同而不同，因不同的人而不同。

李　明：好奇心的主要作用是什么？

雨城客：好奇心是一种催化剂。人类的一切发明和发现都是在好奇心的驱使下实现的。正因为有了好奇心，人类才能发明智力成果，发现客观规律。反之，如果人随着年龄的增长而减少了好奇心，那么人的发明和发现也就随之减少了。事实上，发明和发现并非由好奇心较多的儿童去完成的，而是依靠好奇心较少的成年人去完成的，只不过是发明者或发现者的好奇心较其他成年人多一些而已。因此，保持一颗好奇心对于人类进步很重要。

李　明：如何才能保持好奇心？

雨城客：要保持好奇心，一是要使心灵纯净。成年人的好奇心之所以会逐渐减少，是因为其心理空间中储存或者充斥着许多经验。在这些经验中，有些能够反映客观事实和规律，而有些则不能反映客观事实和规律。由于各种经验同时存在于人的大脑之中，就不

能或者很难区分哪些经验是具有促进性的，哪些经验是具有干扰性的。为了保持好奇心，就需要纯净心灵。具体方法：释放心理空间的信息储备。通过表达等方式，包括不断地说、写、发泄等，把心理空间的信息储备充分释放出来。只有这样，成年人才会像儿童一样充满好奇心。二是要虚怀若谷。所谓虚怀若谷的过程就是不断拓展心理空间的过程。可以想象，只要心理空间拓展了或者心理空间比原来大了，自然能够拥有足够的心理空间去容纳好奇心。要实现虚怀若谷，就要有更高的目标、更大的决心、更强的自信、更能守持的恒心，否则就是好高骛远或者自欺欺人。三是要培养兴趣点。不论是儿童还是成年人，只要是感兴趣的事物，都会自发地或者自觉地投入较多的时间和精力。只要投入了较多的时间和精力，就自然拓展了心理空间。这才是心理空间的质的拓展，其区别于上述依靠表达方式而形成的心理空间的量的拓展。只要是心理空间拓展了，就自然会产生好奇心。因此，成年人培养兴趣点很重要。

李　明：好奇都是感性的吗？

雨城客：好奇有感性和理性之分。所谓感性的好奇，就是自发的好奇，只要是对未知的或者知之甚少的，都会产生好奇。相对而言，儿童感性的好奇要比成年人多一些。所谓理性的好奇，就是有了明确的目标或者目的之后，在理智支配下去实现目标或者目的的过程中所产生的好奇。相对而言，成年人理性的好奇要比儿童多一些。

李　明：对成年人而言，如何应对好奇心？

雨城客：成年人应该保持心态平衡。尤其是社会生活中的成年人，既要保持社会形象的稳重又要保持好奇心，要保持心理平衡。要尽量做到心有波澜而面无表情。当然，任何形象都是一种形式上的东西，不论是成年人还是儿童，只要需要，包括好奇心的需要，损失一点形象不重要。

016 快感与痛苦的实质是什么？

李　明：何谓快感？

雨城客：快感是愉快、舒服、安逸、享受、幸福的感觉。在性生活中可以体验快感，在清风中可以体验快感，在美景中可以体验快感，在喜悦中可以体验快感，在满足中可以体验快感，在胜利中可以体验快感。

李　明：请谈谈广义的快感。

雨城客：广义地讲，人的眼、耳、鼻、舌、身等感觉器官都能够获得快感。眼睛的快感为美人或美景，耳朵的快感为美妙的音乐，鼻子的快感为馨香，舌头的快感为甜蜜，身体的快感除了生殖器的兴奋之外还有慰藉等。因此，快感分为直接快感和间接快感。所谓直接快感，也称为浅在的快感，是指各种感官直接感受到的快感，如眼、耳、鼻、舌、身等感官直接感受到的快感。所谓间接快感，也称为潜在的快感，是通过心理加工之后获得的快感，如满足感、幸福感等。

李　明：请谈谈痛苦问题。

雨城客：快感与痛苦相对。身体的快感与疼痛相对，美与丑相对，香与臭相对，甜与苦相对，幸福与不幸相对，满足与不满相对等。在快感与痛苦之间还有其他丰富的感觉。比如味觉，除了甜、苦之外，还有酸、辣等。正因为人具有丰富的感觉，才能认知复杂的世界。也正因为各种感觉的存在，也才凸显快感与痛苦。

李　明：追求快感是人之天性吗？

雨城客：追求快感是人之天性。至少人会将追求快感作为目标或动力，不论是长期的还是短期的。事实上，并非所有追求都能实现。在追求快感的过程中，人可能会有痛苦和其他感受，且最后对于快感的获得还存在两可性。即便如此，人追求快感的步伐也不会停止。也正因为如此，人类才会进步，社会才能发展。

李　明：请谈谈快感和痛苦的适应性问题。

雨城客：有人说快感是某些脑细胞才具有的功能。我则认为任何脑细胞都具有获得快感的功能，只不过是脑细

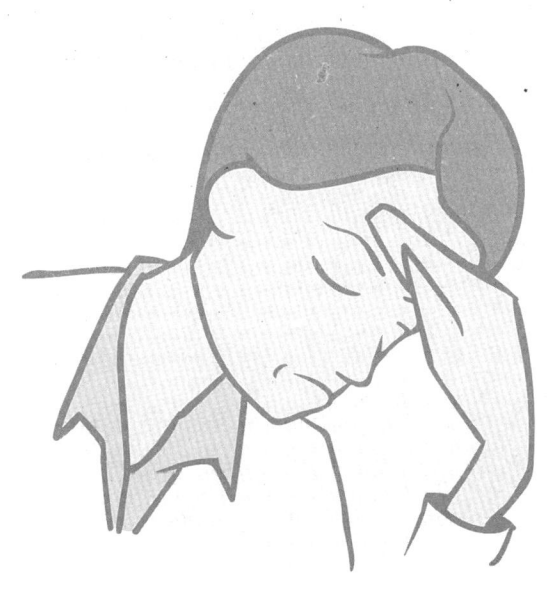

胞之间存在着差别，有的脑细胞对快感会显得敏感一些。人的感觉，不论是快感还是痛苦，都存在着适应性问题。正因为有了感觉的适应性，在同样的条件下，人的感觉能力才会出现短暂的下降。也就是说，在同样条件下，无论是快感还是痛苦，都会随着时间的推移而递减。如果条件不变，只有在下一个周期才会出现同等数量级的快感或痛苦。也可以这么理解：人对感觉的适应性包括快感和痛苦等，是人自我保护的一种方式。可以假设，如果快感或痛苦持续不减亦不断，那么人就会在快感或痛苦中死去。

李　明：快感或痛苦递减的方式主要有哪几种？

雨城客：快感或痛苦的递减方式多种多样，至少有以下三种。一是伴随着生理的反应而递减，如性交中的射精就是快感的递减方式。二是由于脑细胞部分死亡而递减。那些接收了快感或痛苦信息的脑细胞会部分死亡。正因为这些脑细胞的死亡，才让人的感觉递减。也可以这么理解，在一定条件下，一些脑细胞接收了快感或痛苦的信息之后，其他的脑细胞尽管也有接收这些信息的能力，但不会参与其中。只有在下一个周期里，其他活着的脑细胞才会接收快感或痛苦的信息。三是由于其他原因而递减。比如，细胞疲劳或休眠等。

位觉是什么概念?

李　明：何谓位觉？

雨城客：位觉是对位置的感觉。人们通过位觉来确定自己的位置。在日常生活中，位觉经常被应用而又恰恰被忽视。在开车过程中，位觉起着重要作用。位觉好的人，车就开得好；位觉差的人，车就开得差。位觉在各种运动中也得到充分体现。比如，打乒乓球或羽毛球，需要通过位觉来判断球的方向、速度和位置，以便做出正确的应对。

李　明：位觉是一种什么样的感觉呢？

雨城客：通常而言，人的感觉多种多样，诸如视觉、听觉、嗅觉、味觉、触觉等。人的意识是以各种感觉为基础的，而各种感觉必须通过相应的感觉器官才能完成。视觉的感觉器官是眼睛；听觉的感觉器官是耳朵；嗅觉的感觉器官是鼻子；味觉的感觉器官是口腔和舌头；触觉的感觉器官是皮肤，不仅仅是手；位觉则没有固定的感觉器官。如果真要说位觉依赖于什么感觉器官的话，那就是大脑。大脑并非专属于位觉，任何感觉都需要大脑的支持。位觉并不是一种单一感觉，而是一种复合的感觉或综合的感觉，即位觉是各种单一的感觉的综合体现。各种单一的感觉在位觉中所发挥的作用是不同的，其中视觉和听觉所发挥的作用比嗅觉、味觉、触觉发挥的作用要大。

李　明：位觉具有什么特征？

雨城客：位觉具有运动性、主动性和联动性等三个特征。位觉的运动性主要由位觉的对象所决定。因为世界上的万物都处于运动状态，即便是静止状态也是一种特殊的运动状态。正因为位觉的对象在不断运动，才决定了位觉在不断地运动。如果位觉的对象总是处于静止状态，那就不需要位觉了。位觉的主动性主要体现在构成位觉的各种单一感觉的主动性。只有主动地去看、去听，才能正确地判断运动对象的方向、位置和速度。位觉的联动性主要体现在位觉需要各种单一感觉有机地配合。仅仅某一种单一感觉，如视觉，还不能称为位觉，或者还不能体现位觉。比如，打乒乓球，乒乓球的运动性决定了位觉

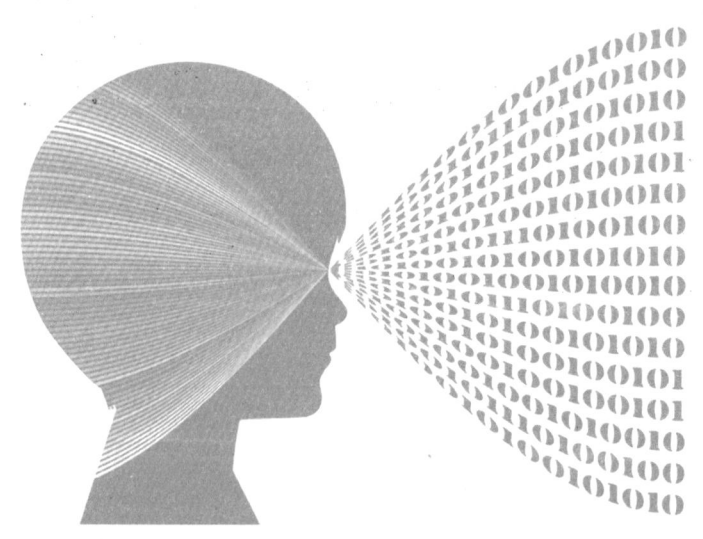

的运动性；通过视觉和听觉来正确判断下一个球即将来到哪个位置，体现了位觉的主动性；当乒乓球到达自己球台的一瞬间，做出正确的应对，体现了位觉的联动性。

李　明：位觉可以训练吗？

雨城客：位觉可以通过训练得到加强。一是不同的人的位觉是不同的。位觉天性好的人比较适合从事运动项目，尤其是体现技巧性的运动项目。反之，位觉天性差的人不太适合从事运动项目。所谓不太适合，是指即便从事了某个运动项目也出不了好成绩，而并不是指不能从事某个运动项目。如果仅仅是锻炼身体，谁都可以从事任何运动项目，只要自己喜欢或愿意。二是通过训练可以提高位觉能力。比如，打乒乓球，在长期训练过程中，不仅可以提高技战术水平，同时也可以提高对乒乓球的位觉能力。通过训练，可以让位觉能力好的人的位觉能力更好，让位觉能力差的人的位觉能力逐渐好起来。正所谓"只要功夫深，铁杵磨成针"。

018 回忆的本质是什么？

李　明：何谓回忆？

雨城客：回忆是回想过往，是记忆的再现。回忆是检验记忆的重要标准，即人们对记忆清晰的事物便能很快回忆起来，对记忆模糊的事物便很难回忆起来。

李　明：对回忆怎么分类？

雨城客：按照用时长短，可将回忆分为立刻回忆和缓慢回忆；按照是否有意识的参与，可将回忆分为有意识回忆和无意识回忆。

李　明：请谈谈立刻回忆和缓慢回忆。

雨城客：立刻回忆，就是马上就能够回忆起来的回忆。缓慢回忆则是需要较长时间才能回忆起来的回忆。所谓较长时间，可以是一小时、几小时、一天、几天，甚至一年、几年、十几年、几十年。比如，老人总是能够回忆起当年之事，就属于缓慢回忆的一种表现。回忆，尤其是缓慢回忆，是从现在往前推。比如，写作这种再现方式可以帮助回忆。只要写现在的事情，则可以回忆起以前的事情，不断如此，直至有记忆的年龄。

李　明：请谈谈有意识回忆和无意识回忆。

雨城客：有意识回忆，是主动在意识支配下的回忆，即有目的的回忆。无意识回忆，是在无意识状态下或在不经意间产生的回忆，即无目的的回忆。年轻人多为有意识回忆，少为无意识回忆；老年人多为无意识回忆，少为有意识回忆。至于在什么年龄段有意识回忆多一些而无意识回忆少一些，也因人而异。不管怎么说，必然存在着某个平衡点，或40岁或45岁，人的有意识回忆和无意识回忆各占一半。这个平衡点可以理解为生理生命的中点。即当有意识回忆与无意识回忆各占一半的时候，人就已经活到了一半的生理年龄了。从理论上讲，通过回忆的平衡点便可以预测人之生理寿命。然而，人的实际寿命是一个综合体现，它除了受生理寿命之固有规律影响之外，还受到心理的影响。心理对生理乃至寿命的影响，可维系生理寿命达到极限，也可缩短生理寿命，从而与生理一起决定着人的实际寿命。此外，人的寿命还会受到外界各种因素的影响，这些因素也会改变人的实际寿命。

李　明：请深入谈谈无意识回忆问题。

雨城客：有意识回忆是保持大脑智力功能正常化的心理状态。只有不断进行有意识回忆，才能让脑细胞的功能正常。但是，当脑细胞正在死亡或即将死亡的时候，它们会把承载的信息释放出来，并传递给其他活着的脑细胞，这就是无意识回忆的体现。无意识回忆是脑细胞死亡之前的一种反应。所谓的回光返照是指脑细胞在大量死亡之前的一种表现。由此可以推论，只要脑细胞存储着某种信息，无论这种信息是否处于立刻的回忆状态，脑细胞在死亡之前必然会释放出信息，然后传递这些信息。这就要求有足够多的活着的脑细胞来等待并接收这些信息。而这些足够多的活着的脑细胞，即便在人的生命结束之时也还足够多。这就是人脑能够保持其功能的内在要求，也是一般人一生中所用的脑细胞不足全部脑细胞10%的根本原因。著名科学家爱因斯坦也只用了13%的大脑。可以假设，如果人的脑细胞被开发了50%，人的聪明程度可能就有现在的5～8倍，但是好景不长，由于待用的脑细胞数量不足，随着人的年龄的增长，脑细胞的死亡伴随着的信息传递得不到接收，人的聪明度或综合智力就会急剧下降。所以，这种情况是不存在的。从现象看，一般人一生中只使用了不足10%的脑细胞，符合大脑的工作规律，而实质上相当于使用了

80%~90%的脑细胞。因此，人的脑细胞的开发程度不能超过20%，因为只有备用的脑细胞的数量5倍于工作的或即将死亡的脑细胞，大脑的智能活动才能正常进行。更何况，备用的80%~90%的脑细胞也会经历新陈代谢，也会死亡。

李　明：有意识回忆与无意识回忆的本质区别是什么？

雨城客：人体通过眼、耳、鼻、舌、身之感官产生了认知，这些感官输入的信息会在人的脑细胞中形成信息储存。一批脑细胞并非只能接收某些信息，只要脑细胞活着，就可以不断接收新信息。当某些脑细胞接收了两次以上的新信息之后，就会对这些信息进行加工、叠加、分类、处理，这就是思维的过程。经过处理的叠加信息会继续存储于脑细胞中，在这些脑细胞死亡之前才被释放并传递。由此可见，在有意识回忆过程中，脑细胞不一定死亡，而在绝大多数情况下，脑细胞并不死亡。无意识回忆，则是脑细胞死亡过程的表现。因此，有意识回忆与无意识回忆有着本质的区别，即脑细胞是否处于即将死亡的状态。

李　明：请谈谈回忆与遗忘的关系。

雨城客：回忆与遗忘是相对的。人的脑细胞所储存的所有信息不可能同时处于兴奋或工作状态，往往是此起彼伏的。也就是说，在某个时段，只有一部分或很少一部分脑细胞处于兴奋状态。从大脑的角度看，就是兴奋区域的问题，即某个区域的脑细胞处于兴奋或工作状态。记忆则具有强制性，即不断让某些特定的信息输入某些区域的脑细胞的过程。比如，要记住新单词，对一般人而言，至少需要在不同的时间段重复7次以上。不管是重复7次还是8次，要产生长期记忆就需要多次强制输入信息，否则就达不到可以产生有意识回忆的状态，即处于通常所说的遗忘状态。从理论角度来讲，大脑只要有一次信息输入便能产生记忆，就应该能够回忆，或许这种回忆只有在脑细胞死亡之前才会得到印证。即便是有意识回忆，在某个特定的时段内，也只能对应某个领域的话题或专题，否则便不会深入。对于考试、工作而言，可以做到在某个时段中只兴奋大脑中的某个区域的脑细胞，而让其他区域的脑细胞处于暂时的休眠状态，这就是心理空间的选择或转换过程。

李　明：增强回忆的基本方法有哪些？

雨城客：我们通常所讲的回忆是有意识回忆。要做到有意识回忆，一是要通过强制输入某些特定的信息并在不同时间段不断重复，记忆越清晰则回忆越清晰。二是要通过思维、逻辑推理或联想的过程，有意识地对储存于大脑中的信息进行加工，从而产生深度的信息联系，进而实现帮助回忆的目的。三是要通过学习的过程，让新信息介入脑细胞中已经储存的信息，从而实现回忆的目的。四是要通过写作的方法来帮助回忆。五是要用潜意识来帮助回忆。输入某些信息，让潜意识进行加工，从而达到回忆的目的。

第三章

思维篇

《黄帝内经·素问·诊要经终论篇第十六》:"黄帝问曰:诊要何如?岐伯对曰:正月二月,天气始方,地气始发,人气在肝;三月四月,天气正方,地气定发,人气在脾;五月六月,天气盛,地气高,人气在头;七月八月,阴气始杀,人气在肺;九月十月,阴气始冰,地气始闭,人气在心;十一月十二月,冰复,地气合,人气在肾。"

019 语言的实质是什么?

李　明：请简述语言。

雨城客：语言是人类进行沟通交流的表达方式，是信息的载体，主要包括口头语言和书面语言，此外还有肢体语言等。语言是人类在漫长的进化和发展中逐步形成的。世界上有5651种语言，然而，使用人数较多的语言只有10种。除了母语，只有对人们有用的语言才值得学习。

李　明：请谈谈语言中听力的重要性。

雨城客：学习语言是需要听力的，因为语言是以听力为基础的。语言的形式有音和形两个方面，即发音和文字，由此构成音意组合和音形组合。如果失去了音的参与和作用，则学习语言便失去了50%的效率。

李　明：请谈谈学习语言的规律性问题。

雨城客：一直以来，我都认为自己的英语比汉语差。哪怕我在学习英语上所花的时间比学习汉语还要多，但是结果则相反。因为我学习汉语符合学习规律，既有形的成分，如阅读，更有音的成分，如讲。这个结果并非汉语是我的母语之缘故。对于学习某种语言而言，是母语与否并不是学习语言效果好与不好的真正原因，仅仅是一个现象。真正的原因在于是否掌握了学习语言的规律，在于是否在学习语言的过程中充分体现音和形这两个方面的作用。

李　明：学习英语走弯路的根源何在？

雨城客：在学习英语过程中，不仅我走了弯路，许多中国人都走了弯路。长期以来，中国人学习英语的方式几乎都是应试模式。在这个应试模式中，学校（从小学到大学）起着主导作用。所谓学习英语的应试模式，就是在学习英语的过程中，一切围绕着考试进行，从记忆单词短语到分析语法结构，从阅读到写作，都是如此。也有人强调听力，由于听力在考试中所占的比例较少，除了英语专业生和具有语言天赋的人，绝大多数人不重视听力，包括学校和学生。正因为考试以文字语言的英语代替了真正的英语，让学习英语的绝大多数人陷入学习的误区。

李　明：掌握规律，会使学习英语更加容易吗？

雨城客：只要符合规律，学习英语至少不难，正如学习其他语言一样。当然，各种语言由于其特殊性，在学习中会有小的差异。这种差异最多只会影响 10% 左右的学习效率，而并非在 50% 以上。因此，在学习语言时，只要方法正确，不管是英语还是其他语种，先听说，后阅读，再做题，都会事半功倍的。

李　明：既然你在学习英语上下了不少夫，你的真实水平如何呢？

雨城客：我意外发现，我现在就连我自己都看不起的英语水平，居然在英语国家没有语言障碍。这说明我的英语水平或能力，不论是听说还是阅读都没有什么问题。换句话说，我已经基本掌握英语了。但是我为何感到自己没有学好英语呢？主要原因是衡量标准出了问题。也就是说，我现在的英语水平还没有达到国内各种英语考试的要求。

思维的内涵是什么？

李　明：何谓思维？

雨城客：思维是人脑对客观事物的反应，有逻辑思维和形象思维之分。思维是大脑的主要功能的体现，是意识的主要内容。意识主要由认知、记忆、思维等内容构成，认知、记忆是思维的前提，是为思维服务的，而思维又可以促进认知、记忆的发展。比如，好的并且经过认真思考过的学习方法，便可以促进认知、记忆的发展。此外，在潜意识领域同样存在着思维，只不过是这种思维不一定为意识所感知而已。

李　明：请谈谈思维的规律性问题。

雨城客：思维具有规律性，因为思维本身也是一种客观存在。既然思维是客观存在，就必然有其规律可言，这就是意识本身的客观性。意识本身的客观性是由意识的物质性所决定的。既然产生或者完成意识功能的物质基础是大脑，大脑具有物质性，这就决定了意识具有物质性，从而也就决定了思维具有物质性。同时，意识本身也是一种物质，这种物质具有"场"的特征。意识本身的物质性也决定了思维的物质性。不论是大脑的物质性还是思维本身的物质性，都是客观存在，也就必然有其规律性存在。

李　明：请谈谈思维所反映的内容的客观性。

雨城客：思维还有另外一方面的客观性。除了大脑和思维本身的物质性所决定的思维的客观性，思维所反映的内容也具有客观性。要说清楚思维在这方面的客观性，就要先从思维的主观性说起。其实，我们通常讲的主观性就是包括思维在内的意识的所有活动。但是，意识这个主观活动所反映的内容是客观的大千世界，这个客观的大千世界的内容、变化或运动决定了意识的内容、变化或运动。同时，意识本身也具有活动的规律性。那些经过意识加工的理性认识，就能够反映这个客观的大千世界的规律性，从而也就可以指导人们去进一步认识和改造这个客

观的大千世界。总之，先不说意识本身的物质性，就通常所讲的物质与意识的关系而言，物质起着基础性和决定性的作用，意识起着受支配和反作用于物质的作用。意识这个主观的世界在产生、发展和变化中，必然为物质这个客观世界所支配、控制或左右。这就是意识的客观性，是区别于意识本身的客观性或者物质性的另外一种客观性。意识的这种客观性也是思维的客观性的体现。

李　明：如何掌握思维的规律性？

雨城客：掌握思维的逻辑性就是掌握思维的客观性或者规律性。仅仅掌握逻辑思维的规律性还不够，也要掌握形象思维的规律性。只有充分掌握了这两种思维的规律性，才能充分利用好思维这个武器去认识和改造客观世界。在掌握思维的规律性的过程中，我们要因不同的场景和需要，具体问题具体分析、具体对待。

李　明：能否推荐一种思维方法呢？

雨城客：在此推荐一种思维方法，即实践—阅读—思考—总结，循环往复。这种思维方法也许不是最好的，但不失为一种好的方法。因为这种方法在一定程度上反映了思维的规律性。充分利用好这种方法，就能够不断提高思维能力。

021 逻辑的本质是什么？

李　明：何谓逻辑？

雨城客：逻辑是思维的规律和规则。逻辑性是思维的必然性要求。或者说，思维是有逻辑性的，或者思维应该是有逻辑性的。逻辑性具有形式上和内容上的含义。

李　明：逻辑与语言的关系如何？

雨城客：在形式上，思维必须依赖于语言而存在，不论是书面语言还是口头语言，都是如此。思维的逻辑性决定着语言的逻辑性，而语言的逻辑性则是思维的逻辑性的表现。比如，任何文体都有其固有的或所要求的逻辑性，哪怕是散文，也要求"形散而神不散"，这就是逻辑在形式上的表现。从人类语言产生的那一刻起，语言和思维就是一对"患难兄弟"。思维的产生和发展都离不开语言的支持，语言的发展、变化，也是由思维的发展、变化所决定和要求的。

李　明：请谈谈逻辑的客观性和主观性。

雨城客：在内容上，逻辑性具有客观性和主观性。逻辑的客观性是指规律性。逻辑的客观性并不是逻辑本身的客观性，而是逻辑这个主观行为所反映的世界的客观性。只要通过学习或者训练,许多智力正常的人都可以发现规律、遵循规律,在逻辑上符合客观性。从广义角度来看,任何思维都具有主观性,这也决定了任何逻辑都具有主观性,从而决定了人们在思维能力上的差异性。对不同的主体而言,逻辑的主观性就是人的思维能力的差异性。针对不同的具体事物,人的逻辑性的具体表现必然是不同的。有的人的逻辑性较强,而有的人的逻辑性较弱。

李　明:思维模式与逻辑性的关系如何?

雨城客:逻辑性往往受到思维模式的左右。一般而言,学理科的人,逻辑思维能力会相对强些,而形象思维能力会相对弱些;学文科的人,逻辑思维能力会相对弱些,而形象思维能力会相对强些。这是思维模式在起作用。对于学理科的人而言,由于其学习了大量数学、物理学等课程,在其知识结构中,数学和物理学知识占据较大比例。而数学和物理学具有的

逻辑思维性就必然影响甚至左右着他们的思维习惯，以至使他们形成具有较强的逻辑思维能力和较弱的形象思维能力的思维模式。对于学文科的人而言，由于其学习了大量文学、经济学等课程，在其知识结构中，文学和经济学知识占据较大比例。而文学和经济学具有的形象思维性就必然影响甚至左右着他们的思维习惯，以至使他们形成具有较强的形象思维能力和较弱的逻辑思维能力的思维模式。其实，有些课程既具有逻辑思维性也具有形象思维性，如哲学。因此，从个案来看，学理科的人也存在着形象思维能力强的，学文科的人也存在着逻辑思维能力强的。

李　明：能否同时学习理科和文科呢？

雨城客：正所谓"学无止境"，在人生长河中，谁都不要也不应该用绳子把自己的观念捆住。对于所谓的学理科或者学文科的人，仅仅是在某个阶段而言，如大学阶段。因此，所谓学理科的人当然可以学习文学、经济学等知识，所谓学文科的人也当然可以学习数学、物理学等知识。这样一来，人人都会拥有理科和文科的知识，人人都会有较强的逻辑思维能力和形象思维能力，从而人人都不会在逻辑性方面受到思维模式的影响了。

李　明：请谈谈逻辑的规律性问题。

雨城客：不论是谁，都应该正确把握逻辑性所要求的客观规律。要正确把握逻辑性所要求的客观规律，应该做到以下四点。一是要让逻辑的客观性与客观世界的客观性相吻合。客观世界的客观性决定了逻辑的客观性。只有正确把握住了客观世界的客观规律，才能使逻辑性符合客观性。二是要用大量的事实来证明逻辑思维方法的正确性。任何理论都是从实践中来再到实践中去的，逻辑思维方法也不例外。只有通过大量实践，才能证明逻辑思维方法的正确性。三是要充分发挥逻辑推理的作用。当逻辑思维方法得到验证之后，再严格遵循逻辑性所要求的严密性和严谨性，就可以通过逻辑推理方法创造出新的成果或者发现新的规律。因为观察世界并不是一开始就能够看到其本质的，只有靠被大量实践证明过的逻辑思维方法才能发现新的东西。四是要充分利用逻辑性来增强阅读能力。学习是伴随人一生的行为。人类的绝大多数知识都是以文字方式来表达或者记载的，不论是汉语还是英语。拥有较强的阅读能力是绝大多数人的希望。正确掌握逻辑性，不论是文字的逻辑性还是思维的逻辑性，都有助于使人提高阅读能力。一方面，好的文学作品都是有一定逻辑性的；另一方面，拥有好的逻辑思维习惯可以尽快走进作者的心灵。

022 形象思维的内涵是什么？

李　明：何谓形象思维？

雨城客：形象思维是用表象来进行分析、综合、抽象、概括的过程。因为客观世界都是有形的，所以认知就是从以眼睛这个器官为主感知世界开始的，所形成的思维就是形象思维。因此，形象思维是最基础的思维。形象思维与逻辑思维相对。有了形象思维才会产生逻辑思维，而逻辑思维的发展也会促进形象思维的发展。由于世界上的绝大多数客观存在都是有色彩的，所以色彩是形的一个特征。但是，形象思维却很少有色彩，因为产生思维的物质与有形的物质是不同的。准确地讲，绝大多数形象思维的颜色是黑白的，如梦一般，而少数形象思维则有色彩，亦如梦一般。

李　明：形象思维以什么为导向？

雨城客：形象思维以其所反映的客观世界形象为导向，推进思维的发展。形象思维以想象为基础。想象以所认知的世界为基础，在大脑中形成印记，然后通过大脑独立地进行自由的形象加工。幻想是想象的个案，即漫无边际的想象。任何人都具有想象或者幻想的能力，在这个基础上，有些人的形象思维发展得好些，而有些人的形象思维发展得差些。形象思维能力发展的情况与个体条件、实际需要、人生经历、生活习惯等因素有关。从规律的角度看，逻辑思维能力的发展与形象思维能力的发展有些类似，尽管方法不同。

李　明：形象思维有什么特征？

雨城客：形象思维是一种思维，所以其必然具有思维的两个客观性和一个主观性。一是形象思维具有两个客观性。一个客观性是形象思维本身的客观性，即物质性；另一个客观性是形象思维所反映的客观世界的客观性。但是，形象思维的客观性与逻辑思维的客观性不同。二是形象思维的主观性是形象思维这个活动本身的主观性，它的基本含义是相对于客观世界而言的。

李　明：请谈谈发展形象思维的方法。

雨城客：正因为形象思维具有两个客观性和一个主观性，所以发展形象思维的方法应该遵循思维的一般方法，即实践—阅读—思考—总结，循环往复。发展形象思维的方法跟发展逻辑思维的方法一样，只不过是两种思维的方式不同、侧重点不同。即形象思维的实践主要是想象或者幻想，发展形象思维所需要的阅读应该以文学等以形象为载体的作品为主。形象思维的思考是对某个具体事物以形象思维为基础的思考。既然形象思维的特征具有区别于逻辑思维的性质，那么对形象思维的总结必然与逻辑思维不同。

李　明：请谈谈思维的整体性问题。

雨城客：尽管思维能力和思维方式不同，但是要发展综合思维能力，就要同时发展形象思维和逻辑思维这两种思维方式，把形象思维与逻辑思维紧密地结合起来。实际上，形象思维和逻辑思维都不能孤立地运行，而是相辅相成的。形象思维离不开逻辑思维的支撑，不论在形象思维的开始阶段还是发展阶段。同样，逻辑思维也离不开形象思维的支撑，不论在逻辑思维的开始阶段还是发展阶段。之所以要把形象思维和逻辑思维分开来看，是因为这两种思维具有各自独立的思维特征。实际上，思维能力是综合发展的。形象思维或者逻辑思维之中的一种能力相对强而另一种能力相对弱，仅仅是暂时的。不论是形象思维还是逻辑思维之中的一种思维能力要有大的发展，另一种思维能力也应该有相应的发展，否则这种思维的发展就会受到制约。

李　明：请谈谈思维的整体发展问题。

雨城客：因为思维整体都是大脑在支配的，而思维也需要一种动态平衡，因此，不能用所谓的"自己是学什么的，或理科或文科"来捆住自己，否则思维能力就发展不了。对于学理科的人而言，可能暂时逻辑思维能力会相对强些，但是如果要继续发展逻辑思维能力，就应该以形象思维能力的同步提高为支撑，否则也发展不了逻辑思维能力。同样，对于学文科的人而言，可能暂时形象思维能力会相对强些，但是如果要继续发展形象思维能力，就应该以逻辑思维能力的同步提高为支撑，否则也发展不了形象思维能力。因此，合理的思维方式是形象思维与逻辑思维的有机结合。所谓的有机结合，主要是指形象思维与逻辑思维要并驾齐驱，而不是相同发展。既要同时发展形象思维和逻辑思维，也要允许保留这两种思维的差异性，但是差异不能太大。

023 思考的本质是什么？

李　明：何谓思考？

雨城客：思考，是在平静状态下的思维。平静，包括环境的平静和心的平静。所谓环境的平静，是指所处的自然综合环境的安静，主要是指没有声响或者声响很小。在平静的环境下，更能让人进入思考状态。所谓心的平静，是指心无杂念，心中要么没有任何问题，要么只有要思考的问题。环境的平静与心的平静密切相关。一般情况下，先有环境的平静，才有心的平静，也才会有思考。一句话，平静是思考的基础或者前提。

李　明：思考如何分类？

雨城客：思考，分为有意识思考和无意识思考。

李　明：请谈谈有意识思考。

雨城客：所谓有意识思考，就是有目的的、主动的、可控的思考，包括逻辑思维和形象思维。思考不是逻辑思维或者形象思维之中的一种，而是这两种思维方式的综合运用。其中，一个重要的有意识思考的方法是逻辑思维形象化法，即在逻辑思维中，先锁定某些熟悉的形象，如三角形、正方形、圆形等，让逻辑思维形象化。让逻辑思维的每一个步骤或者每一个阶段都依附于某个形象之上，让逻辑思维的逻辑性随着形象思维的形而变化而发展，从而推进逻辑思维的发展。实际上，逻辑思维与形象思维是相互促进的关系，这就是思维的整体性推进问题。

李　明：请谈谈无意识思考。

雨城客：在无意识思考中，有三种典型情况。一是所谓灵感的产生，就是一种无意识的思考。因为有意识的思考的一个特点是可控性，而灵感的产生与否或者何时产生等都是不可控的，因此，灵感的产生是一种无意识思考。在此，把灵感的产生归结为无意识思考，是因为灵感的产生与平时的积累有关，只有在平时思考的基础上才会产生灵感。二是入睡前的遐想，也是一种无意识的思考。因为入睡前的遐想是自己无法支配或者不能完全支配的。入睡前的遐想内容很丰富，绝大多数是无用的，其中有用的内容就是一种无意识的思考。三是睡梦中的思考，又是一种无意识的思考。实际上，睡梦中的思考的无意识性或者潜意识性是毋庸置疑的。只不过是睡梦中的这种无意识的思考在绝大多数情况下不为意识所知而已。

李　明：请谈谈思考的过程。

雨城客：思考的过程就是把大脑中零散的记忆进行条理化的过程，让认识从感性走向理性的过程。比较典型的思考有三种。一是学习过程中的思考。在学习过程中少不了思考这个环节，否则，所学的知识永远不会变成自己的，也就达不到学习的目的。而思考本身也是一种很好的学习方法，对要学习的内容，对照目录先进行思考。在思考过程中发现，也许绝大多数内容是自己不明白的，这很正常。哪怕思考不清楚、不明白，但是通过思考的过程，能够让自己在心中确定关注点，知道哪些是懂的，哪些是不懂的，哪些是难的，从而让自己在学习中具有针对性，进而提高学习效率。好的学习方法就是学习效率高的方法，思考学习法正是这样一种方法。二是创造过程中的思考。人类社会的进步离不开不断地创造。只有不断地创造，才能推进人类社会的进步。在创造过程中，必然有思考的参与。人类的所有创造，说大一点有发明、发现，说小一点有创新、变革，都离不开认真思考。而创造中所需要的思考则不同于普通的思考，它需要更深入或者更深层次的思考，即所谓的苦思冥想，才能得到创造的结果。

三是解决难题过程中的思考。实际上，创造的过程就是一个解决难题的过程，而此处所指的难题是一般的难题，人人都可能会遇到的难题，哪怕难题的内容不同。在解决难题的过程中，必然少不了思考的过程。实际上，难题的最终解决是一种客观存在，人在到达这种客观存在之前，必须经过思考。但是并非经过思考就一定能够解决难题，只不过思考是解决难题必不可少的环节和手段。

李　明：如何养成思考的习惯？

雨城客：要养成思考的习惯需要做到三点。一是提高思维能力。只有思维能力提高了，包括逻辑思维能力和形象思维能力，才能真正提高思考的效率。只有思考的效率提高了，才会促使人愿意继续思考，从而形成思考的习惯。二是思考要有明确的目的性。既然思考强调目的性，就必然是指有意识的思考，因为只有有意识的思考才会涉及目的性问题。只有思考的目的性明确了，才能解决具体问题，才能让思考有具体的结果，从而引起思考的兴趣，让思考养成习惯。三是思考需要新信息的支撑。要在接受或者认识新事物、新信息的过程中加以思考，只有这样才能让思考有新的血液，让思考充满活力。因此，养成思考的习惯，就是凡事皆想一想，哪怕不一定都想明白，但至少是有好处的，从而为将来真正解决问题打下基础。只要养成思考的习惯，日积月累，就能超越自我或者有新的突破。

李　明：请谈谈思考的总结问题。

雨城客：在思考过程中，要善于总结，因为思考与总结是密不可分的。总结是一种归纳的方法和过程，只有通过总结，才能把已经思考清楚的东西在头脑中进行条理化和归档化。实际上，并非仅仅在思考的某个阶段需要总结，总结伴随着思考的全过程。思考与总结是相互推进的关系。一是总结离不开思考。因为总结的特点就是综合分析、归纳，只有思考才能让总结的对象条理化。思考是总结过程中的一个重要环节，离开了思考，总结是不能完成的。二是总结能够促进思考不断深入。当总结实现阶段性成果的时候，已经条理化的问题又是思考的新起点和新问题。有了总结的基础，就能够让思考的视点更高、思路更清晰、目的更明确，从而让思考和总结的关系进入新一轮的良性循环。

心域的意义是什么？

李　明：何谓心域？

雨城客：心域，是指心理空间、心理时间和心理运动规律。不同的心理空间必然有不同的心理时间，因为不同的宇宙空间有不同的宇宙时间。心理时间以宇宙时间为基础，但不同于宇宙时间。心理时间是一种存在，具有相对的独立性，主要体现在与心理空间的结合方面，即心理速度，如快感。

李　明：心理运动的主体是什么？

雨城客：既然存在心理空间和心理时间，就必然存在心理运动的主体。心理运动的主体是意识。心理速度便是意识的速度。一般而言，心理主要处于三种状态，一是无意识状态，即心理速度为零的状态或意识相对静止的状态；二是意识状态，即心理速度不为零的状态或相对运动的状态；三是情感和欲望状态，即心理运动处于加速的状态。

李　明：什么是心理惯性定律？

雨城客：心理惯性定律称为心理运动第一定律。与宇宙物体相类似，意识在心理空间的运动也遵循惯性定律：在没有外力作用或者外力作用为零的时候，意识总是处于平静的思维状态。作用于意识的外力为七情六欲。既然心理惯性存在，为了表示心理惯性的大小，就必然存在心理质量。心理质量便是意志或理想信念，即意志越坚定，心理质量就越大，七情六欲对意识的影响就越小。换句话说，心理质量越大，心理惯性就越大，七情六欲这些心理外力对意识的影响就越小。

李　明：什么是心理运动第二定律？

雨城客：当七情六欲这些心理外力作用于意识的时候，意识的运动则处于变速的状态，即要么处于加速状态，要么处于减速状态。心理运动的变速状态可以用 $F=ma$ 来表示。F 表示七情六欲等心理外力的合力；m 表示心理质量，即心理惯性大小；a 表示心理运动加速度。即心理运动的外力的合力大小等于心理质量与心理运动加速度的乘积。

李　明：请谈谈心理外力。

雨城客：引起心理外力发生变化的外因，不直接作用于人的意识，而是通过七情六欲来发挥作用。也就是说，人之外的一切因素，只会让心理外力发生变化，再通过心理外力的变化来影响意识的变化。同样，心理运动的主体——意识，既是宇宙世界在心理空间的反应，又有相对的独立性。也就是说，宇宙世界的物体的运动变化，不会直接导致意识的变化。

李　明：什么是心理运动第三定律？

雨城客：有多少心理外力发生，就有多少意识与之响应。然而，不论是心理外力还是心理运动的主体——意识，皆由心灵所操控。也就是说，心灵可以理解为心理运动的宇宙。所以，一般情况下，意识的反作用等于对意识的作用，而在实际情况中，意识的反作用可大于或小于对意识的作用。由此可以进一步推论：如果心理空间的运动规律的确与宇宙空间的运动规律相仿，那么一方面证实了心理运动第三定律的正确性，另一方面又可以把心理运动第三定律的特殊性推广到宇宙空间，即宇宙空间必然存在着类似于心灵的一种力，这种力决定着物体的存在和运动方式。

025 坚守的本质是什么？

李　明：何谓坚守？

雨城客：坚守，坚持和守候，是意志恒性的体现。我们通常所讲的习惯便是心理惯性的体现。从理论上讲，习惯并非需要三次以上的行为作为保障，一次就行。因为心理惯性一旦被改变，就会形成或进入新的心理惯性状态，这便是新的习惯。坚守的心理惯性既可表现为积极的方面，如为理想、目标奋斗；也可表现为消极的方面，如沉溺于惰性、坏习惯等。

李　明：一些坏的习惯为何总改不掉呢？

雨城客：因为心理惯性的状态可在两种情况下坚守。一种是在没有情感、欲望等心理外力的作用的情况下。因为一旦没有心理外力的作用，心理便能保持惯性状态。不管什么原因，只要形成了新的心理惯性状态，因为没有心理外力的作用，所以心理能够保持惯性状态。另一种情况是情感、欲望等心理外力的作用合力为零。因为心理外力的合力为零，相当于没有心理外力，所以心理仍然能够保持惯性状态。

李　明：请谈谈欲望这种外力。

雨城客：既便人可以处于没有情感的状态或心理平静的状

态,但是由生理因素所决定的欲望并未消失,即欲望的心理外力总是存在着的。欲望的外力一旦存在,就必然会改变刚刚形成的心理惯性状态,而回到欲望所指向的心理状态,即坏习惯的状态。

李　明：如何才能改变心理惯性状态？

雨城客：要真正改变心理惯性状态进而处于某种相对稳定的状态,即通常所讲的改变坏习惯的情况,需要两方面因素的影响。一是改变心理惯性的质量,即通过意志的内力与欲望的外力形成某种心理平衡,从而让心理处于新的惯性状态。二是在包括意志努力在内的种种条件下不断改变以前的习惯,从而不断打破欲望对刚刚形成的心理惯性的影响。通常情况下,意志与欲望的对抗需要三次以上,才能让心理状态保持平衡。这种心理平衡是一种动态的平衡,

　　　　　即形成了新的习惯。

李　　明：通过上述阐述，可以得出什么结论呢？

雨城客：可以得出两个结论——一是一般而言，新的习惯的形成需要三次以上的意志努力，因为只有三次以上的意志的内力才能与欲望之外的力形成动态平衡；二是形成的新的习惯也并非很稳定，仅仅是相对稳定，一旦欲望的外力超过意志的内力，心理惯性还会回到原来的状态。比如，戒烟、戒酒便是改变坏习惯的过程，是一种动态平衡，因此是不稳定的，需要意志的不断付出作为保证。

李　　明：在哪种情况下可以一次形成习惯？

雨城客：对于新领域、新事物而言，是可以做到一次就形成新习惯的，因为在这些情况下，心理惯性起着主导作用。也就是说，这是由心理惯性的一次性所决定的。所谓惯性的一次性，是指宇宙物体的惯性的一大特征：宇宙物体只要改变了原来的惯性状态，就会在新的惯性状态下保持运动状态，而改变宇宙物体惯性状态的力的作用只需要一次。对于心理空间的意识运动而言，也类似于宇宙空间之物体之运动。也就是说，两个空间惯性具有相通之处。心理惯性同样会体现出一次性的特征。比如，探索自然规律的习惯。

第四章

情感篇

DI SI ZHANG
QINGGAN PIAN

《黄帝内经·素问·解精微论篇第八十一》："故谚言曰：心悲名曰志悲。志与心精，共凑于目也。是以俱悲则神气传于心精，上不传于志而志独悲，故泣出也。泣涕者脑也，脑者阴也，髓者骨之充也，故脑渗为涕。志者骨之主也，是以水流而涕从之者，其行类也。"

026 情感是怎么回事？

李　明：何谓情感？

雨城客：情感是人的内心对外界事物所持的肯定或否定态度的心理体现。情绪是以个体愿望和需要为中介的心理活动。人的正常心理状态通常有两种形式，一种是意识状态，如清醒的时候；另一种是潜意识状态，如睡眠的时候。人处于意识状态的时候，随着环境的变化，总是伴随着某种情感并且这种情感还能够让人知晓。通常情况下，要么处于喜、怒、哀、乐、惊、悲、恐之中的一种情感状态，即人们通常讲的情绪状态；要么处于喜、怒、哀、乐、惊、悲、恐之中的某几种复合的情感状态，即人们通常讲的情感状态。其实，通常意义上的情绪状态与情感状态都是情感的表现形式，就情感这个话题而言是没有本质区别的，要说区别仅仅是情感的内容不同罢了。因此，只要在意识状态，随时可以感受到情感的存在。

李　明：为什么有时人不在情感状态而是在平静的心理状态呢？

雨城客：人的确会处于平静的心理状态，而且这个状态并不是情感状态。其实，平静的心理状态就是情感状态变化的平衡点。假设各种情感状态为正值或负值，这个平衡点就可以理解为零点。有了这些假设之后，我们就不难理解情感状态的变化了。在情感状态从正值变化到负值，或者从负值变化到正值的过程中，必然要经过零点，否则情感就不会发生变化。我们也可以反过来理解，不管什么原因，只要情感发生了变化，就完全会受到零点的影响。一般情况下，情感状态变化的平衡点就是平静的心理状态。当然，不同的人的情感状态变化的平衡点的位置会有区别，有的人可能是在某种情感状态，有的人可能是在另一种情感状态。

李　明：情感状态变化的机理是什么？

雨城客：情感状态变化的机理是两种相反力量的相互作用。一方面，情感状态变化的平衡点就像地心吸引物质一样，总是吸引着各种情感朝着它的方向集中，这是一种纯粹的心理力量。另一方面，情感状态在外界环境或条件的影响下，总是背离情感状态平衡点，总是在不断变化或运动之中，这是一种共同的力量。在这两种力量的相互作用下，情感就会发生各种变化。要么从一个正值经过零点变化到负值，要么从负值经过零点变化到正值，要么从一个正值变化到另一个正值或者从一个负值变化到另一个负值。由此可见，平衡点并不是一种心理常态，情感状态才是心理的常态。换句话说，人处于心理平静只是暂时的状态。

李　明：那么处于思维状态又是怎么回事呢？

雨城客：处于思维状态也是一种情感状态的平衡点。思维状态跟平静状态相似，并不是心理常态，情感变化状态才是心理常态。不同的人在不同的环境下，心理平衡点的表现形式会有所不同，有可能是平静的心理状态，也有可能是思维状态，还可能是其他心理状态。不管平衡点是什么状态，由于其具有暂时性，人要较长时间内维持在这个状态，就需要意志力作为支撑。

李　明：那么人在潜意识状态又是怎么回事呢？

雨城客：其实，人在潜意识状态就是人在意识状态的复制，只不过是这个状态不一定为人所知而已，就像做梦的具体内容不一定为人所知一样。

李　明：情感状态与生理状态是怎样的关系呢？

雨城客：每一种情感状态都对应着一种生理状态。不论人处于喜、怒、哀、乐、惊、悲、恐中的哪一种情感状态，都对应着一种生理状态。因为心理和生理是一个统一的整体，这个整体就是人体系统。只要是人，就必然有一个身躯的存在、变化，就必然有其自身的规律。同时，人具有各种情感，并且各种情感还在不断变化之中，这必然要求人的身躯有相应的生理状态与之相适应。人不论是处于单一的情感状态还是复合的情感状态，都必然有对应的生理状态。

在各种情感状态中，有的情感状态对身体有好处，如喜、乐的情感状态；而有的情感状态对身体有伤害，如怒、哀、悲、恐的情感状态。因此，人要有一个好身体，就要控制好自己的情感，尽量使自己处于对身体有好处的情感状态。人处于包括平静的心理状态在内的心理平衡点状态，对身体也是有好处的。因此，即便你不能使自己较长时间处于对身体有好处的情感状态，也要使自己长期处于心理平衡点状态。这些都需要意志力作为支撑。同时，要充分利用心理平衡点与情感相互作用的机制，充分发挥心理平衡点的作用。

李　明：请谈谈情感的物化问题。

雨城客：虽然情感是纯粹的心理活动，但是在情感的流露或表现过程中，可以寄托于人之外的事物中，这个过程就是情感的物化。情感的物化是一个行为过程。在一定场景下，人的情感流露过程总会寄托在某个事物之中，而这个事物是可以再现的。情感物化的过程需要一个时间段，而这个时间段随着情感的流露已经成为过去。过去的事情就不可能复返。而寄托情感的事物是可以凝结时间的，同时也凝结了人的情感。情感的物化可以分为自然物化和社会物化两种。

李　明：请谈谈情感的自然物化。

雨城客：绝大多数人都可以在犹如大海一样宽广的各种音乐之中找到自己的情感所对应的曲目，这就是有些音乐让人情有独钟的原因。也正因为如此，人的情感就被自己喜欢的音乐物化了。实际上，情感的物化形式不仅仅是音乐，有可能是一幅美丽的图画，也有可能是某种香气，还有可能是某种味道等。

李　明：请谈谈情感的社会物化。

雨城客：情感的社会物化主要包括爱情、亲情、友情。当情感物化的对象是除自己之外的自然人的时候，就必然产生爱情、亲情、友情。爱情、亲情、友情都不是单一的情感，是包括喜、怒、哀、乐、惊、悲、恐等情感的某几种或者全部的复合情感。爱情，除了相互物化彼此的情感，还渗透着性欲的成分。因此，爱情是人类最复杂、最神圣、最活跃的情感，因而爱情不被叫作情感而是被称为感情。亲情，发生在具有血缘关系或者婚姻关系的人之间，是人与人之间的一种非常稳定的情感关系。在有亲情的人之间，彼此肯定物化了情感。友情，只要有共同的经历，哪怕是一次邂逅，彼此之间建立了友谊，就能够相互物化各自的情感。不论是爱情、亲情还是友情，人都能够在彼此的身上找到自己曾经的情感对应物。

李　明：关于情感物化问题，你有什么结论呢？

雨城客：情感物化的对象可能是某个具体的人，从而使人产生爱情、亲情、友情；也可能是某个社会团体或者国家，从而使人产生对曾经的所在单位的想念、对祖国的热爱等；还有可能是某个行为过程，从而产生对当知青的回忆、当兵的回忆、留学的回忆等；也还可能是某种智力成果，从而产生对文学作品、发明创造、音乐作品、绘画作品的陶醉等。

情感抛物线表达了什么含义？ 027

李　明：请简述情感抛物线。

雨城客：通过进一步研究，就会发现各种情感变化是有一定规律的，而这个规律正好是四类抛物线，在此姑且把这四类抛物线称为情感抛物线。情感抛物线是一种假设，通过这种假设能够形象地说明各种情感的变化。

李　明：请简单阐述抛物线的概念。

雨城客：大家对抛物线的概念并不陌生，它是指在地球表面抛物体的时候，物体仅仅受到地心引力作用的情况下的运动轨迹，这条轨迹就是抛物线。这是理想状态下的抛物线概念。在实际情况中，凡是在地球表面上抛物体，该物体除了受到地心引力作用之外，至少还受到空气阻力的作用。其实，我们在阐述抛物线概念的时候，为了更好地强调抛物线，已经忽略了空气阻力，是一种理想型的曲线。

李　明：你所讲的情感抛物线也是理想型吗？

雨城客：一般而言，模型都是理想型的，情感抛物线也不例外。为了说明情感抛物线的概念，在此突出强调人自身对情感影响的力量，包括平静的思维状态的力量，而忽略了社会和自然环境对情感的影响。因为只有这样，才能很好地说明情感的变化。

李　明：如何描绘情感抛物线呢？

雨城客：为了描绘情感抛物线，就必须先建立情感坐标系，包括坐标系的原点、横坐标、纵坐标，然后进一步阐述情感抛物线 AB、-AB、A-B、-A-B。

李　明：请阐述一下情感坐标系的原点。

雨城客：假定情感坐标系的原点为 O，那么这个原点就具有两个特定的内容：一是原点 O 的数值为零，它既不是正值也不是负值，表示人的情感处于平静的心理状态或思维状态。情感平衡点一般情况下是平静的心理状态或者思考状态。实际上，人的思维状态都是在平静心理状态下进行的；反之，如果人的心理状态不平静，至少是不能很好地思考或者思维的。因此，平静的心理状态也是思维状态，在此统一称为平静的思维状态，用原点 O 来表示。二是原点 O 既然是心理平衡点，那么它就是心理变化的动力或者力量源泉，它的作用类似于地心引力。关于地心引力，我们通常会有一个错觉，就是在地球表面的抛物体似乎都是在向下的地心引力作用下运动的。其实不然，因为我们在地球表面抛物体的时候，往往是从微观的角度来看问题，所得出的结论肯定就是地心引力始终是向下的。但是，我们如果宏观地来看地球，不论站在地球表面的哪个位置来看，抛物体都是在受到向着地心方向的引力作用下运动的。不管是微观地看还宏观地看，都是人的视角问题，而地心引力是客观存在的，它的方向始终是向着地心的。同样的道理，心理平衡点所表示的力，同样始终是向着原点 O 的方向的，不管我们从哪个角度看都是如此。

李　明：请阐述情感坐标系的横坐标。

雨城客：情感坐标系的横坐标用 A 来表示。假定原点 O 的右方为正值，用 A 来表示，那么原点 O 的左方就为负值，用 $-A$ 来表示。A 具有四个层次的概念。第一层次用 A_1 表示，它具有欣赏、赞赏、佩服、推崇等意思。第二层次用 A_2 表示，它具有兴趣、好奇、惊奇、诧异等意思。第三层次用 A_3 表示，它具有喜欢、好感、友好、善意等意思。第四层次用 A_4 表示，它具有爱、热爱、敬仰、崇敬等意思。A_1、A_2、A_3、A_4 的数值是依次变大的。同样的道理，$-A$ 也具有四个层次的概念。第一层次用 $-A_1$ 表示，它具有担心、忧虑、郁闷、犹豫等意思。第二层次用 $-A_2$ 表示，它具有悲伤、伤感、哀愁、沉痛等意思。第三层次用 $-A_3$ 表示，它具有害怕、恐惧、畏惧、忌讳等意思。第四层次用 $-A_4$ 表示，它具有恨、讨厌、痛恨、恶意等意思。$-A_1$、$-A_2$、$-A_3$、$-A_4$ 的绝对值是依次变大的。

李　明：请阐述情感坐标系的纵坐标。

雨城客：情感坐标系的纵坐标用 B 来表示。假定原点 O 的上方为正值，用 B 来表示，那么原点 O 的下方就为负值，用 $-B$ 来表示。B 具有两个方面的意思。一是表示情感的程度，B 的数值越大，情感的程度越深。二是表示在意识状态下的情感强度。同样的道理，$-B$ 也具有两个方面的意思。一是表示情感的强度，$-B$ 的绝对值越大，情感的程度越深。二是表示在潜意识状态下的情感强度。

李　明：请阐述情感抛物线AB。

雨城客：情感抛物线AB是表示在意识状态下，人的正值情感变化的一条曲线。在这条曲线中，表达了三个方面的含义。一是人的正值情感是依次变化的，即从原点O变到A_1，从A_1变到A_2，从A_2变到A_3，从A_3变到A_4；或者从A_4变到A_3，从A_3变到A_2，从A_2变到A_1，从A_1变到原点O。一般情况下，情感变化不会从A直接变到−A。换句话说，即便情感要从A变到−A，也要先回到原点O之后才办得到。也就是说，原点O是不可逾越的，这也与原点O的作用有关。二是随着人的正值情感的变化，情感的强度B也在变化。当情感从A_1变到A_3的时候，情感的强度也越来越强，情感也会从B_1相应地变到B_3；反之亦然，当情感从A_2变到原点O的时候，情感的强度也从B_2回到原点O。三是在原点O与A_1之间、A_1与A_2之间、A_2与A_3之间、A_3与A_4之间，还有其他的情感A_n，在此就不一一穷举。正因为A_n的存在，才把原点O、

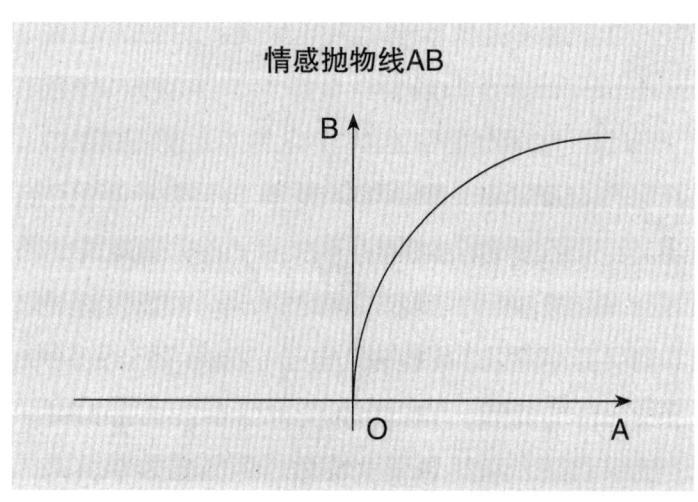

情感抛物线AB

A_1B_1、A_2B_2、A_3B_3、A_4B_4 连成一条光滑的抛物线，这就是情感抛物线 AB。

李　明：请阐述情感抛物线 –AB。

雨城客：情感抛物线 –AB 是表示在意识状态下，人的负值情感变化的一条曲线。在这条曲线中，表达了三个方面的含义。一是人的负值情感是依次变化的，即从原点 O 变到 $-A_1$，从 $-A_1$ 变到 $-A_2$，从 $-A_2$ 变到 $-A_3$，从 $-A_3$ 变到 $-A_4$；或者从 $-A_4$ 变到 $-A_3$，从 $-A_3$ 变到 $-A_2$，从 $-A_2$ 变到 $-A_1$，从 $-A_1$ 变到原点 O。一般情况下，情感变化不会从 –A 直接变到 A。换句话说，即便情感要从 –A 变到 A，也要先回到原点 O 之后才办得到。也就是说原点 O 是不可逾越的，这也与原点 O 的作用有关。二是随着人的负值情感的变化，情感的强度 B 也在变化。当情感从 $-A_2$ 到 $-A_4$ 时候，情感的强度也越来越强，情感也会从 B_2 相应地变到 B_4；反之亦然，当情感从 $-A_3$ 变到 $-A_1$ 的时候，情感的强度也从 B_3 变到 B_1。三是在原点 O 与 $-A_1$ 之间、A_1 与 $-A_2$

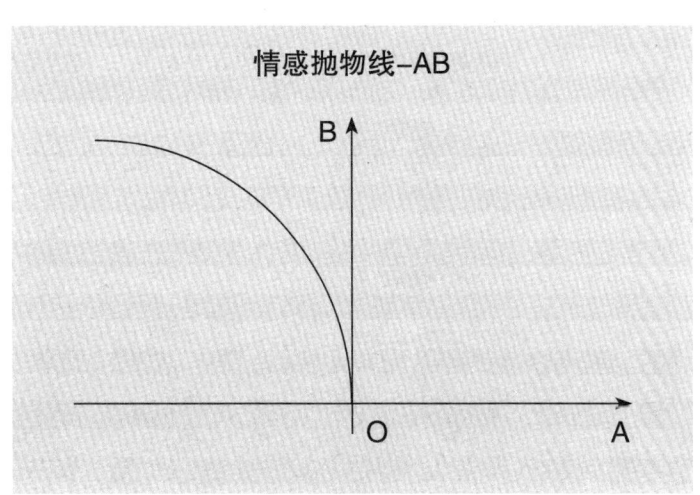

之间、$-A_2$与$-A_3$之间、$-A_3$与$-A_4$之间，还有其他的情感$-A_n$，在此也不一一穷举了。正因为$-A_n$的存在，才把原点O、$-A_1B_1$、$-A_2B_2$、$-A_3B_3$、$-A_4B_4$连成一条光滑的抛物线，这就是情感抛物线$-AB$。

李　明：请阐述情感抛物线A-B。

雨城客：情感抛物线A-B是表示在潜意识状态下，人的正值情感变化的一条曲线。在这条曲线中，同样表达了三个方面的含义。一是人的正值情感是依次变化的，即从原点O变到A_1，从A_1变到A_2，从A_2变到A_3，从A_3变到A_4；或者从A_4变到A_3，从A_3变到A_2，从A_2变到A_1，从A_1变到原点O。一般情况下，情感变化不会从A直接变到$-A$。换句话说，即便情感要从A变到$-A$，也要先回到原点O之后才办得到。也就是说原点O是不可逾越的，这也与原点O的作用有关。二是随着人的正值情感的变化，情感的强度B也在变化。当情感从A_1变到A_3的时候，情感的强度也越来越强，情感也会从$-B_1$相应地变到$-B_3$，也就是说情感

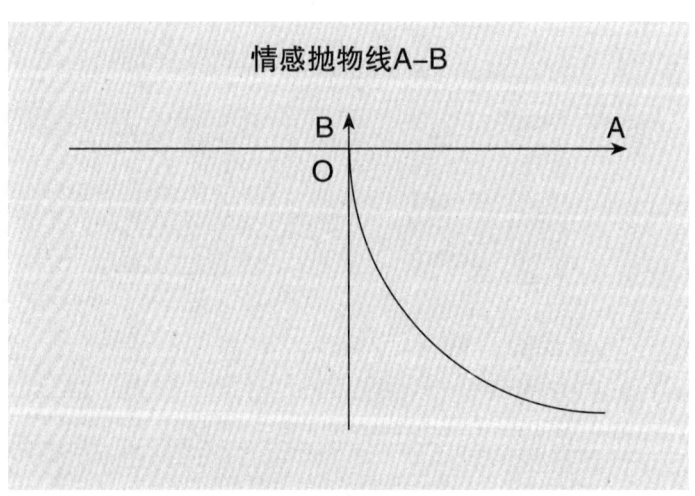

情感抛物线A-B

强度的绝对值越来越大；反之亦然，当情感从 A_2 变到原点 O 的时候，情感强度的绝对值就越来越小，情感的强度也从 $-B_2$ 回到原点 O。三是在原点 O 与 A_1 之间、A_1 与 A_2 之间、A_2 与 A_3 之间、A_3 与 A_4 之间，还有其他的情感 A_n。正因为 A_n 的存在，才把原点 O、A_1-B_1、A_2-B_2、A_3-B_3、A_4-B_4 连成一条光滑的抛物线，这就是情感抛物线 A-B。

李　明：请阐述情感抛物线 -A-B。

雨城客：情感抛物线 -A-B 是表示在潜意识状态下，人的负值情感变化的一条曲线。这条曲线，表达了三个方面的含义。一是人的负值情感是依次变化的，即从原点 O 变到 $-A_1$，从 $-A_1$ 变到 $-A_2$，从 $-A_2$ 变到 $-A_3$，从 $-A_3$ 变到 $-A_4$；或者从 $-A_4$ 变到 $-A_3$，从 $-A_3$ 变到 $-A_2$，从 $-A_2$ 变到 $-A_1$，从 $-A_1$ 变到原点 O。一般情况下，情感变化不会从 -A 直接变到 A。换句话说，即便情感要从 -A 变到 A，也要先回到原点 O 之后才办得到。也就是说原点

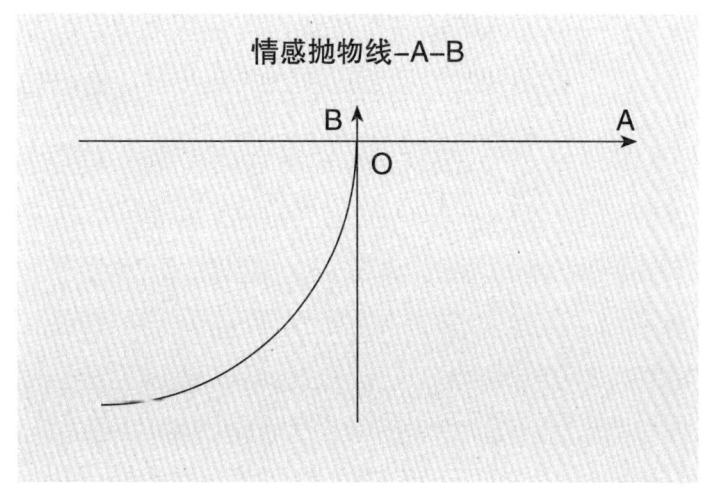

O 是不可逾越的，这也与原点 O 的作用有关。二是随着人的负值情感的变化，情感的强度 $-B$ 也在变化，变化的规律就是沿着情感抛物线变化的。当情感从 $-A_2$ 到 $-A_4$ 时候，情感的强度也越来越强，情感也会从 $-B_2$ 相应地变到 $-B_4$，也就是说情感强度的绝对值越来越大。反之亦然，当情感从 $-A_3$ 变到 $-A_1$ 的时候，情感强度的绝对值越来越小，情感的强度也从 $-B_3$ 变到 $-B_1$。三是在原点 O 与 $-A_1$ 之间、$-A_1$ 与 $-A_2$ 之间、$-A_2$ 与 $-A_3$ 之间、$-A_3$ 与 $-A_4$ 之间，还有其他的情感 $-A_n$，在此也不一一穷举了。正因为 $-A_n$ 的存在，才把原点 O、$-A_1-B_1$、$-A_2-B_2$、$-A_3-B_3$、$-A_4-B_4$ 连成一条光滑的抛物线，这就是情感抛物线 $-A-B$。

李　明：关于情感抛物线的结论是什么？

雨城客：以上简述了四条典型的情感抛物线。就同一个人而言，在某个阶段，他的情感抛物线就只有四条。我们只要掌握了一个人的情感抛物线，就可以定量分析一个人的情感变化。只有在不同的阶段、不同的场景下，人的情感抛物线才会发生变化。当然，不同的人的情感抛物线也许会相近，但是绝不会相同。即便如此，情感抛物线的变化规律应该是一样的。

爱包括哪些内容？

李　明：何谓爱？

雨城客：通常而言，爱是对人或事物具有深挚、强烈的情感状态。绝大多数人都有爱的感受和体验，因此，对爱的理解也就莫衷一是。有人说爱是一种给予；有人说爱是喜欢的升华；有人说爱和恨交织在一起，有爱就必然有恨，有恨必然存在爱；有人说爱是对某种存在的认可等。

李　明：爱有哪些种类？

雨城客：我们通常所讲的爱，就是在性爱基础上产生的情爱。如果我们单说情爱，那么以上关于爱的说法应该无可挑剔。然而，爱不仅包括情爱，还包括由亲情所产生的爱——亲情，由友情所产生的爱——友爱，由同情产生的爱——大爱，由喜欢产生的爱——博爱。纵观情爱、亲情、友爱、大爱、博爱，有两点可以肯定：一是情爱、亲情、友爱、大爱、博爱等都是爱，不能简单地说情爱是爱，而亲情、友爱、大爱、博爱不是爱。二是既然情爱、亲情、友爱、大爱、博爱都是爱，那么仅仅用"爱是一种给予"等说法来解释爱肯定就苍白无力了。因此，用"爱是对某种存在的认可"来解释爱，也就顺理成章了。

李　明：爱的机理是什么？

雨城客：要想把爱说清楚，必须了解爱产生的机理。准确的说法是：爱是喜欢与意志共同作用的产物。在这个作用过程中，可能先有喜欢的情感，然后拉动意志的产生，在意志的作用下，进一步推动喜欢情感的发展，产生爱，从而不断循环，进而维系爱的存在。也有可能先有意志，然后拉动喜欢情感的产生，进一步推动意志的发展，产生爱，从而不断循环，进而维系爱的存在。所以，爱的存在和发展必须有两个前提，一是要有喜欢的情感，二是要有意志的参与。反之，如果仅仅有纯粹的喜欢，而没有意志的参与，那么喜欢也不会发展成爱。同样，如果仅仅有纯粹的意志，而没有喜欢的参与，那么意志也不能实现爱。

李　明：请再谈谈爱与意志的关系。

雨城客：喜欢是给予与索取共同作用的过程。喜欢往往具有纯粹的自然属性，因为喜欢是基于人的自然需要而产生的。比如，对美的喜欢，不论是对人之美的喜欢，还是对自然之美的喜欢，都源于人的自然属性。只要心理健康的人，对美都会喜欢，不论是人之美还是自然之美。喜欢是纯粹的情感表现。有了喜欢，就会产生占有的欲望，有了占有的欲望就会有索取的过程。同时，有了喜欢，就会有付出的欲望，有了付出的欲望就会有给予的过程。在喜欢的过程中，同步包含着给予和索取，但是因喜欢的对象不同，给予与索取可能不同时，也可能不对等。意志是一种力量，当意志这种力量作用在喜欢所指向的对象的时候，就会左右着喜欢的发展。意志可能会对喜欢进行肯定，从而影响着喜欢的给予和索取，进而把喜欢发展成为爱。意志也有可能会对喜欢进行否定，从而影响着喜欢的给予和索取，进而让喜欢不复存在。当喜欢变成爱之后，意志一般不会突然消失，反而继续与爱相互作用。不管经过多长时间或几个周期，爱与意志的作用是相互依存的，二者缺一不可。若缺其中之一，则爱不能维系。在爱消失的过程中，有可能是爱已经得到满足，不再继续原来的爱；也可能有新的爱替代了原来的爱，正所谓见异思迁；还有可能是意志的作用理智地否定了爱的继续。

李　明：请谈谈爱与恨的关系。

雨城客：说得形象一点，爱与意志的关系犹如放风筝，爱是风筝，意志就是风筝的线。风筝要飞多高、多远，完全决定于风筝线的长度。一旦风筝线断了，风筝也就自然飘零了。风筝飘零了，意味着爱就不复存在。但是风筝的线还在，意志还在。虽然意志还在，但是意志的线已经不连接爱了，那么它就只能连接着恨了。如果风筝的线还连接着爱的时候，风筝的线有多长，爱就有多深。但是，当风筝的线只连接着恨的时候，风筝的线有多长，恨就有多切。这就是我们通常说的"爱之深，恨之切"的原因所在。

李　明：请说说情爱。

雨城客：人对异性的爱，纯粹源于人的自然属性，即源于人对性的需要。爱情和情爱是一回事，二者的区别仅仅是名词和动词的差别，或者宏观和微观的差别。

但是，情爱不仅有对性的需要这一个方面，还有情感的成分和意志的成分。就情感而言，有的人可能是先喜欢，然后发展成爱。有的人可能逾越了喜欢的过程，直接就爱了，正所谓"一见钟情"。要相信一见钟情的存在。不论是"先喜欢后爱""还是一见钟情"，如果仅仅是从爱的角度来看，似乎只有时间长短之区别，反正最终都是爱。其实，二者的本质区别不在于时间之长短，而在于有没有意志的参与。对前者而言，一个人对异性先喜欢，也许通过谈恋爱的过程或者其他方式，有了意志的参与，彼此相互了解，了解的内容从外貌到精神、从个体的人到社会关系。在意志的推动下，由喜欢发展到爱。当然，由于意志的参与，也有让情感终止

的情况发生，不要说情感由喜欢发展到爱，就连喜欢也不复存在了。这就是谈恋爱失败的表现。然而，对于"一见钟情"而言，双方在还没有来得及有意志参与的时候，对彼此的感情就由喜欢发展成爱，也不奇怪。但是，随着彼此情爱的发展，人的意志总是要参与进去的。当人的意志参与进去之后，有可能继续维系爱的发展，也有可能否定爱的发展。当然，情爱的结果是建立婚姻关系。我们可以设想，如果两人始终不建立婚姻关系，即便感情再深，恐怕也不能长期维系对彼此的情爱。因此，谈恋爱的时间不宜太长，至于多长时间合适，也要因人而异，但不管怎么说，总不能谈个十年八年吧，如果这样，不仅谈恋爱的过程变得索然无味，而且走向婚姻的可能性也就变小了。正常的情感发展与"一见钟情"的区别主要在于意志参与的时间先后，正因如此，"一见钟情"走向婚姻的概率会高一些。无论是哪种类型或方式的情爱，都是给予和索取的过程，都是情感与意志相互作用的过程。

李　明：请谈谈由亲情产生的爱。

雨城客：我们可以把由亲情产生的爱理解为情爱的延伸或拓展。因为亲情的产生有两个原因，一是血缘关系，二是婚姻关系，这两种关系都是情爱发展的表现形式。当情爱发展到一定时候，就可能走向婚姻，走向了婚姻之后，就必然建立起由于婚姻关系所连接的亲情关系，同时，也可能因生育子嗣而建立血缘关系。既然由亲情产生的爱是一种爱，它就应该具有爱所具备的特征。相对而言，情爱是先有情感的产生，然后才有意志的参与，在情感和意志的共同作用下维系情爱的发展。但是，由亲情所产生的爱则是先有意志的产生，即血缘关系和婚姻关系，然后才产生爱。血缘关系的永恒性和婚姻关系的牢固性，决定了意志的长期性，从而决定了亲情的爱的长期性。在此，需要强调的是，虽然意志是长期的，但是情感具有短暂性，由此决定了由亲情所产生的爱也不是长期的。说得更准确一点，由于血缘、婚姻关系长期存在，决定了意志的长期存在，从而也决定了由亲情产生的爱此消彼长。就是说，由亲情所产生的爱在某个阶段可能对某人多一些，对某人可能少一些甚至缺失，在另一阶段可能对某人少一些，对某人可能多一些。

李　明：请说说友爱。

雨城客：友爱是建立在友谊基础上的爱。友爱跟由亲情产生的爱有些类似，就是先有了对朋友认知这个意志，然后才有了友谊。意志推动着友谊的发展，友谊促进着意志的深入，从而形成友爱。友爱同样具有给予和索取的内容。换句话说，刚刚认识的人，虽然口头上可能彼此称呼朋友，但是还没有上升到友爱的高度。而只有那些有着许多共同经历的人，彼此有过共同的处境、共同的奋斗、共同的竞争、共同的进退，随着时间的推移，才可能产生友爱。当然，友爱与友爱之间也存在区别。可以把友爱分为三个层次：一是在知己或闺蜜之间的友爱。二是在曾经的同学、老乡、战友、同事等关系之间的友爱，我之所以强调"曾经"一词，主要是要说明即便是同学、老乡、战友、同事等关系，只有在同学、老乡、战友、同事等已经处于不同的场景情况下才能产生友爱或者强化友爱。同学等关系仅仅是产生友爱的基础。三是在其他朋友之间的友爱。

李　明：请说说大爱。

雨城客：大爱是建立在同情基础上的爱，是对社会上不确定的多数人的爱。这种爱具有广义性。在人生历程中，可能会有成功和失败，有顺畅和挫折。当发现或者感知到社会上所发生的灾难或弱势群体处境的时候，就自然会想到自己曾经或者正处于逆境的状态，从而产生同情心。这种同情心可能会发生在任何人身上。有了这种同情心，就会在意志的作用下发展成为给予、捐赠等行为，这就是大爱。所以，大爱是建立在同情心基础上的。当然，大爱也存在区别。一是大爱是人人都有的，就是仅仅具有同情心，但是没有给予，也没有索取。二是大爱是建立在同情心的基础上，只有给予，没有索取。三是大爱也是建立在同情心的基础上，不仅有给予，而且有索取的，这种大爱更符合人性的规律性。这就是很多的社会捐赠都需要署名和宣传的原因。

李　明：请说说博爱。

雨城客：我以上所讲的情爱、亲情、友爱、大爱都是对人的爱，还有一种爱是对世界的爱、对存在的爱，这就是博爱。也就是说，博爱不仅仅是对人的爱，也包括对动物的爱、对植物的爱、对天空的爱、对大地的爱、对海洋的爱、对地球的爱、对大自然的爱、对宇宙的爱、对存在的爱。博爱似乎不需要意志的参与，而事实上却有着意志的参与。博爱可以对一切，而事实上在某个时间段不可能对一切。博爱是人人都有的爱，它有可能深入其他爱之中，也可能独立存在。我们可以把博爱视为淡淡的底色，其他的爱就是在这个底色基础上的图画。只有当其他爱不存在或隐匿的时候，博爱才会露出头来。博爱既是一种爱，就必然有爱的特征，就必然是情感与意志之间的相互作用，就必然存在着给予和索取的共鸣，只不过是给予和索取的内容不同罢了。

同情的意义是什么？

李　明：何谓同情？

雨城客：同情是在情感上对别人的遭遇产生共鸣。同情即心情趋同。心情趋同具有两个特点，一是心情趋同的过程，二是心情趋同的结果。心情犹如脑海里的一叶小舟，漂浮着。同情的过程就是心情的小舟驶向需要同情的对象的过程。就像"水往低处流"一样，心情总是从高处驶向低处。同情的对象只会是弱者，因为弱者的"地势"较低，所以心情的小舟才会驶向它。所谓弱者，并非社会地位低下或者贫穷的人，而是指人有了遭遇或者处于逆境。而有了遭遇或者处于逆境的人，有可能是社会中真正的弱者，也有可能是社会中的强者。所以，同情的对象与人之社会地位没有关系，只与人是否处于逆境有关系。只要人处于逆境，就会博得他人的同情。反之亦然，同情的对象只会是处于逆境的人。

李　明：同情的根源是什么？

雨城客：同情的根源在于自怜。在茫茫人生旅途中，任何人都有过顺利的时候，同样也有过处于逆境的时候。正因为如此，绝大多数人都有过成功或者失败的体验，都有过顺利或者遭遇的体验。正是这种体验，孕育了同情心的生长。同情心是对自我的同情，是对自己的怜惜。当人感受到他人处于逆境的时候，就会唤起埋藏在心底的同情心，这种同情心则是对他人的同情。因此，同情的过程源于自怜。而同情的结果则是心情的小舟从同情开始驶向同情对象，直到到达同情对象。当到达同情对象之后，自己的心情就会被同情对象的心情所包围，使自己的心情与同情对象完全趋同或者部分趋同。当自己的心情跟同情对象哪怕部分趋同的时候，就会产生行为的动机或者在行为动机的支配下去帮助同情对象，就像之前自己拯救自己一样。

李　明：敌人是否可以成为同情对象呢？

雨城客：答案是肯定的。因为敌人不一定是仇人，而仇人也不一定是敌人。我们对于敌人，如果不是出于战争等原因，没有必要打得你死我活，有的敌人甚至还能成为我们的朋友。对于仇人，成为仇人肯定有原因，其中的一个原因是敌人。有了仇肯定就有恨，有了恨当然就没有了同情。然而，即便是仇人之间，恨也不会永远停留在心底。当恨从心底淡化之后，即便仇依然存在，也会对仇人产生同情。当然，有的仇是一辈子甚至几辈子也忘不掉的，也就不存在同情的问题了。至于同情的内容，可能是因为失去健康、财富、利益，也可能是因为失败、灾难、颓废。说得更广义一点，同情源于自己的曾经，源于自己对过去的追忆，源于人的自我保护。人之所以对失去健康、财富、利益的人产生同情，是因为在自己身上曾经发生过疾病、贫穷、欺骗的经历。人之所以对失败、灾难、颓废的人产生同情，是因为自己也曾经有过失败、灾难、颓废的经历。

李　明：请谈谈心理牵挂。

雨城客：人在绝大多数时候都有一个牵挂的对象，或爱或恨，或友好或敌意，或你或他，这样心理空间才充实。人在安静的时候，心理牵挂的对象就时常浮现。

李　明：心理牵挂的机理是什么？

雨城客：人的心境同时处于两种状态，一种是理性心理状态，即认知、记忆、表象、思维状态，而意志是理性心理状态的一种主观努力；另一种状态是情感心理状态，即喜、怒、哀、乐状态，而同情是情感心理状态的一种主观努力。理性心理状态与情感心理状态是相互牵制的两种力量，此消彼长。哪怕理性的心理与情感的心理都有各自的运行轨迹或规律，但是二者是一对生死冤家。理性的心理在运行中必然限制着情感的心理，同时，情感的心理在运行中也必然限制着理性的心理，从而达到某种平衡状态。理

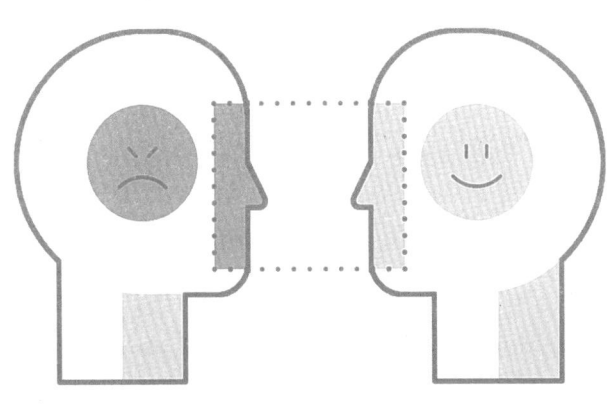

性的心理不会让情感的心理无限发展，同时情感的心理也不会让理性的心理无限发展。这种争斗的结果是让人这个躯体疲惫不堪，最终处于休眠状态。当人醒来之后，理性心理与情感心理又开始新一轮的争斗，以至周而复始。人处于休眠状态时，意识和情感并非停止了争斗，人的潜意识开始活动。因为潜意识的活动就是人在休眠状态下的理性心理状态，所以必然存在对应的情感心理状态。潜意识里的理性心理与情感心理的争斗类似意识状态下的争斗情况。意识状态与潜意识状态毕竟是两个心理空间，它们的交汇点就是人处于半睡半醒的状态。

可怜有什么特点？

030

李　明：何谓可怜？

雨城客：可怜，是对悲惨者的怜悯。可怜既是一种心情，又是一种行为。当可怜表现在心情方面的时候，是一种同情心、一种悲悯心；当可怜表现在行为方面的时候，是一种救助、一种施舍。被可怜者一般都比较悲惨，要么因残废而无法弥补，要么因悲惨而无法自救，要么因失败而无法自拔，要么因坎坷而无法逾越。

李　明：可怜应该如何分类？

雨城客：因可怜对象的不同，我们可以把可怜分为两类，一类是对自己的可怜，另一类是对他人的可怜。对自己的可怜，我们称为自怜。自怜是一种心情，即当自己感到生活艰辛、命运坎坷、事业不顺的时候，就会产生自怜的心情。再加上对自己的逆境一时难以自拔，即便有自救之心也一时体现不出来或者自救效果不佳，就会只剩下一颗对自己的悲悯之心。对他人的可怜占据了可怜内容的大多数。当人们感觉到他人悲惨的时候，也会产生可怜的心情。可怜的对象既是他人，又是弱者。可怜的对象具有相对性，如果他人比自己强，那么自己也不会对其可怜。比如，当一群富人在一起的时候，相对弱的富人就有可能成为可怜对象。再比如，当一群穷人在一起时，其中最惨的人便会成为可怜对象。当然，可怜也有绝对性的一面，即当某人失去了作为人所应当拥有的肢体或功能的时候，同时造成其在生活上的艰难，一般都会被看成可怜对象，这个可怜的对象就具有绝对性。对他人的可怜既具有相对性又具有绝对性。只要是对他人的可怜，就必然具有可怜之心和可怜的行为两个方面的内容。

李　明：可怜与同情有何异同？

雨城客：可怜与同情的异同主要有三个方面。一是可怜的内容一般有心情和行为两个方面，而同情的内容一般只有心情一个方面。如果是对自己，不论是可怜还

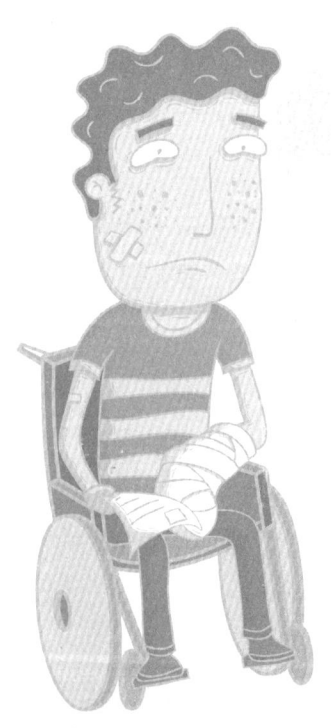

是同情，都只有心情一个方面，可怜与同情便可以混同。如果是对他人，可怜不仅有可怜的心情，更有可怜的行为，而同情一般只有同情的心情，却没有同情的行为。二是对亲人，一般只会有同情而没有可怜，而对外人，既会有可怜也会有同情。三是对被可怜者，一般能够接受他人对自己的可怜，甚至还迫切需要他人的可怜行为。而对被同情者，不一定会接受他人的同情。

031 依赖的本质是什么？

李　明：何谓依赖？

雨城客：依赖是指一个人或组织无法自立或自给，需要依靠他人或事物来满足其需求，这主要源自对安全感的需要。依赖的主体一般指自然人，也可以是社会团体或组织，还可以是国家。首先，任何依赖都必须以自然人为基础。不论是社会团体或组织还是国家的依赖，都必须具备自然人的依赖之特征。因为不论是社会团体或者组织还是国家，都是由自然人所操控的。其次，依赖把社会联成一个整体，使各种关系不断得到巩固和发展，诸如家庭关系、友谊关系、合作关系、国际关系等。再次，依赖可以有一定的选择性。正所谓"良禽择木而栖"，这句话强调了依赖的意志性。

李　明：依赖主体的地位平等吗？

雨城客：既然是依赖，就必然有依赖者和被依赖者之分。依赖者处于弱势、次要地位，被依赖者处于强势、主要地位。而强弱、主次也具有相对性。被依赖者不一定真正处于强势、主要地位，因为被依赖者也会依赖他人。只要处于依赖者的地位，就必然处于弱势、次要的地位；只要处于被依赖者的地位，就必然处于强势、主要的地位。

李　明：依赖源于人生的哪个时期？

雨城客：依赖源于童年期。孩子总是会依赖父母和熟悉的人，尤其是依赖母亲。随着孩子的年龄的增长，进入青春期，独立性就会凸显出来。此时，依赖性会逐渐隐藏起来。到了成年期，依赖性就隐藏得更深。但是，依赖性并不会因为隐藏起来而消失殆尽。依赖性将伴随人的一生。即使我们已经独立，自认为自己的心理变得逐渐强大，认为自己是个男子汉，但总有脆弱的一面隐藏于心灵深处。当自己遭受挫折或者处于弱势的时候就自然会产生或者唤起依赖。比如，老年人总是习惯于依赖子女，正所谓"养儿防老"，这不仅是物质需要，更是精神需要。再比如，夫妻间的相互依赖、朋友间的相互依赖，同样不仅

是物质需要，更是精神需要。

李　明：依赖可以如何分类？

雨城客：依赖可以分为三类。一是心理依赖，源自于心理需要，尤其是对安全感的需要。绝大多数依赖都属于心理依赖。二是生理依赖，源自于生理需要而产生的依赖。生理需要的内容是广泛的，既可以是最基本的欲望，如性欲，也可以是某种习惯或者嗜好，如抽烟。三是社会依赖。现代的人，既是自然人又是社会人，更多的时候表现为社会人。既然是社会人，就必然会产生对社会的需要，也就必然有对社会的依赖。

李　明：依赖具有什么特征？

雨城客：依赖既具有主观性又具有客观性。依赖的主观性主要表现在情感和意志两个方面。对于依赖而言，情感和意志发挥着相互制约的作用。依赖的基础是情感，主要表现为情感的依赖，而情感本身则具有明显的主观性。依赖不会随时处于情感状态，也会处于意志状态。意志可能会减弱依赖，但不会消除依赖。依赖的情感和意志的表现共同决定了依赖的主观性。依赖的客观性主要表现在依赖者本身的弱点和习惯性方面。依赖的客观性主要体现在依赖者确实处于不可避免、不可自拔、不可改变的弱势地位，需要外力才能使之改变。

依恋的内涵是什么？

李　明：何谓依恋？

雨城客：依恋，即依附和留恋。有了留恋便会产生依附，有了依附也会产生留恋。留恋是依恋的核心内容，依附是留恋过程中的表现形式。依恋属于情感范畴。参与依恋的情感，包括情感的全部，即喜、怒、哀、乐、惊、悲、恐、爱、恨等，而不仅仅是某些美好的情感。依恋的范围也是广泛的，有对时间的依恋，如对童年的依恋、怀旧等；有对地点的依恋，如对家乡的依恋、对山水的依恋等；有对人物的依恋，如对母亲的依恋、对朋友的依恋等；有对事件的依恋，如对习惯的依恋、对故事的依恋等。

李　明：请谈谈依恋的停留性和寄托性。

雨城客：情感的停留性和寄托性，决定了依恋的停留性和寄托性。依恋的停留性源于情感的平衡问题。尽管情感有多种表现形式，但是在特定场景下，情绪只会停留在某种形式的情感上，形成平衡。而这种平衡所要求的情感形式，就是情感的平衡点。有了情感的停留便会产生情感的寄托。人的经历不同，遇到的事情也不同，情感平衡点也不同。有的人的情感平衡点可能是某个熟悉的人，如恋人；可能是一首歌，如《我的祖国》；可能是某个活动，如打乒乓球等。随着时间的推移，这些情感平衡点便构成了依恋。

李　明：依恋产生于人生的哪个阶段？

雨城客：任何年龄段的人都会产生依恋。儿童会产生依恋，成年人也会产生依恋，老年人同样会产生依恋。所不同的是，不同年龄段的人所产生的依恋内容不同，因为不同年龄段的人的情感平衡点不同。随着时间的推移、环境和条件的不断变化，新的情感平衡点形成，旧的情感平衡点便被隐藏起来。换句话说，依恋是有时间性的，并随着情感平衡点的变化而变化。这就自然涉及依恋的当时性问题。尽管人的情绪停留在某个情感平衡点上的时候就已经产生了对这个情感平衡点的依恋，但是依恋的程度并

不强烈。只有条件促成或者刚刚建立新的情感平衡点之后，原来的情感平衡点被打破，依恋的程度才会增强。也就是说，当失去了当时性之后，依恋的程度才会增强。

李　明：请谈谈依恋的回归问题。

雨城客：虽然情感的种类很多，但却是有限的。由于场景或者综合条件促成，某种情感形式会二次、三次或者多次成为情感平衡点，这就是情感平衡点的回归。由于情感平衡点的回归，依恋的强度便会增强。情感平衡点回归的次数越多或者概率越高，依恋的程度就会越强。之所以会出现情感平衡点的回归，一方面源于情感形式的有限性，另一方面源于场景相近。虽然场景相近而出现情感平衡点的回归，但是场景永远不会完全相同，至少这些场景出现在人生长河的不同阶段。即这些场景在时空上必然是不同的。尽管如此，也不会影响情感平衡点的回归。正因为产生情感平衡点的场景存在着差异性，才会让情感平衡点的回归增强依恋的程度。比如怀旧，当曾为寄托情感平衡点的综合条件不复存在，或时间，或人物，或环境，就会增强怀旧这种依恋。

李　明：依恋可以被主动创造吗？

雨城客：依恋可以被主动创造。只要有意识地多参与一些美好的活动，多经历一些离奇的事情，人便可以把依恋停留在美好的事物上。这就是人对依恋的主动创造。然而，所谓美好的事物是具有相对性的。有些事物也许对某些人而言是美好的，而对另外一些人而言便是悲惨的；有些事物对某些人而言是不愿回忆的，而对某些人而言则是值得回忆或者值得依恋的。因此,对于依恋的内容之美好的问题,大可不必担心。情感的丰富性和依恋的相对性表明,没有必要去刻意塑造所谓美好的依恋。其实,只要不断丰富人生,根本不用担心各种依恋不会到来。说得直接一点,依恋就是让情感有一个去处,根本不用担心自己会缺乏依恋,更不用去理会别人的看法,尽管依恋也许会导致现实的行为为之改变。

离别的意义是什么？

033

李　明：何谓离别？

雨城客：离别，即离开和分别。有相聚才会有离别。一般离别会有重逢的可能性，因此在离别时我们习惯说一句"再见"。这个再见，既是为刚刚的离别画上一个分号，又是对下一次的相聚抱以期待。如果离别之后能够再次重逢，不管是一天、两天，一年、两年或十年、二十年，这个再见才是可以兑现的，才是有价值的。如果离别之后再也不能相聚，则这个离别便是永别。有的人在离别的时候便知道是永别，通常把这种场景的离别称为诀别。

李　明：离别一般在什么人之间发生？

雨城客：离别一般发生在亲友之间，即相互离别之人，要么是亲人，要么是朋友。如果萍水相逢的人，可以随时邂逅，也可以随时离去，因此也不会相互牵挂，这个离去当然不能称为离别。所以离别的前提是别离者相互认识，有的是割不断的亲情，有的是相互挂念的友情。也正因为有了离别，才会加深离别者相互之间的想念或思念或牵挂的程度。比如，在夫妻之间有"小别胜新婚"的说法，即夫妻有了短时间的离别,在相逢的时候就能更加珍惜在一起的时光,这种团聚胜过刚刚结婚时的感受。即便在朋友之间,也会因为离别而加深彼此之间的情感,因为离别是暂时的失去,因为失去而更加珍惜。有的离别会留下伤感,若有所失。虽然暂时的离别并不意味着真正失去,但在离别者心里总是想留下些什么,而长时间在一起则容易感到平淡。人往往对离别之后的回忆感到美好,这种美好是用回忆编织的故事。离别的时候会有回忆,回忆的时候会有伤感,伤感的时候会有美好。

李　明:离别的原因有哪些?

雨城客:离别的原因多种多样,或因为工作,或因为学习,或因为仕途,或因为事务。正所谓"没有不散的筵席"。因此,不论是对亲人还是对友人,能够在一

起一定是缘分，即便暂时不在一起或离别，也是缘分的延续。人生总是分分离离的，实属正常。哪怕是亲人，各人的人生轨迹是不同的，各有各的归宿，朋友更是如是。这正是"合久必分、分久必合"之道理所在。所以，离别是下次相逢的开始，相逢是下次离别的开始。在人生长河中，离别与相逢总是不断发生着，离别与重逢共同构成一个满月。

李　明：面对离别应该有怎样的心态？

雨城客：凡事皆有规律，因此要学会顺其自然。离别要顺其自然，相逢也要顺其自然。不论是离别还是相逢，或多或少地掺着情感的成分，要么欢喜要么忧伤，但是应该多一份理性。不管是相逢还是离别，既不要大喜过望，也不要悲伤至极，而要顺其自然。要做到顺其自然：一是要做好分内之事，其他的不要去多理会。二是要学会珍惜，既珍惜相逢也珍惜离别，过好每一天，绝不能沉溺于虚无之中。既为离别又为重逢，既为悲伤又为美好，不论是离别还是重逢才更有意义。

034 愤怒的内涵是什么？

李　明：何谓愤怒？

雨城客：愤怒是因愤恨而发怒，是愤和怒同时发生的心理状态。说得通俗一点，愤怒就是发脾气、生气，是异常激动和恨交织在一起的心理状态。有人说，愤怒是人的愿望或目的得不到满足的时候所表现出来的心理状态。也有人说，愤怒是当人的需要遭受挫折的程度超过心理承受能力的时候所表现出来的心理状态。

李　明：愤怒的时候有什么特征？

雨城客：人在愤怒的时候，往往容易丧失理智。人在愤怒的时候，会出现异常激动和恨的心理交织的状态。人在激动的时候，心理必然是不平静的，从而在心理上丧失理智。人在心理上丧失了理智之后，还会在一段时间里陷入恨的心理状态，从而导致在行为上被恨所支配。不论是在思想上还是行为上都会丧失理智，除非自己主动消除愤怒。人在愤怒的时候往往表现出三种行为状态，一是心理上的愤怒，即敢怒而不敢言；二是用言语进行反击；三是用行为进行反击。比如，三国时期，诸葛亮就曾经想用"激将法"把司马懿激怒，让他丧失理智而贸然出兵。虽然司马懿在受到侮辱的时候很愤怒，但是他马上意识到这是诸葛亮的计谋，很快就从愤怒的心理状态平静下来，避免了在愤怒的时候丧失理智会造成的不利后果。

李　明：愤怒与需要有何关系？

雨城客：人的需要多种多样。说得简单一点，人的七情六欲就是人的需要的具体体现。人的需要包括衣食住行、安全、爱、尊重和愿望等方面。正因为人有各种需要，才会通过自己的行为去争取。在争取需要的过程中，因人不同、需要的内容不同、条件和场景不同，而导致人的需要不是都能够得到满足的。人在争取需要的过程中，总是要遭受挫折的，一帆风顺的情况并不多见。可以这样理解：遭受挫折是常态，一帆风顺是特例。既然遭受挫折是常态，就意味着遭受挫折是经常发生的事情。并不是所有的挫折都会让人愤怒，只有那些所遭受的挫折超过了心理承受能力的时候，人才会表现出愤怒的心理状态。

李　明：请谈谈挫折的来源。

雨城客：挫折的来源可能是人，包括他人和自己，也可能是人之外的任何事物。在社会中，挫折的来源绝大多数是他人。在争取需要的过程中，他人的一句话、一个举动、一个行为，都可能是自己挫折的来源。当挫折超过了心理承受能力的时候，就会表现出愤怒的心理状态。比如，当你在会上发言的时候，忽然有人提出反对意见，你就会愤怒。此外，自己也可能是遭受挫折的来源，同样会发生自我生气的情况。比如,你在打篮球的过程中发现自己不够高,总是心有余而力不足,就会生自己的气。除了人,其他任何事物都可能是你遭受挫折的原因,只要这些挫折超过了心理承受能力的时候,就会愤怒。比如,当你走在大街上,忽然有一辆车溅了你一身脏水,你就会愤怒。

李　明:愤怒与心理承受能力有何关系?

雨城客:心理承受能力可以相对于愤怒而言,也可以相对于其他心理活动而言,如恐惧。我们可以把愤怒的心理承受能力定义为忍受挫折的极限。当挫折超过心理极限的时候,就会表现出愤怒的心理状态。心理承受能力可能因不同的人、对不同的事物、在不同的时间段而有所不同。有的人由于血压高等生理原因,心理承受能力会相对弱一些,出现愤怒的情况

会多一些，这就是个体的差异性。同一个人在不同阶段的心理承受能力也会不同。心理承受能力与阅历有关，阅历丰富的人，正所谓"见多识广"，心理承受能力会相对强些，出现愤怒的情况就会少些；反之，阅历少的人，心理承受能力就会相对弱些，出现愤怒的情况就会多些。心理承受能力还与意志有关，意志坚定的人的心理承受能力相对强些，出现愤怒的情况就会少些；反之，意志薄弱的人的心理承受能力相对弱些，出现愤怒的情况就会多些。

李　明：愤怒是纯粹的心理过程吗？

雨城客：愤怒不是纯粹的心理过程。人的生理与心理是密不可分的统一系统。人在愤怒的时候，必然会情绪激动。当人异常激动的时候，心跳必然加快，血压肯定升高。从人生理和心理的整体性来讲，人的任何心理活动都需要生理的支持。人的某种心理状态必然对应着某种生理状态，因为人是一个同时具有心理特征和生理特征的生命体。当然，从心理角度看，愤怒来自心理承受能力受到挑战的结果。可以假设，如果你的心理承受能力如钢铁一般坚强，足以承受一切挫折，那么就不会出现愤怒的情况，当然也不会出现异常激动的情况，从而也不会出现心跳加速、血压升高的情况。

李　明：为什么人在生病的时候容易生气？

雨城客：有了"愤怒不是纯粹的心理过程"这个结论之后，我们就能正确看待"人在生病的时候容易生气"这个问题了。当人生病的时候，由于生理的异常必然会影响心理的异常，所以当心理的异常超过心理承受能力的时候，人就会表现出愤怒。同时，心理也会反作用于生理，从根本上改善人的健康状况。比如，当一个人知道自己患了绝症之后，对一般人而言，就会理解为被判了死刑，从而出现各种心理的异常，包括愤怒。但是有的患者就想得开，能够平静地面对，积极配合医生治疗，理智地同病魔斗争，最后身体得到康复。

烦躁的内涵是什么？

李　明：何谓烦躁？
雨城客：烦躁是情绪的不稳定状态，多表现为坐立不安、异常激动、容易发怒等极端的情绪状态。烦躁由"烦"和"躁"构成。所谓"烦"，就是讨厌之；所谓"躁"，就是对抗之。之所以会有烦，是因为存在反感；之所以会有躁，是因为情绪不稳。烦躁主要有愤怒型烦躁、激动型烦躁和温和型烦躁三种。

李　明：产生烦躁的主要原因有哪些？

雨城客：产生烦躁的主要原因包括外因和内因。外因主要是气候炎热、环境嘈杂等。内因有二：一是生理原因，即血压偏高、心脏功能不佳等。二是心理原因，即心理上有不愉快的事情。

李　明：烦躁的结果是什么？

雨城客：烦躁是一种不良的情绪状态。烦躁的结果有二：一是烦躁的人败事。别说干大事，小事也难。因为做任何事情都需要有稳定的情绪，尤其是平静。而烦躁必然不平静，因此烦躁不但难以成事，还败事。二是烦躁容易得罪人。烦躁是相对于温和而言的范畴。既然烦躁，就必然会把不良情绪传染给他人，也就容易得罪人，因为谁也不喜欢坏情绪。

李　明：如何应对烦躁？

雨城客：人人都有烦躁的时候。若出现烦躁的情绪，应对的方法有四：一是避而远之，不能让烦躁升级。二是融入朋友圈，在交往中得到启发、建议和开导。三是学会包容，放下烦心事、放下琐事，努力做到拿得起放得下。四是加强自身修养，控制情绪，规范行为。

李　明：烦躁可以被改变吗？

雨城客：烦躁可以被改变。改变烦躁的方法有三：一是变换环境，即去旅游，到海边，到风景区度假。二是治病，即降低血压，维护心脏功能。三是抛弃心理的烦恼，学会放弃，降低心理目标，正所谓"知足者常乐"；同时不断强化自己。

DI WU ZHANG
YIZHIPIAN

第五章

意志篇

《黄帝内经·灵枢·邪气脏腑病形第四法时》："黄帝曰：邪之中人脏奈何？岐伯曰：愁忧恐惧则伤心。形寒寒饮则伤肺，以其两寒相感，中外皆伤，故气逆而上行。有所堕坠，恶血留内，若有所大怒，气上而不下，积于胁下，则伤肝。有所击仆，若醉入房，汗出当风，则伤脾。有所用力举重，若入房过度，汗出浴水，则伤肾。"

036 意志的内涵是什么？

李　明：何谓意志？

雨城客：意志是人自觉地确定目的并根据目的的调节支配自身的行动，克服困难，去实现预定目标的心理倾向。有人说，人的心理活动包括认知、情感、意志三个方面，简称知、情、意，从而自然产生智商、情商、意商之概念等。虽然这种观点被普遍认同，但是并非合理，不合理关键在于把简单问题复杂化。我们不难发现：人的心理活动包括智力活动和情感活动两个方面，而意志仅仅是智力活动的表现形式。说到底，一方面，智力的外延涵盖了意志的外延；另一方面，智力的层级比意志的层级高。如果要把意志单独拿出来进行研究，也未尝不可，但是意志并不能跟智力活动并列。

李　明：为什么意志不能跟智力活动并列呢？

雨城客：意志不能跟智力活动并列，只有情感才能与智力活动并列。智力活动包括认知、思维、想象、意志等内容，而情感是喜、怒、哀、乐、惊、悲、恐等心理状态。智力活动与情感是一对相互依存的冤家，是一个矛盾的两个方面。情感的产生也是因为存在智力活动，而情感又限制着智力活动的发展。所谓"感情用事"，是指情感会影响甚至左右智力活动，似乎情感是"坏"的东西。其实不然，正因为情感具有影响智力活动的方面，才在智力活动中起到平衡作用。如果任凭智力活动无限进行，那么最后崩溃的是支撑智力活动和情感的共同载体——身体、生理、生命。从这个意义上来讲，情感就是"好"的东西。不论是智力活动还是情感表现，都是心理活动的正常表现形式，不存在好与不好的问题，而是一种客观存在。同理，智力活动也会左右情感，这是顺势思维可以理解的事情。

李　明：意志具有哪些独立的特征？

雨城客：我们可以把意志理解为智力活动的组成部分。综合下来，意志具有五个特征：主动性、指向性、理智性、可控性、深邃性。

李　明：请谈谈意志的主动性。

雨城客：意志的主动性，主要表现在意志的目的性。我们可以这样来理解，意志就是带有目的性的智力活动。智力活动大抵上可以分为无目的的智力活动和有目的的智力活动。只要是有目的的智力活动，都可以归结为意志的范畴。如果事事都有目的，那么人就会生活得很累，其实这也是不可能的事情。至于有目的的事情多一些还是无目的的事情多一些，因人而异，因同一个人在不同阶段而异。目的性的广泛存在，决定了意志的广泛存在。崇高的理想是一种意志，但并不是唯一的一种意志。即便是一些鸡零狗碎的事情，只要是有目的，就是意志的表现，就存在着意志。

李　明：请谈谈意志的指向性。

雨城客：意志的指向性是指意志的方向性。意志的方向性是由意志的目的性所决定的。意志所包含的目的跟意志的出发点有一段"距离"，这种距离具有时空的概念。说得具体一点，就是目的的终点必然在未来，同时存在于与原点所不同的空间。意志的方向性表现在从原点到终点的"矢量"，矢量不同，意志的影响就不同。意志对人是有影响的，至少对行为有影响。就意志对行为的影响而言，即便意志的方向性相同，但是由于意志矢量的大小不同，对人的影响也不同。同一个行为可以蕴藏着不同的意志，一个意志可以支配着不同的行为。

李　明：请谈谈意志的理智性。

雨城客：意志的理智性主要表现在两个方面。一是意志区别于情感。这个问题不难理解，因为意志是智力活动的表现，而智力活动是跟情感相对的一个心理范畴，所以意志必然区别于情感。二是在智力活动中，意志的目的性已经缩小了意志的范围，再加上意志的理智性，进一步缩小了意志的范围。在智力活动中，意志是有目的的心理活动中理性的部分。人之理性能力之不同或者人在不同阶段的理性表现之不同，意志就表现出坚定的或动摇的之别。

李　明：请谈谈意志的可控性。

雨城客：意志的可控性是指意志的可操作性。正因为意志是理性的心理活动，从而决定了意志具有可控性。意志的可控性是指心理的可控性，并不是实际行为的可控性。心理的可控性由人的认知情况而定，人的认知越清晰，意志的可控性就越强；反之，人的认知越模糊，意志的可控性就越弱。如果人没有认知，也不能说在心理上没有可控性。实际上，面对未来，许多事情都是未知的。心理的可控性仅仅是意志的一个特征，但不是所有特征。同理，心理的可控性决定了意志的坚定程度。当人具有比较充分的认知，在心理上的可控性就比较强，意志就比较坚定。当认知比较单薄或者没有认知的时候，心理的可控性就比较弱，意志就容易动摇。当然，也要承认个体之间的差异性，有些人即便认知很少或者甚至没有认知，也能够坚定意志，这是因为仅仅意志的目的性一个内容就足于让其坚定意志，根本不用意志的可控性这个因素。

李　明：请谈谈意志的深邃性。

雨城客：意志的深邃性主要表现为意志的隐藏性。我们可以这么理解，意志一旦生成，就会既存在于人的意识状态之中，又存在于人的潜意识状态之中。意志同样存在着惰性。正因为意志惰性的存在，意志不会因为睡眠等原因凭空消失。所以，意志存在于潜意识中也就不奇怪了。

李　明：意志的实质是什么？

雨城客：意志是一种能量。通过对意志特征的阐述，我们就从宏观上把握了意志的特点。要把意志彻底看清楚，就要深入意志之中来看意志。要做到这一点，就必然要引入意念和对意念控制的概念。人的意念就是意志集中在一个点上的表现形式。意念不仅包含着意志的内容，还可以独立存在和运行。我们可以把意志理解为一种能量。也只有在把意志转化为意念的时候，意志的能量才会体现出来。对于意念控制概念，要用气功修炼的例子来说明。在气功修炼过程中，人可以控制意念的运行，使意念如溪流一般顺着人的经络流遍全身，从而打通或部分打通经络的阻塞点。通过反复修炼气功，对意念的控制能力就会越来越强，意念这种能量对人的经络乃至生理功能就会产生质的改变，从而让人的功夫越来越深厚。实际上，功夫深厚的过程，就是人的潜能被调动或者被挖掘出来的过程。通过这段阐述，我们通过意念和意念控制的概念，既说明了意志是一种能量的结论，也进一步说明了意志的可控性这个特征。

李　明：意志对人有何影响？

雨城客：实际上，意志除了对人的行为有影响，对人的心理和生理同样有着影响。意志对心理的影响主要表现在三个方面：一是意志对情感产生着影响。就像智力活动对情感的影响一样，意志必然会对情感产生影响。说得具体一些，就是依靠意志的力量，可以很好地控制情感的泛滥。同样的道理，情感也会对意志产生影响。二是意志对意志之外的智力活动产生影响。在意志存在和发展过程中，意志除了跟情感"争地盘"，还跟意志之外的智力活动"争地盘"。因为人的生理、身体、生命和空间的有限性，决定了在同一个时空下只能有一种智力活动或者情感活动。意志与意志之外的其他智力活动的关系就是此起彼伏的关系。三是一种意志对另一种意志的影响。跟意志与意志之外的其他智力活动的关系一样，一种意志也会跟另一种意志发生此起彼伏的关系。

李　明：请谈谈意志对生理的影响。

雨城客：在上述阐述中，我们已经或多或少地说明了这个问题。实际上，修炼气功就是意念对生理影响的典型例子，也就是意志对生理影响的典型例子。此外，意志对生理的影响是广泛的，不仅仅是修炼气功一方面。因为人的智力活动和人的生理都存在于人的身体之中，说到底是一个统一的整体。意志与生理是密不可分的关系。意志需要生理的保障，意志可以改变生理，同时生理也需要意志的保护，生理也会改变意志。

037 懒惰的根源何在？

李　明：何谓懒惰？

雨城客：懒惰是人精神松懈、行为懒散的状态。懒惰包括懒散和惰性两个方面。惰性是基础和本原，懒散是惰性的体现和表现。懒惰是相对于勤快而言的一个范畴。人都有懒惰的时候，也有勤快的时候。不同的人相比较，也存在着懒惰和勤快之分。

李　明：何为惰性呢？

雨城客：要说清楚惰性的含义，还得从物体的惯性说起。牛顿第一定律指出，任何物体都有保持匀速直线运动状态的特征。意思是说，在没有任何外力作用的情况下，物体总是保持着匀速直线运动的状态，这种状态就被称为物体的惯性。而事实上，我们日常生活中所看到或者观察到的物体都不是保持匀速直线运动的状态，这是因为物体总是受到各种外力的作用，这些外力可能是摩擦力、地心引力，也可能是压力、弹力，还可能是阻力、推力，总之，物体总是受到各种外力的作用。正因为如此，我们就不易发现物体的惯性。实际上，物体的惯性是物体的一种客观存在状态，具有客观性或规律性。

物体惯性的特点有两个方面：一是匀速运动；二是直线运动。因为匀速和直线是物体存在状态中的最简单的情况，物体在没有受到任何外力作用的情况下，只会保持最简单的运动状态，而没有理由处于其他具有可变性的运动状态。同理，人的惰性可以被看作人这种特殊的物体在心理空间的惯性状态。因此，我们通过了解物体的惯性含义，就不难了解人的惰性含义了。人的惰性就是人这种特殊物体在心理空间的惯性。物体的惯性是物体的一种客观存在状态，人的惰性便是人的一种客观存在状态。通过物体存在着惯性的原理，我们就会发现人存在惰性的规律，因为物体的惯性与人的惰性具有可比性。即便如此，物体的惯性与人的惰性毕竟不同，二者的主要区别有三个方面：一是主体不同。惯性的主体是宇宙中的任何物体，而惰性的主体是人这种地球生物。二是空间不同。惯性是物体在通常情况下在物理空间保持的一种运动状态，而惰性是人在心理空间保持的一种存在状态。三是运动状态不同。物体的惯性是物体保持匀速直线运动的状态，而惰性是人保持原来心理存在的状态。对于惰性的存在状态问题，不能简单地看成匀速直线运动，正因为惯性与惰性有着三个区别，所以只能把惰性看成人的心态处于原来最简单的存在状态。

李　明：改变惰性的力量有哪些？

雨城客：我们在日常生活中所观察到的物体并非处于匀速直线运动状态，那是因为物体总是受到各种外力的作用。不管这些外力是什么，也不管这些外力有多少，物体至少受到一个外力的作用或者受到外力的合力作用。同理，我们所观察到的日常生活中的人，总是忙忙碌碌的，似乎不容易察觉人的惰性，那是因为人随时受到各种力量作用之缘故。能够改变人的惰性的力量是多种多样的，可以分为两类。一类是人自身内部的力量，或者被称为内因，这类力量可以统称为意志。意志包括目标、目的、打算、计划、策略、方法等一系列思维活动。意志可以改变人的惰性。另一类是个体的人之外的力量，或者被称为外因，这类力量可以被统称为场景。场景是由多种因素构成的，只要构成场景的多种因素之中的至少一个因素发生改变，场景也就改变了。由于场景的作用，人的惰性也会被改变。场景的改变，就意味着场景这种外力的改变，它对人的惰性的改变也就显示出来了。

李　明：人的惰性是客观存在吗？

雨城客：就像物体的惯性随时存在一样，人的惰性也是随时存在着的。物体的惯性具有客观性，人的惰性也具有客观性。物体不管处于什么样的惯性状态，总得有个速度，这个速度就是物体保持运动状态的基础。同样，人不管处于什么样的惰性状态，总得有个心态，这个心态就是人保持惰性的基础。只要没有外力的作用，物体总能保持惯性状态，直到物体湮灭。同样，只要没有意志和场景的作用，人总能保持惰性状态，直到生命结束。然而，事实上任何物体都不可能长期保持惯性状态，但这不能否定物体惯性的客观存在。同样，任何人都不可能长期保持惰性状态，但这不能否定人的惰性的客观存在。

李　明：习惯与惰性的关系如何？

雨城客：习惯是惰性的表现形式。只要有行为，就能形成习惯。至于多少次行为能够形成习惯，会因人而异，会因同一个人在不同阶段而异。一般而言，人只要有三次以上的重复行为，便能形成习惯。当然，也不排除有些人只要重复两次甚至只做一次就能形成习惯的特例。习惯一旦形成，就会被人的惰性所巩固，因为惰性以保持原来的心理状态为"宗旨"。习惯有好和不好之分，好的习惯能够让人如虎添翼，而不好的习惯会让人裹足不前。所谓好的习惯，是指对人的生存和发展有利的习惯。所谓不好的习惯，是指对人的生存和发展不利的习惯。比如，让一个孩子养成良好的学习习惯，胜过十个好的老师。因为孩子一旦形成了好的学习习惯，由于惰性的作用，孩子不会因为遇到一些挫折、困难甚至暂时的失败而影响学习的积极性，从一个较长的时间段来看，孩子就能顺利发展。习惯不管好与不好，都是由于惰性存在的缘故。

李　明：惰性存在好与不好的分别吗？

雨城客：虽然说习惯可以分为好与不好，但是惰性不分好坏。因为习惯仅仅是惰性的一种或者一些表现形式，更何况惰性是随时存在着的。在此，我们可以把惰性理解为人作为一个整体所具有的惯性。这种惯性既具有人作为一个物体所具有的真正的惯性，也具有人作为高级生命所具有的惰性。人的这种惰性的表现随处可见。比如，如果你住在七层以上的楼房，假设楼里没有电梯或者电梯坏了，你是不愿意徒步回家的，至少是不愿意多次徒步回家的，除非你把回家看成一种锻炼。再比如，冬天早上，你在暖和的被窝里是不愿意起床的，除非你因为工作、学习或者其他原因需要起床。这些都是人的惰性的表现，进而我们知道惰性是不分好与不好的。

李　明：惰性具有消极因素吗？

雨城客：惰性并非消极的东西。惰性最大的特点是保持原来的心理状态，包括原来的习惯。当然，原来的心理状态可能有些是消极的，可能有些是积极的。但是，对于惰性本身而言，并没有专门标示消极或积极，其意义更广泛、更包容。我们不难理解有些积极的行为也是惰性的表现形式。比如，长期坚持学习，可以看成是一个好的习惯，同时它是人在学习这个问题上的惰性的表现形式。再比如，长期勤奋工作，本身就是一个好的习惯，它同样是人在工作这个问题上的惰性表现形式。

李　明：懒惰是怎么回事呢？

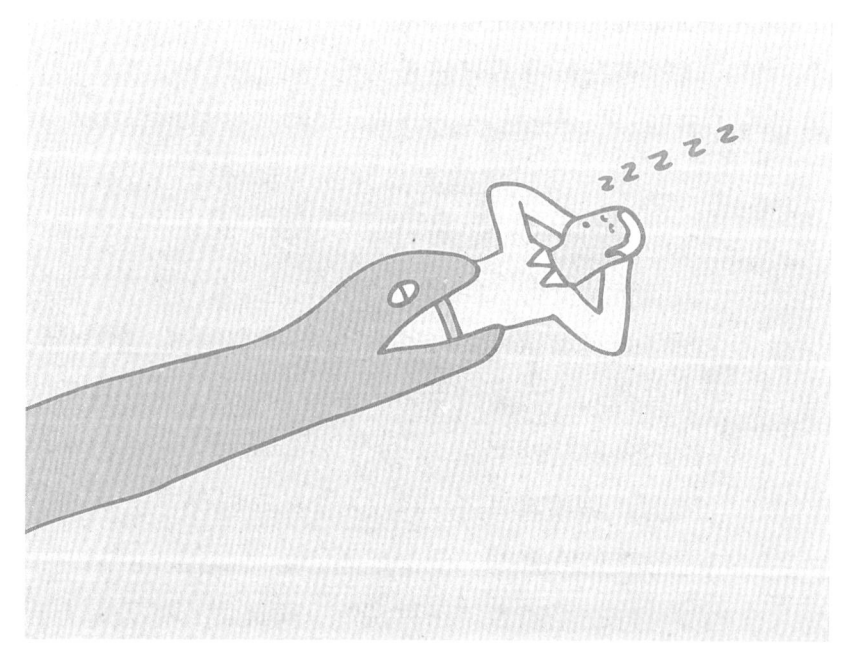

雨城客：我们搞清楚了人的惰性这个问题之后，再来研究懒惰就比较简单了。懒惰中的"惰"就是上述的惰性，懒惰中的"懒"就是能够改变惰性的意志力比较薄弱的表现。说得更准确一点，就是当意志力这种力量作用在人的惰性上时，如果人的惰性比较大，那么人的意志力就不能轻易改变惰性，从而表现出懒的状态。对于物体而言，物体的质量越大，物体的惯性越大。同样，对于人而言，人的心理状态越执着，惰性就越大。但是，就像物体的惯性可以分大小一样，人的惰性也必然可以分大小。假如人的惰性比较大，一般的意志力在它面前就显得软弱无力，那么人就会表现出懒惰的状态。要改变人的懒惰状态，要么需要有更大的意志力的作用，要么需要有场景这种外力的作用。

038 自我节制的意义是什么？

李　明：何谓节制？

雨城客：所谓节制就是限制、控制。

李　明：何谓自我节制？

雨城客：自我节制是对自己的限制、控制，即具有自律性质的控制。自我节制的内容包括思想、语言、行为等。对思想的节制，具有明显的主观成分，节制与否并没有明显的外在表现。对行为的节制则具有明显的外在表现，它既有思想的成分，也有行为的内容。对语言的节制，也是一种行为。因此，自我节制主要是对行为的节制。

李　明：行为节制的方式主要哪些？

雨城客：行为节制的方式主要有两种，一种是他力限制，即来自自己之外的力量的节制；另一种是自力限制，即来自自己主观力量的节制。他力限制主要表现在社会行为规范方面。行为规范很多，具有代表性的社会行为规范有法律、政策、制度、道德、伦理等。这些社会行为规范对行为具有明显的规范性，在规范行为的同时，也有限制人行为的成分。社会上的任何人都要遵循法律、政策、制度、道德、伦理等社会行为规范。这些社会行为规范大多数具有刚性，具有"不得不"的意思。自力限制跟他力限制相比，具有明显的主观选择性和主体主动性。自我节制是一种自力限制，而非他力限制。

李　明：被节制的行为是什么行为？

雨城客：被节制的行为是被允许存在的行为。被节制的行为不但是被允许存在而且是必须存在的，只不过是要掌握一个度的问题，它区别于不被允许存在的行为。不被允许存在的行为大抵分为三类：一是危害社会的行为，主要包括违法行为、违纪行为、违规行为等。二是危害他人的行为，主要包括违约行为、伤害行为、侵权行为等。三是危害自己的行为，主要包括不良嗜好、不良习惯、不良行为等。因此，对于自己的行为，首先要分清是什么性质，如果是被允许存在的，就要用节制的方法来对待；如果是

不被允许存在的，就要坚决改掉。对自己的行为的区分也不是绝对的，在某个时间段某些行为是被允许存在的行为，只需要用节制来对待，而在另一阶段则是不被允许存在的行为，需要改掉。如抽烟，在某个阶段可能是被允许存在的行为，仅仅需要限制抽烟的频率即可，但是当自己的身体状况不好或者到了一定年龄之后，则是不被允许存在的行为，就要立即戒烟了。

李　明：自我节制与明智的关系如何？

雨城客：只有能够节制的人才是明智的人。聪明人有两种，一种是智商高的人，另一种是明智的人。明智的人有时也被称为情商高的人。智商决定于遗传，谁也不能改变。情商是可以被训练出来的，其中节制就是训练情商的一个好方法。而节制本身也需要统筹安排。一是要宏观统筹。在某个时间段里，要冷静地思考自己的各种需求，即要明确地知晓自己需要什么、不需要什么，对需要的事情就要坚守，对不需要的事情就要节制。比如，在某个时间段里不需要抽烟，就要采取减少烟量或者戒烟的行动。二是要养成节制的习惯。所谓"习惯成自然"，人的任何习惯都是经过三次以上的行为而形成的。当然，要改变以前的一些习惯需要的时间会长一些。节制也不例外，人在刚开始节制的时候，肯定会感到不舒服甚至痛苦，只有坚持、守持、坚守，才能将节制的痛苦行为变成自然的习惯行为，从而让节制的痛苦减少直至消除。比如，饮食习惯，应该少吃盐、脂肪、动物内脏，多吃蔬菜、水果、天然食品。人在一开始肯定会有些不习惯甚至感到痛苦，但是时间一长就习惯成自然了。当然，所谓少吃，并非不吃，如果真正想解馋，有些美食也是可以吃的，因为它们并非毒药，但是一定要掌握好食量和频率。只有真正能够节制自己的人才是明智的人、理智的人，只有这样做才是自己的最佳选择。因此，能够节制自己的人才能成事，不论是大事还是小事。反之，不能节制自己的人，也不能支配自己，必然任意妄为、顾此失彼。因此，作为一个明智的人，就要能够有效地节制自己，不论是宏观节制还是微观节制，都要妥善地掌握好节制所要求的度，真正做到张弛有度。

039 自信的内涵是什么？

李　明：何谓信心？

雨城客：信心是确信某种愿望、期待一定能够实现的心态，是对即将发生的事物的一种相信。信心有自信，即相信自己；他信，即相信他人。自信是相信自己的一种主观态度，他信是相信他人的一种主观态度。只有自信的人才会有他信，这是对自己观察能力自信的表现。所谓"用人不疑，疑人不用"，就是自信与他信关系的典型事例。并非人人都做得到"用人不疑，疑人不用"，只有自信的人才敢这样做、才能这样做；反之，不自信的人，连自己都怀疑，更何况是他人，必然做不到"用人不疑，疑人不用"。

李　明：对自信该如何分类？

雨城客：自信可以分为思想自信、语言自信和行为自信三类。思想自信是基础，语言自信和行为自信是思想自信的表现形式，更多地表现在语言的自信方面。有了思想的自信，才会有语言的自信和行为的自信。反之亦然，只要有语言的自信和行为的自信，就必然有思想的自信。对于具体的行为而言，自信可以分为知识的自信、能力的自信、目标的自信、方法的自信、开始的自信、过程的自信和结果的自信等几种。

李　明：自信与自卑的关系如何？

雨城客：自信与自卑是相对的。所谓自卑，就是对未来缺乏信心，不自信。任何人都有自信的时候，也都有自卑的时候。即在某个阶段表现出自信，在另一个阶段则表现出自卑。自信是一种积极的心态，而自卑则是一种消极的心态。虽然自信者不一定成功，自卑者不一定失败，但是自信者能够让自己的潜力发挥到极致，而自卑者则会限制自己的能力发挥，更谈不上发挥潜力了。

李　明：如何应对自信？

雨城客：一是盲目自信必然会产生消极影响。虽然说自信相对于自卑具有积极的一面，但盲目自信就是自负。自负之人，不但会误导自己，也会坑害他人。因为

自信是需要客观依据的。自信是建立在自己具有自信的能力的基础之上的。如果没有自信能力却自信，那就是自负或者自大了。二是要不断强化自己。自信能力具有一定的客观性，是一种真实的存在。自信的基础是自己客观的综合知识、综合能力的集中体现。而自信本身则具有一定的主观性。要想真正做到长期自信，就必须要积淀自己。学习是积淀自己的最佳方法。不论是谁，不管当时处在自信或者自卑的哪种心态上，都要不断加强学习，学习各个方面的知识，向各个方面的人学习，才能真正解决自信所需要的客观基础问题，也才能避免由于盲目自信而产生自负。三是要做到外柔内刚。正所谓"金无足赤，人无完人"，任何人都会有长处，当然也会有短处。所以，要明白"天外有天，人外有人"的道理。即使是自信，也不要随意外露。人要真正做到外柔内刚，需要表现的时候再表现，不需要表现的时候就要保持低调。这才是真正自信的体现，才是明智的自信，才是立于不败之地的自信。

决心的内涵是什么?

李　明：何谓决心？

雨城客：决心是人持久不变的意志，是希望实现未来事物的一种心理努力。决心与"一定要""希望会""必然会"等词汇相联系，是明确目标、明确任务的心理过程，是确定、稳定、锁定自信的过程。

李　明：决心是怎样的过程？

雨城客：决心是人调动心理能量的过程。决心大则调动的心理能量大，决心小则调动的心理能量小。由于人具有整体性，人的任何心理活动都需要能量的支撑，主要包括心脏能量的支撑。心理能量与实际体能有所不同。心理能量具有两个特点：一是心理能量需要体能的支撑，说到底也是体能的一种表现形式。下决心的过程，就是储存体能的过程。而实现决心的过程，就是释放积蓄在决心之中的体能的过程。二是心理能量又不同于体能。最大的不同在于心理能量具有主观可控性。在心理能量的形成、释放、作用的各个环节，都受到心理这个主观努力的控制，具有明显的主观性。决心是一种心理暗示，可调动潜意识共同参与、共同影响和改变意识，通过实现决心的内容的过程来巩固自信。

李　明：决心具有客观性吗？

雨城客：决心具有一定的主观性，同时也具有一定的客观性。由于决心是一种主观努力，所以决心具有明显的主观性。然而，决心这种主观性同时也存在一定的客观性。只有在决心的主观努力支撑下，才能实现决心的内容，从而让决心具有科学性、可实现性、可行性。因此，决心一定要合理，符合自己的能力、知识、特点、实际。决心的目标不能太高，以免丧失信心；决心的目标也不能太低，以免浪费自己的时间。要因时、因地、因阶段而下决心，一旦下了决心就要付诸行动。

恒心的内涵是什么？

李　明：何谓恒心？

雨城客：恒心是持之以恒的毅力，即做事的恒性、持久性、守持性。恒心并非心脏之恒，而是意志之恒。

李　明：恒心与习惯有关吗？

雨城客：恒心与习惯密切相关。对于有锲而不舍的良好习惯并且责任心强的人，恒心就体现得比较充分，做事的成功率就比较高。反之，对于有朝三暮四习惯并且责任心较弱的人，恒心就比较缺乏，做事的成功率就比较低。因此，只有在遇到困难并且时间紧迫的时候，才能检验恒心；只有在心理懒散并且意志薄弱的时候，才能考验恒心；只有在事业失败并且情绪低落的时候，才能检测恒心。

李　明：恒心具有哪些特点？

雨城客：恒心主要具有五个特点：一是守持性，恒心的"恒"字，决定了恒心具有守持性。这是恒心的最原始的含义，也是恒心发挥一切作用的重要前提。二是积累性，具有恒心，就会把平时或者一段时间的行为结果积累起来，从量变到质变，从而实现心理目标。反之，如果没有或者缺乏恒心，就会丧失积累，就不可能实现心理目标。三是习惯性，恒心是培养习惯的过程。因为人只要有三次以上的重复行为，就会形成习惯。不论是做事还是做人，一开始会感到陌生、不适应或者困难，但是只要以恒心挺过来了，就会形成习惯。一旦形成了习惯，就能够巩固恒心的守持性。因为习惯成自然，一旦自然了，也就不会在守持的时候感到别扭或者困难了。四是主观性，从恒心是意志的守持而言，恒心明显地具有主观性。恒心是为人之意志所影响、支配、控制、左右的，这就决定了恒心具有不稳定性或者多变性。五是客观性，恒心的客观性主要体现在恒心所守持的内容方面。因为恒心所守持的内容在客观上有可能实现，也有可能实现不了。这些都是由综合的客观条件所共同决定的，包括自身的所有客观条件和外界的所有客观条件。这些综合的客观条件共同决定了恒心的客观性。比如，当一个人将目标定得太高，完全不切实际，不论自己怎么努力或者守持也不能实现。此时，恒心就不是什么好的东西了，而是体现出被称为固执的问题了。因此，恒心的客观性决定了恒心实现决心的可能性。只有实

现的可能性在50%以上，恒心才有实际意义。如果实现的可能性在10%以下甚至是0，那么恒心就失去了任何有价值的意义了。

李　明：我们应该怎样应对恒心？

雨城客：正因为恒心具有五个特点，尤其是恒心具有客观性，所以恒心才有意义或者价值。但是，对于很多事情而言，一开始人们并不知道其实现的可能性有多大。此时的基本态度应该是，有恒心总比没有恒心强。实践出真知、时间出真知。即便自己守持之后仍然是失败，也至少从失败中获得一些教训。更何况守持之后也存在成功的可能性。反之，如果一遇到困难就畏首畏尾、裹足不前、放弃守持，就会丧失许多有可能成功的机会。

李　明：自信、决心、恒心三者是怎样的关系？

雨城客：自信、决心、恒心三者的关系：一是要有决心，有了决心，才会有自信和恒心。如果没有决心，必然没有自信和恒心。二是决心大则信心足，决心小则信心虚。当决心的目标一旦实现，决心就会自然消失。此时则需要再次确定新的目标来确定新的决心，建立新一轮的自信和恒心。如果遇到困难或者失败，则必然影响乃至改变决心、动摇决心。对于决心的坚定者而言，则不会因为困难或者失败而动摇信心和恒心。意志来自决心，有了决心就自然有恒心。决心大者则恒心长久，决心小者则恒心短暂。反之亦然，恒心长久者则决心大，恒心短暂者决心小。恒心是决心的具体体现，是释放决心体能的过程，是释放决心的心理能量的过程。只有通过恒心，才能实现决心，才能体现自信。

042 执着的意义是什么？

李　明：何谓执着？

雨城客：执着就是坚持、坚守、守持。执着与利益有关，只要有利益，就会去追求，从而产生执着。执着与机会有关，有些事情对某些人而言是机会，而对其他人而言则不是机会。是机会才会执着，不是机会则不会执着。比如，对于矿业、房地产业，虽然都知道利润很大，但这些特殊行业只适合于某些人，而对绝大多数不具备条件的人而言就没有机会，从而也不会执着。

李　明：请谈谈执着与心理惯性的关系。

雨城客：执着来自心理惯性。在某个时空，任何人的心理都处于某种模式，哪怕各人的心理模式有所不同。但是，不同的人的执着程度是有差别的。执着的程度决定于决心之大小，决心大者则执着性强，决心小者则执着性弱。决心之大小又由目标实现的可能性之大小所决定，即目标实现的可能性大则决心大，从而便执着性强；目标实现的可能性小则决心小，从而执着性弱。

李　明：对执着怎么分类？

雨城客：执着分为两类，一是对目标的执着和对过程的执着，二是对思想的执着和对行为的执着。

李　明：请谈谈对目标的执着和对过程的执着。

雨城客：不论是对目标的执着还是对过程的执着，只要有一个方面执着，就被视为执着。当然，同时对目标和过程都执着的就更不用说了。对目标的执着主要表现在：哪怕某个目标不那么清晰或者实现的可能性不大，仍然执着于这个目标。对过程的执着主要表现在：不论遇到多大困难都能够持之以恒。对目标的执着与对过程的执着密切相关，对目标的执着决定着对过程的执着。如果目标根本就不会实现，则必然影响或者动摇过程的执着性。但是，过程的执着也具有相对独立性，即便目标渺茫或者实现不了，也可以适时调整目标而让过程看到希望，从而让过程执着。

李　明：请谈谈执着的主观性和客观性。

雨城客：执着具有主观性和客观性。执着的主观性，包括对目标的执着和对过程的执着。同时，执着是靠人的行为加以实现的，由于行为具有客观性，从而决定了执着具有客观性。另外，执着的目标也具有客观性。只有目标符合客观实际才会有可能实现，从而决定了执着具有客观性。执着的主观性与客观性构成执着的整体。执着的主观性与客观性也是相互作用的，即执着的客观性是基础性的、原发性的，它决定着执着的主观性；而执着的主观性又反过来影响着执着的效果或者结果，从而影响着或改善着执着的方式。

李　明：请谈谈执着的极端情况。

雨城客：太执着就是固执，总是朝着某个方向的执着便是偏执。因此，执着一定要选对方向，即符合客观规律、有实现的可能性、符合自己的实际。所以，不是每个目标都适合每个人，比如，不是每个人都能够赚到大钱。有些目标适合他人但不一定适合自己，适合于自己的目标不一定适合于他人，正所谓具体问题具体分析。总体而言，执着是好的习惯。为了更好地执着，先要有符合自己的目标，但是目标正确与否，还需要用执着的行为去检验。所以，我们不能遇到一点困难就放弃。

第六章

意识篇

《黄帝内经·素问·脉要精微论篇第十七》:"夫五脏者,身之强也。头者,精明之府,头倾视深,精神将夺矣。背者,胸中之府,背曲肩随,府将坏矣。腰者,肾之府,转摇不能,肾将惫矣。膝者,筋之府,屈伸不能,行则偻附,筋将惫矣。骨者,髓之府,不能久立,行则振掉,骨将惫矣。得强则生,失强则死。"

043 意识包括哪些内容？

李　明：何为意念？

雨城客：所谓意念，是可以自我控制、自我驱使的意识。在日常生活中是屡见不鲜的。比如，人在行走或运动的时候，手脚和身躯的运动，都是在意念支配下完成的，只不过是我们没有注意意念这个问题罢了。

李　明：请先讲讲意识的本质。

雨城客：所谓意识，就是有目的性的感觉、知觉、记忆、思考、推理、想象、回忆等心理状态。并非感觉、知觉、思考、记忆、推理、想象、回忆等这七种心理状态都出现才称为意识，而只需要出现其中一种以上的心理状态就可以称为意识了。之所以强调目的性，主要是区别于无目的性。目的性就是注意性或专注性。在无目的的时候也会出现感觉、知觉、记忆、思考、推理、想象、回忆等心理状态，比如，在睡梦中，此时的心理过程被称为潜意识。

李　明：请谈谈意识的可控性。

雨城客：意识的目的性或注意性决定了意识的可控性。如果意识不可控，那么人的心理状态便是反常的。反常意识的不可控状态并非一种假设，而是真实存在着的，精神病患者便是如此。对于精神正常者而言，也并非在醒着的时候完全处于意识状态。比如，人在发呆的时候，就不完全处于意识状态。因为人在发呆的时候，至少没有进行思考、推理、想象、回忆等相对复杂的心理活动。但是，没有复杂的心理活动，并不意味着没有心理活动。人在发呆的时候，至少是有感觉、知觉和记忆的。因为人在发呆的时候，并非处于睡眠状态，而是处于醒着的特殊状态或休息状态。只要人醒着，人的感官就不会停止工作或活动，只要有光或声的信息，人就是可以感知并记忆的。人在发呆的时候也能够自我保护而不受伤害。当然，人在发呆的时候的自我保护能力肯定要弱于警觉的时候，但是要远远强于睡眠的时候。实际上，人在睡眠的时候，在潜意识的支配下，同样有自我保护性。比如，绝大多数人在睡眠的时候，不会从床上滚到床下，就是人的潜意识在起保护作用的具体体现。而人在发呆的时候，其主要特征并非保护性的问题，而是目的性的问题。人在发呆的时候，目的性被大大弱化了，甚至被弱化到没有目的性。

李　明：请谈谈意识的物质性。

雨城客：意识就是一种物质，这种物质区别于大脑或脑细胞，尽管意识是由大脑产生的。意识是一种场物质，它区别于由原子、分子等微粒构成的物质，而类似于光、磁场等物质，具有波粒二象性。意识的物质性决定了意识的独立性。意识的物质性决定了意识这种物质区别于大脑这种物质，决定了意识具有可控性。

李　明：请谈谈意识的功能性。

雨城客：意识是大脑及其感官的功能的体现。这种功能的主要特征是能量性，这种能量并非普通的能量，必须依托于大脑的功能的体现才存在。大脑在工作或运行的状态下，便会产生意识，产生意识这种物质。而大脑的工作状态，并非一直处于醒着的状态，也会处于睡眠的状态。从这个意义上来讲，意识和潜意识是同一种存在的不同状态。

李　明：请谈谈意识与睡眠的关系问题。

雨城客：睡眠是人恢复大脑产生意识功能的过程。在这个过程中，会有潜意识的活动，包括认知、思维和记忆等。这个过程并非处于意识空间，而是处于通常称为潜意识空间的地方。一般而言，人一天的睡眠是由不断递进的五个周期来完成的，每个周期又分为五个阶段。每个周期在90分钟左右，第一个周期完成之后便会进入第二个周期，依次递进。每个周

意识的本质

期的五个阶段的内容各不相同。说到底，睡眠过程就是大脑对意识的完善、完成和安排，通常以梦的形式来体现。人天天都做梦，只要睡觉，尽管有记忆的梦或进入意识的梦只占少数。要想意识到梦境，就要在睡眠的每个周期里的第三、第四阶段醒来。睡眠好的，大脑的意识功能便能恢复得好；反之，睡眠不好的，便会影响第二天的意识活动。潜意识的安排是对意识的处理和归档的过程。在处理和归档的过程中，不管什么时候醒来，便可以感知于意识之中，归档之后便能恢复大脑的功能，便可以有新的意识。不同的归档空间，决定了不同的心理空间。心理空间可以启动也可以不启动，由于脑细胞的新陈代谢，长期归档的信息并非皆可复出，这就是遗忘的根源。

044 为什么说意识是生命的重要特征?

李　明：探讨意识问题与治疗抑郁症有关联吗?

雨城客：探讨意识问题与治疗抑郁症有着密切关联。因为除了人类有意识，其他生命也存在意识。如果这个观点是正确的，我在此推荐两种治疗抑郁症的方法：一是抑郁症患者亲自饲养小动物，如小狗、小猫、小猪、小羊等。只要患者给予这些小动物关怀和爱护，这些小动物也会回报关怀和爱护。二是抑郁症患者亲自种植花草，如兰花、竹子、牡丹、月季等。只要患者给予这些花草关怀和爱护，这些花草也会回报关怀和爱护。即使患者与这些小动物和花草没有言语沟通，但仍然存在意识交流，这有利于患者的心理健康。

李　明：你是说动物也有意识吗?

雨城客：是的。不仅动物有意识，任何生命都存在意识。人是从动物演变而来的，而且这个演变过程很漫长，如果动物没有意识，那么人也不可能有意识，而事实是人有意识，那么可以推论，演变成人的猿类也必然有意识。因为人不可能在一夜之间从猿类变成人。不论从生活环境、饮食习惯、情感流露和语言沟通的哪一个方面来看，猿类并没有区别于其他动物的明显特征。既然如此，如果猿类有意识，那么其他动物也必然有意识。

李　明：你可以举几个例子说明上述问题吗？

雨城客：例子一，在某座大山上，有人懂得鸟语，能够与鸟进行对话，也许你也听说过。语言并不是人类的专利，语言是表达意识的工具或者中介。既然人能够与鸟进行对话，说明人与鸟可以进行意识交流，从而证明鸟也是有意识的。例子二，许多人都听说过狼孩的故事。一个小孩，从小与狼生活在一起，哪怕人与狼不是一个物种，但是狼孩长大后，不论是从吼叫的声音还是从生活习性来看，都与狼没有多大区别。这充分说明，狼孩长期与狼生活在一起，狼孩与狼群必然进行了交流，不论是否用语言的方式进行交流，至少在客观上进行了意识的交流，从而也证明了狼这种动物是有意识的。例子三，在非洲，有人长期与狮子、老虎生活在一起，彼此之间非常友好，不会相互伤害。在长期的交流中，人与狮子、老虎和谐共处。可以想象，如果没有交流，人与狮子、老虎是不可能共处的。不管交流的方式如何，可以肯定的是人与狮子、老虎必然进行了交流，由此可以证明，狮子、老虎是有意识的。

李　明：关于动物意识的问题有什么结论呢？

雨城客：人与动物进行意识交流的实例很多，在马戏团、在水族馆、在动物园，随处可见。据说，在奶牛场定时给奶牛播放美妙的音乐，真正是"对牛弹琴"，奶牛产奶的数量就会增加。在养鸡场，每天定时给母鸡播放悦耳的音乐，母鸡产蛋的数量就会增多。

人与动物进行交流的例子不胜枚举,因此我们可以得出结论:动物是有意识的,只不过动物的意识不一定为人所知,就像动物不一定知道人存在着意识一样。

李　明:其他生命都存在意识吗?

雨城客:从生命的构成来看,生命都是由细胞构成的,不管细胞的结构如何,至少它是复制生命的最基本的单元。从细胞的角度来看,任何生命都没有本质的区别。从细胞复制生命的对等性来看,既然动物有意识,那么除了动物之外的其他生命都应该有意识,包括植物和其他生命。只要是由细胞构成的生命,都有意识。

李　明:你可以举几个例子说明你的观点吗?

雨城客:例子一,有一种树叫怕痒树。只要轻轻挠它的树皮,它的树枝就会摆动,挠的幅度越大,树枝摆动的幅

度越大。我们可以理解为怕痒树存在意识。例子二，有人种植名贵兰花，每天定时与兰花说话，当然要说善良的话或美好的话，不仅人的心情会变得好起来，而且兰花也越长越盛。由此可见，兰花肯定与人进行了交流，进行了意识交换，从而可以知道，兰花是有意识的。例子三，墙头的藤蔓，总是选择朝着某个方向发展，除了向着阳光、借墙攀爬的因素，只要仔细观察就会发现，藤蔓总是避开危险去生长的，而不是漫无边际地蔓延。从而可以知道，藤蔓也是有意识的。

李　明：关于植物意识问题有什么结论呢？

雨城客：植物存在意识的例子也不胜枚举，像牡丹花、月季花、梅花、桃花、樱花、桂花、荷花、稻花，没有哪种花朵没有意识，也没有哪片树叶、哪枝根系没有意识。

李　明：人的意识、动物的意识和植物的意识都一样吗？

雨城客：人的意识与动物的意识、植物的意识不同，动物的意识与植物的意识也不同。从生物进化的角度看，一是人的意识发展水平最高，动物的意识发展水平次之，植物的意识发展水平最低。尽管人的意识、动物的意识、植物的意识都被称为意识，但是人的意识是地球生命中最高级的意识，动物的意识层级较低，植物的意识层级最低。假如人的意识水平为100的数量级，那么动物的意识水平则为10的数量级，植物的意识水平则为1的数量级。二是有没有意识是质的区别，意识的数量级是量的区别。不管人类是否由猿类演变而成，至少是由动物演变而成。假如动物没有意识，那么由动物演变而成的人类也不存在意识。反之，正因为人类有了意识，从而也证明动物是有意识的。同理，既然动物有意识，那么植物也应该有意识。

李　明：是不是世界上的所有物质都存在意识呢？

雨城客：并非如此。意识是生命的重要标志，我们不能一味地强调意识的范围。凡是不由细胞构成的物质世界，都没有意识，这个范围不仅包括由无机物构成的物质世界，也包括细菌、病毒等。物质从非生命状态演变成生命状态是一个质的飞跃，这个飞跃不是在于生命本身，而是在于地球的物质世界从此有了意识。

心灵有什么特点?

李　明：何谓心灵？

雨城客：心灵，指人的所有智力活动，包括意识、潜意识、情感等。心灵具有信息性、能量性、物质性、依附性、整分性、遗传性、复制性、传递性、复合性和独立性等10个特点。

李　明：请谈谈心灵的信息性。

雨城客：不论心灵表现为意识状态、潜意识状态还是情感状态，都存在对信息的反映、处理、储存等方面的内容。可以说，心灵是信息的载体。

李　明：请谈谈心灵的能量性。

雨城客：在心灵运行过程中，对信息进行接收、加工、储存、传递、复制等每个环节，都是能量在不断变化的过程。

李　明：请谈谈心灵的物质性。

雨城客：心灵的能量性决定了心灵的物质性。因此，心灵是一种尚未被探索清楚的物质存在。

李　明：请谈谈心灵的依附性。

雨城客：一般情况下，心灵不能独立存在。心灵的运行都必须依附于脑（大脑、小脑、丘脑等）或者人的神经系统而存在。

李　明：请谈谈心灵的整分性。

雨城客：心灵的任何一个部分所携带的信息都可以影射心灵的全部信息。大脑中的每个神经元都存储着心灵的即时变化，就像太阳光一样，每一束光都有七种颜色，都携带着太阳光的全部信息。

李　明：请谈谈心灵的遗传性。

雨城客：心灵可以通过遗传方式，把上辈甚至祖先的信息遗传到下一代身上。心灵的遗传是通过细胞的遗传来实现的。

李　明：请谈谈心灵的复制性。

雨城客：心灵可以被复制。在心灵第一次被复制的时候，会损失心灵的能量。但是由于心灵的整分性决定了心灵并不会因为复制而改变。心灵的再次复制，与原来的心灵无关，自然也不会损耗心灵的任何能量。

李　明：请谈谈心灵的传递性。

雨城客：心灵可以通过语言等载体进行传递。不论语言是口头的还是书面的，也不论语言是英语还是汉语。传递心灵的方式不仅包括语言一种，至少还包括图片、图像等形式。心灵的传递性，决定了心灵可以让更多人知晓，也可以影响他人的心灵。

李　明：请谈谈心灵的复合性。

雨城客：心灵的复合性是心灵的变化性，体现在心灵接收了其他信息而产生复合或者吸收其他信息的整个过程中。

李　明：请谈谈心灵的独立性。

雨城客：在特殊情况下，心灵可以独立于人的躯体或神经系统而独立存在。心灵的复制性在一定意义上说明了心灵的独立性。心灵的独立性也可以被看成心灵的可控性。人死亡则心灵随之离开躯体，即对死者而言，心灵已经不存在。

李　明：在了解心灵的10个特点的基础上，是否可以提出关于心灵的某些假设？

雨城客：为了进一步说明心灵的有关问题，有必要提出关于心灵的两种假设。

李　明：请谈谈关于心灵的第一种假设。

雨城客：第一种假设是，心灵是人脑的一种功能。心灵是人脑（包括大脑、小脑、丘脑等）或者人的神经系统的一种功能。心灵是人脑的一种工作状态，要么表现为认知、记忆、思维、想象等意识状态，要么表现为认知、记忆、思维、想象等潜意识状态，要么表现为喜、怒、哀、乐、惊、悲、恐等情感状态，这些状态都是人脑或者神经系统的工作状态或者

功能表现。不论是意识问题、潜意识问题还是情感问题，都可以用这种假设来加以诠释。

李　明：请谈谈关于心灵的第二种假设。

雨城客：第二种假设是，心灵是独立于人脑或者神经系统而独立存在的一种物质。即便心灵是一种物质，至少这种物质不是脑或者神经系统本身。如果构成心灵的物质与构成脑或者神经系统的物质属于同一类（即并非所谓的反物质），它们也不是同一种物质，至少不在一个数量级上，就像星际的物质性与沙尘的物质性之差别一样。从这个意义上来看，心灵这种物质更有可能是一种被称为场的物质，具有波粒二象性，但是不同于电磁波。即便心灵这种物质既可以依附于人体，又能够独立于人的躯体，也不会跟构成人的物质发生冲突，更不会对人造成伤害。

李　明：请谈谈心灵的塑造问题。

雨城客：个体的心灵可以被塑造。个体可以通过学习来塑造自己的心灵。学习的过程既可以是直接的实践，更多的是跟他人的心灵进行沟通、交流。通过学习，不断接收新的信息，通过脑或者神经系统的传递、加工，不断改变或者改善个体的心灵内容，然后储存在人脑的细胞元之中。

李　明：在人死亡的过程中，心灵的信息会随着人的死亡而立刻消失吗？

雨城客：随着人的不断衰老，脑细胞会逐渐死亡，这是自然规律。然而，脑细胞的死亡不会改变心灵的信息特征。脑细胞的死亡，主要表现为记忆力减退。人的每个脑细胞中都存储着心灵即时的所有信息，哪怕人只剩下一个活着的脑细胞，也会存储着心灵的基本信息。犹如阳光一般，只要有一缕阳光，都蕴藏着红橙黄绿青蓝紫七种颜色。

李　明：请谈谈人类的精神财富问题。

雨城客：人类的精神财富是各个独立的个体的心灵被复制或存储之后的存在总和。正因为心灵具有复制性，才让心灵能够保持下来，共同构成人类的文化和精神财富。

李　明：请谈谈生理对心灵的影响。

雨城客：心灵对身体或者生理有着重要影响。从心灵的产生到发展变化，在绝大多数情况下都依赖于人体，包括人的脑和神经系统。人的整体性，决定了生理同步影响着心灵。

046 童稚的本源是什么？

李　明：何谓童稚？

雨城客：童稚是儿童表现出的幼稚，也只有儿童才会表现出真正的童稚。儿童表现出童稚是正常的，成年人表现出童稚是不正常的，因为童稚反映出人的智慧本源。

李　明：谈论童稚话题的意义何在？

雨城客：谈论童稚话题的意义在于探索智慧的本源问题。

李　明：请谈谈智慧发展的两个阶段。

雨城客：所谓智慧的来源，就是意识的来源。人从出生到童年，就几个月到几年，其标志是人的大脑发育基本成熟。包含两个阶段：第一阶段是人从出生到大脑发育初步成熟的过程。在这个过程中，人是有一定的感知能力的，虽然这个感知能力还达不到大脑成熟时所具备的功能。在第一阶段里，人可以通过眼睛、耳朵、皮肤等感觉器官接收、储存、处理一定的外界信息，有了一定的最直接的经验，奠定了智慧的基础。第二阶段是大脑发育基本成熟的过程。在这个过程中，大脑的感知能力进一步完善，具备了成年人的感知能力，虽然还达不到成年人的感知水平。

李　明：请谈谈智慧的形成过程。

雨城客：人的感知能力，除了大脑所具备的功能之外，还需要经验的支撑。所谓经验，就是人所感知到的外界信息，经过大脑处理、储存、释放、再储存之后所形成的知识，然后循环往复。经验的作用主要有两个方面：一是经验作为意识的基本内容，在大脑的支配下，相对独立地运行，形成人的基本智慧或思想。二是经验可以形成一定的心理模式，促进大脑感知能力的发展，提高感知水平。

李　明：何谓智慧的本质？

雨城客：通过对经验的探讨，可以得出两个结论：一是说明了人的智慧是来源于大脑的功能，来源于大脑的功能与外界信息的有机结合，而并非来源于他人智慧的转移。大脑不论是在发育过程中还是在发育基本成熟之后，人这种生物的特性决定了大脑的功能在运行过程中产生了意识，而并非意识来源于已故之人的意识的转移。二是人的经验可以反作用于大脑，使大脑的功能得到进一步发挥。随着年龄的不断增长，随着人的经验的不断积累，经验对大脑的促进作用会越来越明显。结合这两个结论，我们便知道：大脑的功能是产生意识或智慧的基础和根本，经验可以对大脑的功能产生反作用，促进大脑功能的进一步完善，从而形成更多的意识或智慧。人工智能也是这样发展的，至少人工智能具有学习（经验）能力。大脑的功能和经验对产生意识都有作用，大脑的功能是基础和本原，经验发挥着促进或开启大脑功能的作用。

李　明：本文既然以童稚话题开头，是否可以用童稚话题收尾呢？

雨城客：当然应该这样。童稚既是心理学家研究的对象，也是文学家研究的对象。

李　明：请谈谈成年人的童稚问题。

雨城客：随着年龄的增长，人的大脑功能的发挥与经验的相互作用的水平会进一步提高，人的意识内容将不断丰富。因此，成年人就不应该表现出幼稚。如果成年人真要玩点幽默而表现出某些幼稚的言行，也要看场合，否则就会弄巧成拙。而儿童则不同，儿童表现出幼稚是正常的。因为对于儿童而言，不论是大脑的功能的发挥还是经验的积累，都不足以形成达到成年人所应该具备的意识或智慧水平，所以，儿童表现出幼稚也就不奇怪了。从这个意义上来讲，如果成年人表现出幼稚，要么是其心理发育迟缓，要么是其大智若愚或故弄玄虚。

梦境的本质是什么?

李　明：何谓梦境?

雨城客：梦境是梦中经历的情景或做梦的心理状态。做梦人人都会有，而且是天天有。但是一般情况下，有记忆的梦占少数，而没有记忆的梦占多数。梦境是潜意识的活动状态。潜意识与意识有着许多相似之处。比如，在意识状态中会有情感，在潜意识状态中也会有情感。意识和潜意识，共同构成综合意识。

李　明：梦境与意识的关系如何?

雨城客：梦境与意识具有密切的相关性。梦是意识中没有实现的愿望的实现。正所谓"日有所思，夜有所梦"。梦加工之后的潜意识，为意识的发现、发明等创造性活动奠定一定的基础。意识与潜意识是交互作用、相互促进的关系。梦能够让意识的功能得到恢复，同样，意识也能够让潜意识得到调整，这也是梦与意识交互作用的表现。因此，综合意识就是梦与意识交互作用、共同促进的结果。

李　明：是否存在一个中间状态?

雨城客：人并非随时处于综合意识状态，还可以处于休息的间隙状态。比如，在意识状态中，人有休闲、发呆的时候，即有无意识状态的时候。同样，在梦境中也存在着无意识的休息状态，只不过是梦的休息状态不一定为人所知而已，就像人不一定知道动物的心灵一般。除了休息状态，还存在着一个中性状态或者中间状态，那就是半睡眠状态或者半睡半醒状态。在中性状态，既可以进入梦境也可以回到意识状态。因此，中性状态能够记住梦境。同样，中性状态也能够把意识带进梦境。中性状态是一个过渡的状态，时间比较短，仅仅几秒钟或者几分钟，然后进入梦境或者回到意识状态。

李　明：请谈谈失眠者或者精神病患者与中性状态的关系。

雨城客：对于长期失眠者而言，就是长期处于意识状态，而没有进入中性状态，这是一种生理紊乱的表现。同样，对于精神病患者而言，就是长期处于梦境状态，而没有回到中性状态，这也是一种生理紊乱的表现。正所谓物极必反，对于长期处于意识状态者，哪怕

疲劳依然，也会坠入失眠者行列；而对于长期处于梦境状态而不能自拔者，便会坠入精神病患者行列。

李　明：意识与潜意识对等吗？

雨城客：哪怕意识与潜意识相对存在并交互作用，但是二者并非对等。意识具有明显的可控性。一般而言，人可以控制自己何时用脑、何时休息。而潜意识则具有明显的自发性、不可控性。由此可见，意识与潜意识的相互作用之关系并非对等。

李　明：综合意识具有什么特征？

雨城客：一般情况下，综合意识表现为遗传性和复制性。所谓遗传性，就是人的综合意识特征可以通过遗传方式得到传承。所谓复制性，就是通过表达，不论是言语的表达还是其他形式的表达，把综合意识传递到载体(包括作品)上。在特殊情况下，综合意识表现为心灵的转移性。但是，在心灵转移的过程中，由于心灵能量的损耗，不可能完整地转移心灵，而仅仅是一些基本的或者主要的信息特征得到转移。

李　明：请谈谈唯物论与唯心论的关系。

雨城客：唯物论是最终的胜利者。关于心灵是怎么产生的这个问题，有待于进一步探索。在此有必要说清楚关于唯物论与唯心论的关系。心灵本身具有物质性，是物质的表现形式。换句话说，物质已经包含了心灵，物质与心灵是两个数量级的物质关系，就像星球与沙尘的关系一般。星球与沙尘是两个数量级的物质形式，哪怕星球与沙尘都具有存在性、圆性、运动性和变化性。因此，唯心论是站不住脚的。如果真有必要存在什么关于心灵的理论，那也是唯物论的一个分支。

048 梦的意义是什么？

李　明：何谓睡眠？

雨城客：睡眠是正在工作着的或者已经工作过的脑细胞去休息的过程。在这个过程中，人会暂时失去通常的意识状态。换句话说，在睡眠的时候，大脑并非处于通常的意识状态，而是处于被称为睡眠意识的状态。睡眠过程中，人的生命体仍然处于正常状态，包括心脏在内的各个内脏器官仍然正常发挥作用，只不过是血液循环慢一些，血压低一些而已。

李　明：何谓梦？

雨城客：睡眠过程是一个神经系统逐渐放松并恢复功能的过程。在睡眠中，残留信息会不断寻找归宿——储存于备用的脑细胞之中。所谓残留信息，就是那些需要整理的零散信息。梦，正是整理或者处理残留信息的过程。梦在一定程度上让神经系统紧张起来，让部分脑细胞处于工作状态。在残留信息去储存的过程中，一些已经处理好的残留信息寻找到了相应的脑细胞而储存起来，那些还没有处理好的残留信息，便需要经过梦的整理之后等待下一轮"去储存"的机会。可以这么说，凡是残留信息寻找归宿的过程，就是梦的过程。

李　明：梦对残留信息的处理需要多少次才能完成？

雨城客：由于梦对残留信息的处理并非一次就能够完成，这就是人们通常在睡眠的时候会多次醒来的原因。当然，有些醒来时间短暂，不一定为人所知。因此，一个夜晚的睡眠，需要神经系统的休息和梦对残留信息的处理过程反复循环，一般 5～8 次，才能恢复大脑功能。主要标志是那些残留信息至少需要 5 次的梦的处理，才能让残留信息找到合理的储存地或者归宿。

李　明：大脑真正的休息在什么阶段？

雨城客：那些活跃的脑细胞或者神经系统的真正休息时间段是在梦前和梦后。标志是梦对残留信息的处理，在一定程度上让部分脑细胞处于工作状态。残留信息越多，处理残留信息的任务越重，去休息的时

间也就越长，在有限的时间内休息得就越差。严重者可导致神经衰弱，甚至导致包括抑郁症在内的精神疾病。

李　明：在梦中人会有什么感受？

雨城客：人在梦中的感受与真实的感受一致，也符合真实感受的规律，包括认知、记忆、思维等内容。因此，做梦可以发现新的东西，只要梦有记忆。

李　明：对残留信息的处理主要是在梦中进行的吗？

雨城客：梦的加工可以看成残留信息的实现。犹如写作，是清醒意识对残留信息的处理过程。因此，对残留信息的处理，并非只在梦中，绝大多数在意识状态下完成。

意识与潜意识是怎样的关系？

049

李　明：所有感觉都能成为意识吗？

雨城客：并非所有感觉都能成为意识的内容。只有当感觉达到感知程度时，才会成为意识。具体而言，当某些感觉进入脑细胞的编码程序时，才会被感知到，从而感觉才会成为意识。感知的器官或方式包括眼、耳、鼻、舌、身、意。尤其是意，通过其本身的活动，会让意识得到更新并被储存。

李　明：请谈谈意识如何成为潜意识的。

雨城客：成为意识的感知并非长时间停留在意识层面，它会不时地向潜意识"流动"。储存意识的脑细胞像小容器，储存潜意识的脑细胞像大容器。小容器既与感知器官相连接又与大容器相连接。当感知达到一定"量"之后，小容器就被"装满"。为了腾出新的感知能力，原来储存在小容器的意识就会自然向大容器"流动"，成为潜意识。

李　明：进入意识或潜意识的感知都是长期记忆吗？

雨城客：进入意识或潜意识的感知并非都是长期记忆。不论是进入意识中的记忆还是进入潜意识中的记忆，随着储存记忆的脑细胞不断新陈代谢，原来的记忆便会逐渐衰减。具体而言，在脑细胞死亡过程中会把一部分信息"传递"给新生的脑细胞。随着脑细胞的不断死亡，原来的意识或者潜意识之信息会出现"半消失"。当脑细胞第一次死亡时，会出现一次感知信息的"半消失"，原来的信息只剩下二分之一。当脑细胞再次死亡时，会出现感知信息的第二次"半消失"，原来的信息只剩下四分之一。以此类推，随着脑细胞的不断新陈代谢，便会出现储存信息的逐渐损耗。但是，不论脑细胞新陈代谢多少次，原来储存过的信息永远不会为零，至少会或多或少地有一些痕迹。

李　明：长期记忆是怎样产生的？

雨城客：随着意识活动的不断进行，便会产生强化信息之作用。即意识活动可以强化意识中的信息。这种强化的力量与脑细胞新陈代谢之力量相反。意识或潜意识的自我加工会让储存在脑细胞的信息不断强化，而脑细胞的新陈代谢会让储存在脑细胞的信息不断弱化。除了意识或潜意识对信息的加工，新的感知也会强化储存在脑细胞中的信息。两种强化的力量与一种弱化的力量随时在发生作用，最后形成合力。假若储存信息为正值，消耗信息为副值，那么强化的力量便为正值，弱化的力量便为副值。当正负相抵之后，如果为净正值，那么原来的记忆就会得到加强，这就是"温故而知新"的道理所在；如果为净副值，那么原来的记忆便会变得模糊，这就是"逆水行舟"的道理所在。一般而言，只要对同一信息进行七次以上净正值强化，便会形成长期记忆。

李　明：潜意识与意识的关系如何？

雨城客：潜意识是意识信息的另外一个容器，并非与意识有着本质区别。即意识的容器是窗口、门户。新感知之信息会源源不断地进入潜意识并储存起来。需要"用"这些信息的时候，再"拿出来"。当然不是原封不动地"拿出来"，只有那些与活跃意识相联系的、吻合的、经过加工的、通过编码的信息，才会从潜意识中"流回"到意识中来。

李　明：潜意识的本质是什么？

雨城客：潜意识本身之信息也会进行自我加工，其中，梦便是潜意识进行信息加工的一种重要方式，但并非唯一方式。潜意识跟外界也会有互动。典型的例子是对危险的防范。在意识中，人会明显地通过意识对

新信息的感知过程知晓危险所在，从而产生防范，包括对感知器官和身体的危险之防范。而在潜意识中，人也有一定的防范危险之能力，这种能力之体现必然与意识状态不同。比如，人在高床上熟睡，一般不会滚下来，这就是潜意识对危险防范之体现。另外，潜意识的表现形式还有许多，如开车、打球等技能，当达到一定水平之后，或多或少地受到潜意识的支配。

李　明：意识和潜意识的休息状态是什么？

雨城客：意识的休息状态，一般为安静的状态，比如发呆。潜意识的休息状态，一般为睡眠。睡眠不仅仅是人类之需要，也是动物之需要。换句话说，睡眠是生物的一种必要的、最佳的休息方式。即便在休息过程中，潜意识也没有闲着，梦便是其中的表现之一。

心理实现的机制是怎样的？ 050

李　明：何谓实现？

雨城客：实现是达成、变成现实，是事物的实际体现、实际完成，是对大脑中纷杂的认知信息的系统化，是系统思想的现实化。狭义地看：清醒意识与睡梦意识（或潜意识）可以相互实现。广义地看：只要条件具备，任何事情都可以实现。

李　明：实现的意义是什么？

雨城客：实现的意义在于让心情舒畅，从而达到心理健康目的，进而促进身心健康。因为只要是自己的目标得以实现，不管目标是否远大，都会让心情舒畅。当然，本文更强调心理实现。

李　明：请谈谈实现的机理。

雨城客：清醒意识与睡梦意识可以相互实现。即没有完成的清醒意识可以在睡梦意识中得到系统化和条理化，而没有完成的睡梦意识也可以在清醒意识中得到系统化和条理化。因此，系统化和条理化是思维的一大特征。清醒意识与睡梦意识可以相互完善、相互作用、相互促进。

李　明：请谈谈清醒意识与睡梦意识的对等性。

雨城客：清醒意识与睡梦意识具有对等性。所谓对等性，并不是相等性，清醒意识与睡梦意识毕竟是两种不同的意识。清醒意识与睡梦意识的对等性主要是强调这两种意识的相互依存性。如果把清醒意识比喻为女人，那么睡梦意识就是男人。毕竟女人与男人是两种不同的人，而事实上是女人离不开男人、男人也离不开女人，因为人类社会的存在和发展需要女人与男人的媾和。而女人与男人又在人类社会的存在和发展中起着不同的作用。

李　明：请谈谈信息处理问题。

雨城客：就感知而言，信息既可以通过清醒意识的加工得到条理化，继而把条理化的信息储存于脑细胞之中，又可以通过睡梦意识的加工得到条理化，继而把条理化的信息储存于脑细胞之中。不论是通过哪种意识的作用而条理化的信息，只要储存于脑细胞之中，就是备用信息。这些备用信息，在一定条件下就可以被调用。在备用信息被调用之前，首先要完

成信息编码。信息编码就像资料存档一样，是让备用信息对应化、数字化、有序化的一个过程。并不是所有条理化的信息都会得到编码，只有一部分条理化的信息会被编码。那些被编码的信息就是得到实现的信息，不论是在清醒意识作用之下完成的，还是在睡梦意识作用之下完成的。这些被编码的信息，会在一定条件下被调用，而进入更高层次的意识加工。那些没有被编码的信息，只能在低层次的意识状态下得到加工，直到被编码为止。

李　明：请谈谈新信息问题。

雨城客：认知的开放性决定了新信息会源源不断地在大脑中得到反映，因此，新信息的编码是一个永不停息的过程，即便在睡梦中也是如此。当新信息的编码与储存信息的编码具有同类性的时候，储存的信息就有可能被调用，而与新信息进行结合。然后，储存信息与新信息结合之后所产生的更新的信息，便会形成新的认知、新的概念、新的思维。这些新的内容又会被编码，继而储存于大脑之中，以便被调用。在脑细胞中储存的信息，并非总是处于最初的被储存的状态，而是处于不断被处理、被加工、被升级、再储存的动态过程之中。储存的信息总是不断地与感知的信息相结合，通过清醒意识或睡梦意识的加工得到丰富，使信息的质量得到升级，然后再储存起来，以便被调用。这个过程会循环往复，逐渐升级，以至于让人的认知能力和认知水平不断提升，让思维不断发展，让智力成果不断涌现，让社会不断发展。

第七章

人性篇

《黄帝内经·灵枢·经脉第十》:"黄帝曰:人始生,先成精,精成而脑髓生,骨为干,脉为营,筋为刚,肉为墙,皮肤坚而毛发长,谷入于胃,脉道以通,血气乃行。"

051 人性如何定格？

李　明：作为社会人，人性有哪些表现？

雨城客：作为社会人，因社会环境不同会有两个极端表现，因视角不同会有完全不同的结果。具体而言，某个人在一定社会环境下，既是父亲又是儿子，既是爷爷又是孙子，既是领导又是被领导，既是上级又是下级，既是老师又是学生，既是富翁又是穷人，既是名流又是草根，既是知性人又是无知人，既是外向型性格的人又是内向型性格的人，既是善良的人又是丑恶的人，既是贪婪的人又是知足的人，既是热心的人又是冷血的人，等等。

李　明：何谓人的本性？

雨城客：人的本性即人之本质心理属性，可以用理智、意志、情感来表述。

李　明：何谓理智？

雨城客：理智是一个具有正常思维的人处于情感平衡点的思维状态。对于绝大多数人来说，理智是在心理平静时候的思维状态。理智状态当然因人而异。也有少数人的理智状态是在某种情感支配下的状态。不管是在平静时候还是处于某种情感支配的理智状态，都是平衡点问题。绝大多数人的理智平衡点处于几乎不受情感支配的状态，少数人的理智平衡点处于某种情感支配的状态。至于理智平衡点在什么位置，与人的气质、性格、习惯、环境等多种因素有关。

李　明：请再讲讲何为意志？

雨城客：意志是自觉确定目标并调节支配行为，克服困难，去实现目标的心理倾向，是维系理智的心理活动。当理智确定了某个目标或者某个动机之后，就需要意志来加以维系。意志的坚定程度或者薄弱程度因人而异，因理智内容的不同而不同。

李　明：请再讲讲何为情感？

雨城客：情感是人受外界信息影响而产生的心理反应。情感是独立于理智的心理表现形式。一般情况下，情感总是有某些标志性的表现形式：喜、怒、哀、乐、惊、悲、恐、爱、恨、怨、悔等。情感也可以同时处于几种标志性状态的复合状态。可以这么说，人在绝大多数时间处于情感状态，只不过是这些情感状态不一定为人所知晓而已。

李　明：理智、意志和情感三者的关系如何？

雨城客：理智是一种纯粹的心理活动，如果它不表现出来，谁也不知道。当在意志支配下的理智表现出来的时候，总是受制于某种情感状态。反过来讲，某种情感状态总是有意无意地影响着在意志支配下的理智的内容。因此，情感与理智并存。一般而言，即便理智再怎么不可捉摸，只有通过情感所表现出来的有限的内容可以定格理智的内容，从而定格人性。

李　明：请举例说明。

雨城客：就拿需要为例。人的需要无边无际、永无止境，我们可以把理智的需要看成主观需要。但是在具体环境中，由于受到各种条件的限制，人的需要是会得到满足的，至少在某个阶段是会得到满足的。在满足需要的过程中，人总是处于某种情感状态。我们可以把得到了满足的需要看成客观需要。由此可见，主观需要远远大于客观需要，而我们也只有通过客观需要才能判断一个人的需要，才能定格一个人的需要。

李　明：人性还可以用其他方式来表述吗？

雨城客：人性也可以用心、性、行来加以描述。

李　明：何谓心？

雨城客：此处之心是指一个人的思维状态。心类似理智，但不完全相同。心是最自由的，不受任何限制，包括社会法律、道德、制度和各种社会规则。因此，从心的角度来讲，个体的人就是独立的宇宙，一切好的坏的、美的丑的、善的恶的、正的邪的，等等，都会在心的宇宙中出现。

李　明：何谓性？

雨城客：此处之性是指人的本性，它是心的相对稳定的状态。

性，类似于意志，但也不完全相同。性是自然人和社会人的复合体，它既有人作为自然人的属性，又有人作为社会人的特征。性就是人的本性，它的外延要比心小得多。即便如此，性也不是一边倒的，它同样具有好的坏的、美的丑的、善的恶的、正的邪的等各种内容，只不过这些内容受到各种社会规则、环境的限制而已。

李　明：何谓行？

雨城客：此处之行，类似情感，但同样不完全相同。行是心、性的外在表现形式。

李　明：心、性、行三者的关系如何？

雨城客：一般情况下，行所表现出来的就是一个人的性的内容。但是在特殊情况下，心也可以逾越性的内容，直接决定着行的内容。不管心、性如何，我们只有通过行才能判断定格一个人的心性。如果一个人信仰佛教，那么他的心、性、行就是佛心、佛性、佛行；如果一个人总是追逐利益，那么他的心、性、行就是利心、利性、利行。

李　明：关于人性的定格问题，有什么结论？

雨城客：不管是用理智、意志、情感来说明人的本性，还是用心、性、行来说明人的本性，都有三个共同的特点。一是人具有自由的思维，它可以表现在理智上，也可以表现在心上。二是自由的思维总有一个社会化的过程，它可以表现在意志上，也可以表现在性上。三是人性只有通过实际行为的表现才能被定格，它可以表现为情感状态，也可以表现为行的状态。

052 人性的多面性是怎么回事？

李　明：请再概述一下人性定格问题。

雨城客：人性只有通过实际行为的表现才能被定格，它可以表现为情感状态，也可以表现为行的状态。这里所讲的人性的定格是相对于人的思维状态而言的概念，这是因为人性所表现出来的特征的外延远远小于人性处于思维状态所应该具有的特征的外延。即便如此，已经被定格的人性所表现出来的特征应该是多方面的，主要表现出人性的多面性。

李　明：何谓人性的多面性？

雨城客：人在一定条件下，会表现出看似相悖的各个方面：有时喜欢有时怨恨，有时暴怒有时温情，有时乐观有时悲鸣，有时惬意有时忧伤，有时高兴有时伤感，有时平静有时惊恐，有时自负有时懊恼，有时宽容有时狭隘，有时自信有时茫然，有时成熟有时幼稚，有时稳重有时浮躁，有时知性有时盲目，有时外向有时内向，有时开朗有时沉默，等等。这些都是同一个人会表现出来的人性，也都是真实的。换句话说，人性在一定条件下可以表现出多面性。所谓多面，就是两面以上。比如，人性在某些条件下表现出宽容，在另一些条件下表现出狭隘，在其他条件下表现出介于宽容和狭隘之间的状态。同样的道理，人性在某些条件下表现出成熟，在另一些条件下表现出幼稚，在其他条件下表现出介于成熟与幼稚之间的状态。以此类推。条件决定了人性的表现。人性的表现与外界条件密不可分，而不同的外界条件必然会抑扬着人性的不同表现。

李　明：影响人性表现出多面性的因素主要有哪些？

雨城客：我们可以把这些条件的综合体称为特定环境。这里所讲的特定环境，并非简单地用自然环境或社会环境就能描述的，同样也不能穷举所有影响或者决定特定环境的因素。为了便于理解影响人性多面性的特定环境概念，有必要具体阐述一些与特定环境相关联的要素。这些要素主要是知识、悟性、经验、规则、惩戒、场景、地位、成败等。

李　明：请谈谈知识要素与人性多面性的关系。

雨城客：人性的表现与人拥有的知识密不可分。不同的人有不同的知识核心和知识范围。就同一个人而言，知识主要是通过两个渠道获得的，一个渠道是通过对世界或者生活的直接体验，进而在有意无意中进行总结和归纳所形成的直接知识；另一个渠道是通过学习所获得的间接知识，这是知识的主要来源。人有不同的知识，在其他条件的配合下，就会表现出不同的人性。知识相对丰富的人就多表现出理性的人性，知识相对贫乏的人就多表现出感性的人性。当然，事物不是绝对的，知识相对贫乏的人同样有可能表现出理性的人性，因为决定人性的要素不只是知识一个。但是，知识是决定人性的一个要素。

李　明：请谈谈悟性要素与人性多面性的关系。

雨城客：俗话说"顿悟成佛"，有的人可以在短时间内大彻大悟，而有的人可能一辈子都在一个没有出路的怪圈里徘徊，永远看不到前景。我们要承认，人的悟性是有区别的，这与人拥有的知识多少没有直接关系。关于悟性问题，就是佛家所讲的慧根问题。有慧根的人，只要经过适当引导就能够大悟，而有的人则不需要引导也能够大悟。没有慧根的人，即便有高人引导、本人用心，也未必能够大悟。悟与不悟，仅仅说明了人与人之间的差异，并没有直接说明其与人性之间的关系。人是需要悟性来支撑的。悟性好的人，他的人性就容易表现出善良、豁达的一面，因为他容易参透人生，看世界或者人生就更加长远；悟性差的人，他的人性就容易表现出丑恶、计较的一面，因为他不容易参透人生，看世界或者人生往往鼠目寸光。当然，悟性好或者悟性差，也不是绝对的，就同一个人而言，他可能在某个阶段悟性好，在其他阶段悟性就差。同样的道理，悟性对人性的影响也不是唯一的，它需要和其他要素一起才能起到决定性作用。

李　明：请谈谈经验要素与人性多面性的关系。

雨城客：照理来讲，经验应该属于知识的一部分，但是经验有其特殊性。从知识的角度看，知识应该包括经验的部分，这话不完全准确。从认识论的角度来看，人的认识有感性认识和理性认识之分，真正形成知识，应该是理性认识的部分。换句话说，知识所包含的经验的部分，仅仅是理性化和系统化的部分，这是由知识的特点所决定的。也就是说，在经验中还有一部分是相对于知识而独立存在的。人的经验对人性同样有着重要影响。一个经验相对丰富的人，就多表现出理性、稳重的人性；反之，一个经验相对匮乏的人，就多表现出率真、轻浮的人性。这是从宏观角度所得出的结论。从微观角度看，即便是经验相对匮乏的人，至少也有一些经验，在这些经验中，他是有发言权的，在这个内容上，完全可能表现出稳重的人性。不管从哪个角度来看，我们可以得出这样一个结论：经验是影响人性的一个重要因素。

李　明：请谈谈规则要素与人性多面性的关系。

雨城客：这里所讲的规则，主要是指社会规则，包括法律、法规、规定、公约、道德、习惯、惯例等。即便一个人在纯粹的自然环境中，也要受到自然法则的规约，更何况在社会环境中。各种社会规则就像一个巨大的网，把一个社会人限制在某个范围内活动。换句话说，作为社会人，人性的所有表现形式都只能在社会规则范围内，不可逾越。即便某个人偶尔逾越了某个社会规则，也会自动回到社会规则之中。总之，规则对人性的限制或者影响是毋庸置疑的。

李　明：请谈谈惩戒要素与人性多面性的关系。

雨城客：惩戒是由于社会规则的存在而产生的一个范畴。不管是谁，都不可能对所有社会规则完全了解和掌握。我们可以假设，某个人非常好学，他能够了解所有的社会规则。社会规则虽然具有相对稳定性，但也在不断健全和完善过程之中，也在不断变化过程中。即便某个人在某个阶段了解了当时的所有社会规则，但是不久就会发现在知识爆炸性增长的年代，社会规则也在不断增长，自己也会变得无知和茫然。在此我们自然会联想到一个叫作"知识陈旧论"的概念。一个人即便获得了博士学位，假若他五年或者更长一段时间不接触他的专业，那么他的知识就会变得陈旧，他所拥有的知识可能还不如一个刚刚获得学士学位的人。既然人不可能完全了解社会规则，那么只有在触犯社会规则的时候才会回头了，这就是惩戒。当一个人表现出某种人性而被惩戒的时候，那么他就会自觉不自觉地调整他的人性的表现形式。也就是说，惩戒是影响人性的一个重要因素。

李　明：请谈谈场景要素与人性多面性的关系。

雨城客：所谓场景，就是人所处的具体社会环境。在工作中，工作单位就是场景，不论是机关还是企业；在生活中，家庭成员、亲戚在一起的时候就是场景；在社会交往中，朋友、同学、战友、老乡的集会就是场景；在旅游中，在交通工具上、在旅游景点内、在酒店里就是场景，等等。人在不同的场景下，就会表现出不同的人性。

李　明：请谈谈地位要素与人性多面性的关系。

雨城客：在社会上，不论是谁，都是有其地位的，不论地位高还是低。不论是学识、职务、职称，还是名望、资产、荣誉，只要是社会中人，就必然有其应有的地位。当然，人的社会地位是相对的，在不同场景下表现为高或低。社会地位表现为高的时候，就多表现出自信、宽容、肆意等人性；当社会地位表现为低的时候，就会表现出自卑、狭隘、拘谨等人性。

不管怎么说，人的社会地位是影响人性的一个重要因素。

李　明：请谈谈成败要素与人性多面性的关系。

雨城客：人的奋斗目标的不同，决定了成败的内容、大小、程度的不同。一般来讲，成功的时候，就会表现出激动、兴奋、陶醉、自豪的人性；失败的时候，就会表现出痛苦、沮丧、失望、盲目的人性。总之，成败对一个人的人性有着重要的影响。

李　明：总体上的结论呢？

雨城客：上述对知识、悟性、经验、规则、惩戒、场景、地位、成败等八个要素的阐述，足以说明特定环境对人性的影响。当处于某个特定环境下，也就必然处于社会规则下，凭着知识、悟性、经验和地位，就会表现出某种特定的人性。当然，惩戒和成败是两种比较特殊的情况。总而言之，影响人性的要素构成特定环境，人性就会表现出多面性。

053 攻击性与破坏性的本质是什么？

李　明：何谓攻击性？

雨城客：攻击性是人的一种本性，与生俱来。攻击性有可能表现为自我攻击，如自残、自杀等；也有可能表现为对他人的攻击，如伤害、杀害等。攻击的方式主要是语言攻击和行为攻击两种。在语言攻击中，表现为讥讽、辱骂、污蔑、诽谤等。在行为攻击中，表现为威胁、殴打、绑架等。不论是语言攻击还是行为攻击，其根源都在于人具有攻击的本性。

李　明：攻击性是怎么形成的？

雨城客：人类在漫长的进化过程中，通过遗传方式，传承了祖先的优点，同时带上了祖先的缺点。不论是优点还是缺点，不是哪个人想要与不想要的问题，而是一并储存在人的基因之中，使人具备了许多特性，包括攻击性。人所具备的这些特性，不管好还是不好，都不会自动离开人本身，而存在因场景的不同有没有表现出来的问题。人的攻击性就是人的特性之一，它是否表现出来或者在什么情况下表现出来，也要看具体场景。人的攻击性起源于原始社会。在原始社会，不论是个体的人还是部落群体，为了生存和繁衍等需要，会对一切竞争者进行攻击，攻击的对象有可能是其他个体的人或者其他部落的人群，也有可能是其他生命，如老虎、豹子、狮子等。人的攻击性是人生存的需要。人之所以能够生存下来并且发展起来，其中一个重要原因就是人具有攻击性。随着社会的不断发展，人的攻击性也产生了不同的表现形式，如战争、体育等。随着人的攻击性表现形式的不断变化，体现攻击性的工具也在不断变化。最早的攻击仅仅以人本身所具备的能力为工具，如手、脚、身体等，随着时间的推移，就发展成为使用棍棒、石头、金属制品等工具，继而发展成为今天使用枪炮、炸弹、飞机、航母、导弹、原子弹、氢弹、中子弹和其他更先进的战争工具。

李　明：请谈谈攻击性与人性的关系。

雨城客：只要是人所表现出来的特性都是人性，包括攻击性。人性的许多特征都来源于自然属性，如认知、意识、意志、语言、思维、情感等。其实，许多动物都具有认知、意识、意志、语言、思维和情感，只不过是动物的这些特征不为人所知而已。同理，动物同样不知道人具有意识、语言、情感等各种能力。我们不难发现，有些人长期跟动物生活在一起，就能够跟动物进行很好的交流，如在马戏团、海洋馆里等都有这样的例子。如果我们一味地谈人性，盲目地忽视人的自然属性，那么人本身区别于动物所具有的属性就很难找到了。在我们以前所认定的人性概念中，都能够在人的自然属性中找到对应物。因此，人性是人所具有的特性，主要包括人的自然属性和社会属性,其中,自然属性所占的比例远远超过社会属性。研究人性就应该以人为研究对象,去发现、归纳人所具有的所有特性。在研究人性的过程中,免不了涉及动物和植物,因为人的自然属性跟动物和植物有许多相通之处。如果我们研究动物和植物更容易发现人性,那么也不失为一个好的方法。

李　明:何谓人的破坏性?

雨城客:比攻击性的外延更大的是破坏性。人的攻击性所攻击的对象主要是威胁或者直接影响人需要的一切竞争者。不管这些竞争者是谁,都离不开除了自我之外的他人和动物。此处自我的概念,可能是个体的人,也可能是人的群体,还可能是国家。此处他人的概念,可能是除了自我之外的其他任何人,也可能是其他任何一个群体,还可能是其他任何国家。人的破坏性所破坏的对象比攻击性更广泛,

除了人和动物，还包括大自然和人所生存和发展的环境。人的破坏性的根源是人的攻击性，人的攻击性是人的破坏性的表现形式。实际上，人在生存和发展过程中是非常渺小的、脆弱的，随便一个原因就能够让人受伤或死亡。在漫长的生存和发展过程中，人不仅要跟他人和动物抗争，还要跟大自然和生存的环境抗争。这种更广义的抗争的存在，通过人类漫长的进化过程，就让人具备了破坏性。中国古代的"愚公移山"就是很好的例子。愚公通过几代人的努力，把挡在他家前面的大山移走，从积极的意义上来说，愚公的精神值得颂扬。从另外的角度来看，愚公在移山的过程中，也破坏了大自然，愚公移山的精神也是人的破坏性的表现。我们不说人的破坏性的好或坏，而是要说人的破坏性也是被逼出来的。既然愚公移山是人的破坏性的表现，那么人的所有改变大自然的行为都是人的破坏性的表现。正所谓"存在即合理"，我们先认为大自然的所有存在都是合理的，那么所有改变大自然的想法和行为都应该视为破坏，人在这些过程中的所有表现就应该叫作破坏性。人不仅在面对大自然方面表现出破坏性，在面对任何生存和发展环境的改变上同样表现出破坏性。因此，人的破坏性是人性的表现形式。人的破坏性所表现出来的特征跟人的攻击性所表现出来的特征差不多，二者主要是在外延上有区别，人的破坏性的外延比人的攻击性的外延要大。当承认了人的破坏性之后，还要区分人的破坏性具有积极的破坏性和消极的破坏性。总体上来讲，人类社会的发展过程就是不断改变生存环境和生存条件的过程，从这个意义上来讲，人所表现出来的破坏性就具有积极的意义，因为只有这样做人类社会才能不断发展。然而，人类在不断改变生存环境和生存条件的过程中所表现出来的破坏性，也同时破坏了自然环境和生态环境，造成大气污染、气候变暖、自然灾害、环境恶劣，从这个意义上来说，人所表现出来的破坏性就具有消极的意义。因此，我们要充分认识破坏性是人性的表现形式，在鼓励积极方面的同时还要避免消极方面，人类才能可持续发展，否则吃亏的最终还是人本身。

李　明：请谈谈防御与保护问题。

雨城客：有攻击就有防御，有破坏就有保护。人在表现出攻击性的同时也表现出防御性，在表现出破坏性的同时也表现出保护性。这是人类发展的必然结果。不论是攻击性还是防御性，也不论是破坏性还是保护性，都强调"同时"。人在不同的场景下表现出不同的人性。在同一个场景下，人同时表现出攻击性和防御性，或者同时表现出破坏性和保护性。

李　明：人同时表现出攻击性和防御性，岂不是矛盾？

雨城客：其实不然，因为人类的绝大多数发现都是在一般人认为不可能的情况中找到的。人表现出攻击性或者破坏性需要一个过程，并不是瞬间完成的。正因为这个过程的存在，人在表现出攻击性的时候，不论是在思想上还是行为上，都掺杂着防御性的成分；人在表现出破坏性的时候，不论是在思想上还是行为上，都掺杂着保护的成分。另外，人不论是表现出攻击性还是表现出破坏性，都不是人的目的，而只是一个手段和过程。既然如此，某人既然能够攻击或破坏，别人同样能够攻击和破坏，所以防御和保护是必不可少的，不论是在思想上还是在行为上。比如，当你看见别人那精美绝伦的翡翠的时候，你在赞美、欣赏的同时，必然掺杂着担忧。这种担忧有怕摔坏的成分，即保护的成分，也会有想摔坏它的冲动，即破坏的成分。我们在欣赏美玉的时候，同时有保护和破坏的心理冲动，但是理智让人最终没有付诸行动。同理，当我们见到弱小的婴儿的时候，也会同时有保护和伤害的冲动，因为人的攻击性和防御性或者人的破坏性和保护性是同时产生的，这些都是人性的正常表现。

054 叛逆的内涵是什么？

李　明：何谓叛逆？

雨城客：叛逆，包含离经叛道和忤逆之义。叛逆具有三个特点：一是心理的叛逆，具有叛逆之心、强烈的表现欲望和与众不同的自负心理。二是语言的叛逆，总是跟父母、老师、权威唱反调，你说对的他要说错的，你说错的他要说对的。三是行为的叛逆，在行为上与既成习俗相反或相对。

李　明：叛逆主要发生在人生的哪一个阶段？

雨城客：人们习惯把叛逆称为逆反，把叛逆心理称为逆反心理。在人的一生之中，主要有两个叛逆期，一是青春叛逆期，一般在12～22岁这10年间。因男女性别之不同叛逆期会有所不同，因人之不同叛逆期也会不同。经过青春叛逆期，人就逐渐由青年走向成年，继而走向成熟。人之所以会出现叛徒、反水、叛逃、叛国等叛逆行为，根源就在于曾经有过青春叛逆期。二是老年过渡叛逆期，一般在50～60岁这10年间。同样因男女性别之不同叛逆期不同，因人之不同叛逆期也会不同。经过老年过渡叛逆期，人就逐渐由成年走向老年，继而走向"返老还童"之不成熟。当然,青春叛逆期之不成熟与老年过渡叛逆期之不成熟是不同的。青春叛逆期之不成熟是发生在尚未经历过复杂人生的不成熟,是真正的不成熟。而老年过渡叛逆期之不成熟是在已经阅历过人间沧桑之后的不成熟,不是真正的不成熟,而是一种在依赖子女、依赖社会心理支配下的不成熟。正因为如此,青少年在叛逆期往往不能自拔,而老年在叛逆期容易迷途知返。

李　明:叛逆由什么所决定的?

雨城客:人之所以会叛逆,是由生理所决定的。

李　明:请谈谈青春叛逆期。

雨城客:人逐渐由少年走向青年继而走向成年,在这个过程中,人的生理逐渐成熟,尤其是性功能的发育逐渐成熟,人对性的需要越来越强烈。我们不难发现,在儿童期、少年期,人的性功能尚未发育或者发育尚未成熟,男生与女生相处真是两小无猜、青梅竹马,在意识上没有明显的男女之别。当进入青春期

之后，即 12～22 岁之间，人在性方面就会发育、成长、成熟。在这个过程中，一方面，女性开始出现月经，男性开始出现遗精，人就会明显地感觉到男性与女性之别；另一方面，人相应地在心理上开始叛逆。可以这么说，生理的发育尤其是性的发育是叛逆的根本，性意识和叛逆心理是由生理发育所支配的心理表现，叛逆的言语、行为是叛逆心理的外在形式。

李　明：请谈谈老年过渡叛逆期。

雨城客：人逐渐由成年走向中年继而走向老年，在这个过程中，人的生理逐渐衰老，尤其是性功能逐渐衰退，人对性的需要越来越淡薄。我们不难发现，在成年期、中年期，尤其是成年期，人的性功能已经成熟而且处于最旺盛时期，男性与女性相处就经常表现出由性需要所决定的攻击性，女性与男性相处就经常表现出由性保护所决定的防御性。当进入老年期之后，即 50～60 岁，人在性方面就开始弱化、衰退。女性出现绝经，男性的性功能虽然没有消失，但是性需要已经明显下降。随着性功能的下降，人的生理逐渐走向衰老，人就容易得各种疾病。此时，人的性意识就开始淡化，男女关系的维系对性的依赖越来越弱，人的心理就容易出现妄想和迷乱，继而出现叛逆。如果说年轻的夫妻是恋人，那么老年的夫妻就只是伴侣了。也可以这么说，生理的衰老尤其是性的衰退是叛逆的根本，性意识和叛逆心理是生理衰老所支配的心理表现，叛逆言语、行为是叛逆心理的外在形式。

怀疑的意义是什么?

李　明：何谓怀疑？

雨城客：怀疑是人心中存在的疑惑、猜测，是相对于相信而言的一个心理范畴。怀疑是具有多种心理倾向的心态。之所以会有多种心理倾向，是因为被怀疑的对象具有多种可能性。因怀疑的对象、程度的不同，怀疑有疑惑、疑虑、质疑的差别；反之，因相信的对象、程度不同，相信有信心、信任、深信的差别。按照怀疑对象的不同，怀疑可以分为三类：第一类是对结论的怀疑；第二类是对他人的怀疑；第三类是对自己的怀疑。

李　明：请谈谈对结论的怀疑。

雨城客：对结论的表达，有口头语言、文字语言、行为三种，其中口头语言和文字语言居多。由于结论的得出，要么需要充足的证据，要么需要严密的推论，如果证据不足或者推论不充分，那么结论的可靠性就会受到质疑。其原因是证据不足或者推论不充分，完全有可能得出其他结论，失去了结论的唯一性。这就是"法律只相信证据"的原因。对于文字表达而言，比如书籍，哪怕著述者自己认为已经深思熟虑，但是正所谓"智者千虑必有一失",著作的结论存在着谬误或者差错也在所难免。不管谁的著作,哪怕是所谓的权威,都有可能存在着谬误。读者在读书的时候,抱有一颗怀疑之心,既对正确理解作者的思想有帮助,又对产生新思想有启迪作用。

李　明：请谈谈对他人的怀疑。

雨城客：对他人的怀疑一般分为三种情况。第一种情况是对他人人品的怀疑;第二种情况是对他人表达的事实或结论的怀疑;第三种情况是对他人行为的怀疑。对他人人品的怀疑最为多见。所谓"人过一百,形形色色",不同的人有不同的性格、习惯和特点。一个人的诚实、忠诚程度,对不同的人有不同的表现。在用人的时候,必须先考察这个人的忠诚程度,其中人品是考察的重点。人品好的人,即便不一定忠诚于某个人,至少也忠诚于事实,这就是用人者所需要的人;人品差的人,即便暂时忠诚于某个人,也容易立场不坚定、两面三刀,这就是用人者忌讳的人。所谓"用人不疑,疑人不用",实际上就是怀疑的一种形式,只不过是这种怀疑的形式被巧妙地掩盖起来而已。对他人表达的事实或者结论的怀疑,只对事不对人。即便是人品好的人、忠实的人,其所报告的事实或得出的结论不一定是真实的情况,因此会产生怀疑。对事实或者结论产生了怀疑,自然就是对报告事实或结论的人产生了怀疑。其原因就在于事实或结论具有两可性,或真或假。对他人行为的怀疑跟对他人表达的事实的怀疑有些类似,因为行为本身不论是对过程还是结果,都会产生一定影响,这个影响可能是正面的或者符合初衷

的，也可能是负面的或者违背初衷的。对他人行为的怀疑肯定有原因或者理由。我们经常会说"只看结果，不看过程"，就是强调行为结果的一种表达方式。对他人的行为产生了怀疑，肯定是以先有不利的行为结果为前提的，然后用倒推的方法去怀疑行为的动机、方式和可靠性。如果一个人出现一次、两次失误，用人者可能只会怀疑执行者的行为，但是如果出现三次以上失误或者不利结果，那么用人者可能就不仅仅是怀疑执行者的行为了，还有可能怀疑执行者的能力、人品。所谓"防人之心不可无"就是怀疑他人的表现。

李　明：请谈谈对自己的怀疑。

雨城客：对自己的怀疑通常表现为对自己的目标、信念、方法、健康、疾病等的怀疑。任何怀疑都不会是没有先兆的，因此，怀疑自己，只会帮助自己深刻反省、查找原因，直到消除疑虑、恢复平静。实际上，人的怀疑之心天生就存在，有的人表现多一些，有的人表现少一些。所谓"大智若愚"，实际上是"大智若疑"。往往有大智慧者都是多疑的，不但怀疑他人，也怀疑自己。正因为是有大智慧者，有着比别人多的智慧，所以能够驾驭自己的怀疑，或者具有驾驭怀疑的能力。我们可以假设，某人是一个有小智慧者或者普通的人，不但经常怀疑他人，也怀疑自己，这样只会为自己凭空增加许多烦恼。这就是自己不能驾驭怀疑的表现，或者说驾驭怀疑能力小的表现。我们可以这么认为，只有经常怀疑他人的人，才会经常怀疑自己。同理，经常怀疑自己的人，也会经常怀疑他人。

李　明：怀疑的实质是什么？

雨城客：怀疑是人自我保护的心理表现。人之所以会产生怀疑，就在于事物具有两可性或者多种可能性。因为事实有真、有假，不管是谁表达的；人有诚实者、虚伪者，不管是谁用人。怀疑的过程，正是甄别真与假，考察诚实与虚伪的具体表现。可以想象，如果一个人没有怀疑之心，对任何人都相信，对任何结论都相信，最后肯定会吃亏。当人吃了亏之后，只要是智力正常的人都会产生提防之心，从而回到怀疑的轨道上来。实际上，怀疑是人本来所具有的一种心理表现，人天生就有怀疑之心，只不过怀疑之心会因人、因时、因事而异。所以说，怀疑是人自我保护的一种心理表现，就像疼痛是人自我保护的生理表现一样。

李　明：我们应该坚持怀疑吗？

雨城客：怀疑是人在追求真理过程中所必须抱有的态度。可以这么说，真理或者规律具有唯一性。但是人在追求真理、探索规律的过程中，并不是一蹴而就的，总是有一个漫长的过程，总会被这样那样的现实、虚假所羁绊。人在寻找真理、规律的过程中，总要面对多种可能性，所以怀疑是必不可少的。人必须要抱有怀疑的态度，才有可能真正找到真理、发现规律。不仅如此，怀疑也是推动科学发展的一个重要的基本方法。正因为多种可能性的存在，人通过怀疑的方法，逐步排除各种可能性，最后保留具有唯一性的真理或规律。可以这么说，科学之所以能够不断发展，其中一个重要的原因就是人人都存在着一颗怀疑之心，不管是你还是我。

056 放纵的本质是什么？

李　明：何谓放纵？

雨城客：放纵，即放任纵容，没有约束。放，具有任意性；纵，具有主观驱使性。放纵的内容主要包括纵容、放肆、肆意、姑息、怂恿、放浪、浪漫、狂妄、狂放、猖狂、放手、放任、放荡等，与放纵相反的内容主要包括节制、克制、收敛、约束、拘谨等。

李　明：放纵的本质是什么？

雨城客：放纵是人性的表现形式，主要包括思想放纵、语言放纵和行为放纵三个方面。现代人具有自然属性和社会属性两个方面，在一定的场景下，多表现出自然属性，如在家庭场景下；在一定的场景下，多表现出社会属性，如在社会场景下。不论是多表现出自然属性还是多表现出社会属性，都是人性的表现形式，也都会受到具体条件和各种规则的制约。比如，人在表现出自然属性的时候，要受到自然条件、自然规律的制约；在表现出社会属性的时候，要受到具体场景和各种社会规则的制约。正因为受到了各种制约，人在心理层面就更需要放纵。

李　明：请谈谈思想放纵。

雨城客：思想是一个特殊客体，它是指人的大脑所支配的一切思维活动。人的思想是最活跃的。你可以想象自己一夜暴富，也可以想象自己跟某个漂亮女明星结婚，还可以想象自己获得了诺贝尔奖金，诸如此类，没有人管你，也不会影响他人，因为别人不知道你在想什么。事实上，人的思想不仅仅是想象或者幻想，它包括人的一切思维活动，如感觉、认知、记忆、思考等。在这些思维活动过程中，你可以充分利用自己的眼、耳、鼻、舌、身、意等感官去感知世界的任何内容，想看什么就看什么。在记忆过程中，你可以记住世界上最稀奇古怪的东西。在思考过程中，你可以联系大脑中所存储的一切东西。这些思维过程都是思想放纵的表现，也是容易理解或者显而易见的。需要强调的是，人的意志的守持也是思想放纵的表现形式。不管有什么样的信仰、信念或目标，你都有意志守持的时候，如坚信、坚定、执著、固执等，都是意志守持的表现形式。当然，既然存在意志的守持，也就自然存在意志的薄弱。

李　明：人为什么要放纵思想呢？

雨城客：一是人的大脑具有放纵思想的功能。二是人通过思想的放纵来实现心理平衡。因为人在社会上，机会都是公平的，但是由于受到自身条件、社会关系和外界环境等诸多因素的影响，人在社会上所获得的就不一定公平了，包括财产、地位、名利等，从而导致心理的不平衡。此时，人就会通过思想的放纵来实现心理平衡。当人的心理暂时实现了平衡之后，一切又从头开始。只有出现心理再次不平衡的时候，才有可能出现思想的放纵。三是人通过思想的放纵来恢复大脑的功能。有一种特殊的思想放纵——梦，它就是人恢复大脑功能的一个典型例子。

李　明：请谈谈语言放纵。

雨城客：语言包括口头语言和书面语言。语言放纵是思想放纵的延续。可以想象，如果没有思想放纵，也不会有语言放纵；反之，有了思想放纵，才有可能出现语言放纵。之所以要把语言放纵单列出来，是因为语言放纵具有特殊地位。虽然语言放纵没有思想放纵那么活跃，但是语言放纵的形式也是无法穷举的。对于口头语言放纵，就是说话放纵，是受到场景限制的。如果自己独自身处原始森林，只有动物植物陪伴着自己，那么就可以想说什么就说什么，可以任意吐露自己的隐私，可以谴责社会上的任何不合理，可以大声说出想说的话，诸如此类，反正没有人听见，动物植物也听不懂。然而，在社会上就不一样，因为你在放纵自己口头语言的时候，会影响、伤害到他人，会冲击、挑战各种社会规则，你得有所收敛，在不同的场景下说不同的话，否则伤害他人的同时也会伤害到自己。相对而言，在家庭场景中，你的口头语言放纵会更充分一些，因为只有家庭场景是你最自由的港湾。在其他场景，说什么话，说到什么程度，得注意分寸。因此，在社会上，实际上的语言放纵是受到具体场景和各种规则制约的，这就是语言放纵与思想放纵的根本区别。由于人的日常习惯、知识水平、文化修养、法律意识、道德意识的不同，口头语言放纵的表现形式也不同。

李　明：书面语言放纵又如何呢？

雨城客：书面语言放纵要比口头语言放纵文雅一些。在一定意义上说，书面语言放纵是口头语言放纵的延续，但是书面语言放纵也有其特殊性。从广义角度看，书面语言不仅包括文字语言，还包括文字语言的变体，如书法、绘画、音像等。书面语言放纵与口头语言放纵一样，总要受到具体场景和各种规则的制约，所以相对于思想放纵而言，书面语言放纵也是不充分的。即便如此，由于书面语言放纵具有特殊性，也能够有效地平衡心理。比如，在写书法的时候，就不用拘泥于楷书，可以写行书、草书甚至狂草，这样就能较好地平衡自己的心态。不论是口头语言放纵还是书面语言放纵，都是人性的表现形式。

李　明：请谈谈行为放纵。

雨城客：人的思想放纵和语言放纵具有静止性，行为放纵具有运动性。从哲学角度看，世界上没有静止的东西，只有相对静止的东西。人的思想放纵和语言放纵也是运动着的，思想放纵有大脑的活动，语言放纵有喉和口的活动，还有手脚的配合。但是，在思想放纵和语言放纵中，整个身躯可以不动。行为放纵就不同，它需要整个身躯活动起来并且参与其中。行为放纵的表现形式也是无法穷举的，只能举例说明或者概述之。行为放纵可以理解为通过行为表现自然属性的一种趋势，它与语言放纵一样，也是受到大脑支配的。同理，行为放纵总要受到具体场景和各种规则制约，也正因为受到制约，行为放纵也是不充分的。人可以通过喝酒来放纵自己的行为，

也可以通过跑步、爬山或者重复某个动作来放纵自己的行为，还可以通过骑马、飙车来放纵自己的行为，诸如此类。通过行为的放纵来释放自己的苦闷、烦恼和压抑，从而实现心理平衡和生理平衡。行为放纵同样与修养和习惯有关，不同的人有不同的行为放纵的表现方式。相对而言，人的行为放纵对他人和社会的影响和伤害最大。从影响的角度看，行为放纵有坏的影响，也有好的影响，因为人在放纵行为的过程中，有可能做了坏事，也有可能做了好事。从伤害的角度看，行为放纵可能伤害他人，也有可能伤害自己，还有可能伤害社会。因此，不论是什么朝代，也不论是什么社会，都需要法律、制度、纪律、道德等规则来限制人的行为放纵。即便有了各种规则的限制，由于行为放纵是人性的表现形式，同样会发生行为放纵对他人和社会的伤害，如杀人、强奸、放火、投毒、抢劫、绑架等。

李　明：关于放纵，有什么结论？

雨城客：不论是思想放纵、语言放纵还是行为放纵，都是人性的表现形式，也是实现心理平衡和生理平衡的表现方式。由于受到具体场景和各种社会规则的制约，放纵会有不同的表现形式。由于各人的平时习惯、知识水平、文化修养、法律意识、道德意识不同，放纵的表现形式也不同。

057 私心是怎么回事？

李　明：何谓私心？

雨城客：私心是相对于公心而言的一个概念，是只考虑、维护、隐藏自己某些利益关系和利害关系的想法，是个体独立性的具体体现，是一个人本原、本质、本性的自留地，是一个人在梦中才会诉说的心里话。

李　明：私心主要有哪些表现形式？

雨城客：私心源于利益关系和利害关系，主要表现为隐私、情结等内容。

李　明：何谓隐私？

雨城客：隐私是个体的人不愿为他人知悉或公开的秘密。隐私是私心的一种表现形式。一个人要生存和发展，不论是在家庭环境、工作环境还是社会环境中，总得与人交往。既然要跟人打交道，就必须要敞开心扉。但是，不论是谁，在交流过程中总是有所保留的，保留的程度因交流的对象不同而不同。交流的对象可能是陌生人，可能是同事，可能是朋友，也可能是知己。交流的话题可能是学习、工作、生意、社会、国家、人民、利益、利害、家庭、孩子、生活、崇高、卑贱、爱憎、喜恶、爱好、兴趣、游戏、山川、河流、天地、星空、历史、文化、教育、人生、生存、发展、目标、奋斗、决心、信心、衣物、食谱、住房、交通等。对于某些交流的话题，如果不触及隐私，也不违反法律和公德，你会毫不保留地跟人交流，当然交流的情况也会因交流对象的不同而有所不同。相应地，如果对于某个交流话题，即便不违反法律和公德，不论交流的对象如何，你会有所保留，甚至避而不谈，这是因为隐私的存在。一个人的隐私，不会跟他人交流，也不会通过其他方式披露任何信息。隐私是你的自留地，只允许你一个人在那里翻弄。

李　明：为什么说"隐私是你的自留地"？

雨城客：如果你的隐私被他人发现，你就有可能失去理智，有可能恼羞成怒，甚至暴跳如雷，哪怕在别人看来你的隐私平平无奇。隐私因人不同而不同。有些人的隐私可能是自己身体的某个缺陷，有些人的隐私可能是某种畏惧或忌讳，有些人的隐私可能是私房钱，有些人的隐私可能是某个目的或目标，有些人的隐私可能是某种利益等。如果某个人说自己没有隐私，要么他是在骗人，这恰好是他保护隐私的一种表现；要么他没有清晰地感知到自己隐私的存在，这是因为隐私只属于心灵深处，有时的确连自己都被瞒过，但不能因此而否定隐私的存在。

李　明：隐私形成的原因是什么？

雨城客：隐私形成的原因多种多样，至少与人的成长经历有关。可以这么说，隐私是私心的一种表现形式。既然人人都有隐私，也充分说明了人人都有私心。

李　明：情绪的表现有哪些？

雨城客：对于有些人而言，由于他们有着长期且丰富的人生经历，练就了良好的心理素质，正所谓"见多识广""见怪不怪"，能够遇事不惊，较好地把控自己的情绪。正因为人的各种情绪的表现具有自然属性，随着环境或者场景的不同，就会表现出不同的情绪。对于那些心理素质较好的人而言，从表面来看，可能面对任何事情或者场景都是一个表情，似乎没有情绪的变化，其实不然，这些人的情绪变化已经被隐藏起来了。情绪被隐藏起来，并不意味着不存在。对于心理素质相对差一点的人来说，遇事都会有情绪变化，似乎情绪仅仅属于这些人。不管情绪是否被隐藏起来，也不管情绪是否表现出来，我们都不能否定情绪的存在，都不能否定情绪对心理的影响。情结，就是一个好的证明。

李　明：情结是怎么回事？

雨城客：情结是隐藏在心灵深处的情感。情结是私心的另一种表现形式。人都会有七情六欲，都会有喜、怒、哀、乐、惊、悲、恐的情绪表现。正因为人有丰富多彩的情绪表现，生活才会丰富多彩。哪怕有些动物也会有不同的情绪表现，但是，可以肯定的是，人的情感肯定要比动物的情感丰富得多。通过人与动物的情感的比较，我们知道，人的情感同样具有自然属性，具有依靠人的理智无法完全把控的属性。情结是情感的某种固化形式，它通过某种特殊的场景固化了人的某种情绪。正所谓"人过一百，形形色色"，既然在100人中就能够发现人与人之间的不同，在大千世界的几十亿人，更是各不相同。人之不同，除了相貌、性别、年龄、种族、民族、语言、性格、学识、才干、职业、收入、家庭等外在因素不同之外，更重要的是经历不同。人的经历不同，也就决定了人的情结不同。有的情结可能是一首歌或一首诗，有的情结可能是大海或者高山，有的情结可能是一次邂逅或者一个场景，有的情结可能是一件事情或者一件物品，等等。尽管情结千差万别，只要是情结，就有一个共同的特点：在人生经历中，尤其是年轻的时候，在某个特定的场景下，情绪有可能发生极大的变化，这种情绪可能是喜或悲，也可能是爱或恨，一旦在将来某个时候再出现那个特定的场景，情绪就会被诱发出来，而这种情绪正是情结。

李　明：情结与理智的关系如何？

雨城客：情结仅仅是情感的一种具有代表性的表现形式。可以这么说，人人都会有情结，哪怕其内容和引起情感波动的程度不一样。情结会在一定程度上影响或左右人的行为，继而出现"感情用事"的情况。既然是感情用事，就会在一定程度上影响理智，因为情感和理智都是心理的正常表现，而它们两者似乎又南辕北辙。当情感的成分多一点的时候，理智就会少一点；当理智多一点的时候，情感就会少一点。可以这么说，情感间接左右理智，只要有情感的变化，就必然会在一定程度上影响着理智。因此，情结也是私心的一种表现形式，哪怕它具有间接性。

李　明：人都会有私心吗？

雨城客：正如"只要是人就会犯错误"一样，只要是人就会有私心。纵观古今中外发展史，不论是哪个国家、哪个民族，都会涌现出各种各样的英雄豪杰，都会

涌现出许多崇高伟大的人物。然而，即便是这些特殊人物，也会有隐私，也会有情结，从而也会存在私心。既然特殊人物存在私心，那么一般人就更不用说了。然而，正所谓"金无足赤，人无完人"，特殊人物尚且存在不足，存在私心，更何况普通人。存在私心一点也不奇怪，我们要大胆地承认、勇敢地承认，这才是唯物辩证法的观点。要说不存在私心，只有两种人，一种是精神不正常的人，一种是死人。

李　明：面对普遍存在的私心怎么办？

雨城客：在承认私心普遍存在的情况下，就应该大力弘扬公心。所谓公心，就是为他人、为社会、为人类、为正义、为真理等愿意付出之心。历史上那些伟人，正是弘扬了公心，才成为受到普遍尊重的人。弘扬公心，并不只属于那些伟人，普通、平凡的人同样有弘扬公心的义务和责任。反过来说，我们在大力提倡和弘扬公心的同时，也应当容许私心的存在。

善良与邪恶的本质是什么？

李　明：何谓善良？

雨城客：善良是心地纯洁、温厚、和善的状态。善良是与邪恶相对的一个范畴。善良与正义有些类似，善良的意义比正义更广泛，善良包含着正义，正义是善良的一种表现形式。但是毕竟善良跟正义是两个独立的概念，善良更强调内心，正义更强调行为。善良是内心深处的一种境界，这种境界具有美好、纯洁、向往的含义，正所谓"至善的心灵"。善良不仅仅指一颗美好的心灵，还指在行为上也有善举。善良往往表现出对人好，对人包容，助人为乐，舍己为人，多行义举等。在实际生活中，我们不能从表面上去判断一个人的善与恶，因为一个相貌丑陋的人可能有一颗善良的心，而一个和颜悦色的人可能有一颗邪恶的心。

李　明：善良与邪恶都是人性的表现吗？

雨城客：人都有善、恶两面性。所谓"人之初，性本善""人之初，性本恶"都有其道理。人从小就具有善性和恶性。人在一定场景下表现出善性，在一定场景下表现出恶性。善与恶伴随人终生，善人与恶人的区别在于人的行为表现。有的人在多数情况下表现出善良的状态,被称为善人,正所谓"善者以德报怨";有的人在多数情况下表现出邪恶的状态,被称为恶人,正所谓"恶者以怨报德"。正确的理解是:善人经常行善,但也会做错事;恶人经常作恶,但也有良心发现的时候。

李　明：如何判断人之善良呢？

雨城客：人的善良,可以通过心、行、性来判断。如果一个人是善良的,他首先要有一颗善良之心,然后通过善良的行为来体现善良之心。经常行善的人,自然就会形成行善的习惯,这个习惯就是善性。如果一个具有善性的人偶尔做了错事、坏事,那么他的善心就会受到自责。如果一个具有善性的人看到、观察到或者发现社会上的不良现象,那么他的善心也

会促使他谴责这些恶行。同理，如果一个人是邪恶的，他首先有一颗邪恶之心，然后通过邪恶的行为来体现邪恶之心。经常作恶的人，自然会形成作恶的习惯，这个习惯就是恶性。如果一个具有恶性的人偶尔做了善事、好事，那么他的恶心也会不平衡。如果一个具有恶性的人看到、观察到或者发现社会上的义举现象，那么他的恶心也会感到不安。

李　明：善良与邪恶跟意志是什么关系？

雨城客：善与恶的行为并非盲目，而是有目的的，是受意志所支配的。目的在一定程度上支配着人的行为，与人的善心、善性或者恶心、恶性没有关系。一个具有善心、善性的人，可能会在行为上继续做好事，也可能会做坏事，其行为完全由其目的所支配，与其善心、善性无关。同样的道理，一个具有恶心、恶性的人，可能会在行为上继续做坏事，也有可能会做好事，其行为完全由其目的所支配，与其恶心、恶性无关。

李　明：为什么要提倡善良呢？

雨城客：虽然说人人都具有善心、善行、善性或者恶心、恶行、恶性，人在一定场景下表现出善，在一定场景下表现出恶，但是，善与恶毕竟是不对等的。善与恶的不对等关系主要表现在行为上。善的行为比恶的行为要好，需要大力提倡。主要原因有三：一是善的行为受到社会的广泛认可，恶的行为受到社会的广泛谴责，让善良的人继续行善，让邪恶的人不敢作恶。二是经常行善，可以塑造人的善性。对于具有善性的人而言，行善已经习惯成自然；而对于具有恶性的人而言，行善可以改变其恶性。如果一个作恶成习的人连续做 10 件善事，那么他就会习惯做善事，从而把其恶性转变为善性。三是经常行善，可以培养人的善心。对于具有善心的人而言，行善会不断巩固其善心；对于具有恶心的人而言，行善可以改变其恶性，从而可以培养其善心。这就是恶人能够良心发现的原因。

第八章

性格篇

DI BA ZHANG XINGGE PIAN

《黄帝内经·灵枢·口问第二十八》:"岐伯曰:心者,五脏六腑之主也;目者,宗脉之所聚也,上液之道也;口鼻者,气之门户也。故悲哀愁忧则心动,心动则五脏六腑皆摇,摇则宗脉感,宗脉感则液道开,液道开故泣涕出焉。液者,所以灌精濡空窍者也,故上液之道开则泣,泣不止则液竭,液竭则精不灌,精不灌则目无所见矣,故命曰夺精。补天柱,经侠颈。"

尊严的意义是什么?

李　明：何谓尊严？

雨城客：尊严是尊重和庄严，是骨气、脸面、底线。尊严与人格有关。狭义的尊严指个人尊严，广义的尊严指国家尊严、法律尊严、社会尊严等。

李　明：请谈谈尊严与尊重的关系。

雨城客：尊严与尊重都具有形式和内容两个方面，而尊严往往更重形式，即尊严是通过形式上的尊重体现出来的。当某人在形式上不受尊重的时候，不管是侮辱还是殴打，尊严都受到了挑战。即便尊严重形式，但尊重是前提、基础。有了尊重才会有尊严。当某人的衣食住行等基本需要得不到保障的时候，尊重已经不存在了，同时尊严也已经不重要了。因此，只需要形式就能够影响尊严，而不一定影响尊重。哪怕内心上尊重而形式上不尊重，如开玩笑，有时也不能保持尊严，即有时开玩笑也会让人愤怒。有的人会把尊严看得很重，甚至胜于生命，即尊严受到挑战的时候，甚至用生命来维护。

李　明：请谈谈综合尊严问题。

雨城客：对个体而言，可能会在其身上同时体现个人尊严、集体尊严、国家尊严等,在此统称为综合尊严。可以把综合尊严理解为形象。尊严与具体的人的社会地位、角色有关。某人的社会地位、角色共同决定了其综合尊严。往往社会地位越高、社会角色越重要的人,其综合尊严就越具有代表性并越容易受到挑战。相反地,如果某人社会地位越低、社会角色越轻,其综合尊严就越不具有代表性且越不容易受到挑战。

李　明：什么是基本尊严？

雨城客：人人都有基本尊严,那就是维护其基本的人格,哪怕各人之人格有所不同。当基本尊严受到挑战的时候,其就感到了侮辱,不管程度如何,就要进行维护、对抗,甚至不惜一切代价,包括生命。这就是具有情感的人所共同具备的人性。因此,基本尊严是人的基础性特征。当然,各人的基本尊严的内容有可能不同,稳定性也有可能不同。

李　明：综合尊严与基本尊严是怎样的关系？

雨城客：综合尊严是尊严的集合，是尊严数量的叠加，而基本尊严是最基础、最核心、最重要的尊严，因此，综合尊严包含着基本尊严。当综合尊严受到挑战的时候，还不一定影响基本尊严；而当基本尊严受到挑战的时候，必然动摇综合尊严。比如，如果一个中国人在中国被另外一个中国人殴打，不管原因如何，只会挑战其综合尊严，而不会影响其基本尊严；但是如果一个中国人在外国被一个外国人殴打，不管原因如何，都会挑战其基本尊严，当然也会动摇其综合尊严。

李　　明：尊严与理想信念的关系如何？

雨城客：尊严与理想信念有关。当理想信念在内心的地位比尊严重要的时候，即使尊严受到挑战或失去尊严，也会为理想信念去奋斗。此时就会在理想信念与尊严之间做出选择，最后如果选择理想信念，说明理想信念比尊严更重要，甚至比生命还重要，正所谓"小不忍则乱大谋"。因此，有没有理想信念区别很大。当然，不同的人，其理想信念的内容可能不同，可为国家、为自己，也可为他人。而有些人就把生命看得比什么都重要，不仅超过尊严，也超过理想信念。即需要在尊严与生命之间做出选择的时候，只会选择生命，正所谓"好死不如赖活着"。当然，既然存在看重生命胜于尊严之人，也就必然存在把尊严视为重于生命之人。而把尊严视为重于生命，也是理想信念在起作用。

李　　明：如何应对尊严问题？

雨城客：应该理智地应对尊严问题。除了意外事件之外，任何事情的发生总是有原因的，不管自己是否完全明白其全部原因。因此，当尊严受到挑战的时候，不要一味地选择对抗、表示愤怒，而要先搞清楚其中真正的原因，再做出决断、采取行动。先搞清楚对方是善意还是恶意，该让步就让步，该忍耐就忍耐，目的是为了更好地维护尊严。如果处理得好，则可以做到赢得包括尊严在内的双赢或多赢；如果处理不好，则可能会出现失去包括尊严在内的双失或多失，甚至于既保不住尊严，也保不住其他利益。因此，理性、平静地应对尊严乃至其他利益十分重要。

060 赞赏的意义是什么?

李　明：何谓赞赏？

雨城客：赞赏包括赞成和欣赏两个方面的含义。赞成是基础，欣赏是升华。有了赞成不一定有欣赏，而有了欣赏就必然有赞成。赞赏是一种心理评价，必然有程度的问题存在。对某个人或者某件事情的评价，因评价对象的不同而不同，因评价主体的不同而不同。因此，在实际应用中，赞赏是独立的词汇，即便只有赞成也被称为赞赏，这自然没有什么严格意义上的错误。

李　明：赞赏的内容包括哪几个方面？

雨城客：赞赏的内容包括四个方面。一是对他人的认同，包括对他人思想的认同和行为的认同。在对他人思想的认同中，主要包括对他人的观点、论据、结论和想法等的认同。赞赏的内容可能只有某个方面，如观点，也可能同时有几个方面，如观点和结论。在对他人行为的认同中，主要包括对他人行为的动机、目标、方法、过程和结果等的认同。赞赏的内容可能只有某个方面，如动机，也可能同时有几个方面，如方法和结果。二是对自己的认同，包括对自己思想的认同和对自己行为的认同，其内容跟对他人的认同差不多。但是，对他人的认同通常被称为赞赏，而对自己的认同通常被称为自我欣赏或者自我陶醉。三是对大自然的欣赏。对大自然的欣赏的内容比较丰富，可以说是无法穷举的，具有代表性的是对美的欣赏。在大自然的美中，除了自然景观的美之外，还包括人的美，因为人也是大自然的一个组成部分。虽然我们承认不同主体的审美观会有区别，但不管是什么国家、社会、种族、民族，对大自然的美的欣赏都差不多。因此，赏月、观景、摄影、美术、文学、艺术等才成为人类共同的精神财富。四是对社会的赞赏。在对社会的赞赏中，内容同样比较丰富，也是无法穷举的，具有代表性的是对正义的推崇。同样的道理，虽然我们承认不同主体的价值观有差异，但不管是什么国家、社会、种族、民族，对正义的推崇都大同小异。因此，义士、侠客、秩序、道德、伦理、感恩等才成为人类共同的精神需要。

李　明：赞赏的反义词是什么？

雨城客：赞赏的反义词并不是不赞赏，因为不赞赏可以没有任何态度或表示，而赞赏的反义词应该有明确的态度或表示。因此，赞赏的反义词是批评、否定或讽刺等。事物都是一分为二的，既然存在赞赏，就必然存在批评、否定或讥讽等。似乎赞赏和批评出现的概率应该是相等的，其实不然，在实际情况中，赞赏出现的概率要小于批评出现的概率。但是，人对自己和大自然的赞赏是特殊情况，具有明显的自我性，批评出现的概率会相对低一些。

李　明：不是有人经常强调自我批评吗？

雨城客：其实，自我批评的过程就是自我反省的过程。虽然自我批评不会对他人产生任何影响，但是它对自己理清思绪、肯定正确、否定错误、坚持真理等方面具有积极意义。

李　明：请谈谈对他人和社会的赞赏情况。

雨城客：在现代社会中，竞争已经成为一个重要的特征。竞争是一个行为主体跟其他行为主体的比拼。行为主体可能是自然人，也可能是组织或团体，还可能是国家。存在竞争，就存在对资源、财富、机会、名利等的争夺，也就必然出现批评、否定或讽刺等跟赞赏相反的言语和行为。在社会中，赞赏出现的概率要比批评等出现的概率小得多。即便如此，在社会中不是不存在赞赏，那些正直、正义的人，一般都能够坚持真理，在他们中间就存在赞赏他人和社会的情况。在那些不涉及利益关系和利害关系的场景，也会出现赞赏他人和社会的情况。在那些

阿谀奉承的场景，还会出现赞赏他人的情况，哪怕不是真实的意思表达，至少让人听了高兴。

李　明：赞赏的作用是什么？

雨城客：赞赏的作用主要是表达尊重和肯定。

李　明：请谈谈赞赏的尊重作用。

雨城客：尊重是人的需要中的重要内容，而赞赏的过程和作用也恰恰满足了人们对于尊重的需要。因此，被赞赏已经成为人的一种普遍需要。正所谓"金无足赤，人无完人"。任何人都会有缺点和错误，对他人的赞赏应该有分寸。比如，对伟人、名人、权威等的崇拜不能盲目。我们要养成客观看待问题的习惯，伟人之所以能够成为伟人，肯定有过人的成功之处，肯定对人类社会的进步做出过突出贡献，在这些方面，就值得尊敬和爱戴。但是，在推崇伟人的过程中，不能一味地将伟人的生活琐事、所讲的每一句话都视为自己学习的榜样。同样的，名人或权威之所以能够成为公众人物，除了机遇之外，肯定有其成功之处，在这些方面就应该充分地尊重。而名人或权威也是人，也有自己的软肋，也存在许多不足，对这些方面就不能全部认同了。然而，正所谓"尺有所短，寸有所长"，即便是普通老百姓，也肯定有一技之长，在这个或者这些方面就值得赞赏，就值得学习，这也是"三人行必有我师焉"所蕴藏的道理。不管是谁，都需要获得尊重，哪怕不一定值得尊重。因此，尤其在人际交往中，要学会尊重他人，只要不妨碍自己的切身利益，尽量尊重他人，别人心情舒畅了，自己的心情也就自然舒畅了，何乐而不为呢？

李　明：赞赏需要讲原则吗？

雨城客：赞赏不能没有原则，不要对他人明显错误的观点进行赞赏，否则就适得其反。

李　明：请谈谈赞赏的肯定作用。

雨城客：不管是赞赏他人还是自己，都会起到肯定的作用。在对他人的赞赏中，教育孩子就是个很好的例子。要根据孩子不同的发展阶段给予孩子必要的赞赏，这样就能塑造孩子的信心，让孩子在身心方面都能够健康发展。反之，如果一味地批评孩子，就会泯灭孩子的童真、潜力、信心等，可能就毁了孩子。在对自己赞赏时，同样能增强自己的信心。但是，不要总是沉溺在过去的事情之中，必要的自我欣赏是可以的，但不能因为自我陶醉就裹足不前，从而影响未来的发展。

尊重的意义是什么？

李　明：何谓尊重？

雨城客：尊重就是尊敬和重视。所谓尊敬，就是把其看高；所谓重视，就是把其看重。尊重的对象可以是他人，也可以是自己。对他人的尊重，包括对个体的他人的尊重和群体的他人的尊重。对个体的他人的尊重包括尊重其人格、地位、名誉、职业、知识、技能、特长等。对群体的他人的尊重包括尊重其人格、风俗、习惯、利益等。对自己的尊重称为自尊。不管是什么种族、什么民族的人，都要跟人交往，融入社会，也就要面临尊重他人和自尊这两个方面的问题。所以，对他人的尊重与自尊是相对而言的概念。因此，在阐述对他人尊重的问题时，必然涉及自尊的问题；同样，在讲到自尊问题时，也必然涉及对他人尊重的问题。尊重具有相互性，就是你尊重我，我也尊重你，你不尊重我，我也不尊重你。

李　明：自尊是一种什么需要？

雨城客：自尊是建立在心理平衡基础上的一种需要。人在通常情况下都会形成心理平衡。心理平衡的标志就是情感的稳定性，即人在心理平衡状态下，没有大喜、大悲、暴怒、惊恐等剧烈的情感表现。在此要强调一个"大"字，即在心理平衡状态下，没有大的情感表现，而并不是没有情感表现，因为人在任何时候都会有情感表现，哪怕是睡眠状态。人的自尊正是建立在心理平衡基础上的一种需要。自尊主要表现在人对自己的心理定位方面，心理定位可能是理智的，也可能是无意识的。有了某种心理定位，自然就会形成相应的心理平衡。自尊的表现就是所有对自己尊重的行为，包括珍惜自己的生命和身体，重视和发展自己的知识，保护和延续自己的兴趣、爱好、特长，为自己的理想、目标而努力等。主要体现在对自己的尊重和不尊重两个方面。既然对自己的尊重已经成为一种需要，有时哪怕明知是虚假的恭维也愿意接受，这就是"好酒好肉不如话好听"的根源，对好话的需要已经超过对好酒好肉的需要。当然，当人的基本生活需要还不能得到满足的时候，衣食住行就成为第一需要，好话等心理需要就不重要了。

李　明：自尊与名气、地位的关系如何？

雨城客：自尊与名气、地位有密切关系。所谓名气，就是指人在社会上的知名度。知名度越高，越受到尊重，就越需要尊重。同样，知名度越低，受到尊重的程度就越低，对尊重的需要就越低。所谓地位，就是指人在社会上的地位，包括经济地位、政治地位、学术地位、圈子地位、网络地位等。地位越高，越受到尊重，就越需要尊重。同样，地位越低，受到尊重的程度就越低，对尊重的需要就越低。名气和地位是相辅相成的，一般情况下，名气越大地位越高，名气越小地位越低。其实，自知之明也是自尊的一种表现。明智的人知道自己能够得到哪些，不能得到哪些。比如，一个冠心病患者，知道自己不能随便生气，从而也就不会计较一般的事情，除了原则性的问题之外都不计较。这样，对其身体有好处，对他人也包容。

李　明：如何检验自尊？

雨城客：自尊只有在他人不尊重自己的时候才能检验出来。不管什么人，只有当他人对自己不尊重的时候，不管是语言的污蔑还是行为的攻击，自尊才表现出来。主要是看自己有没有剧烈的情感变化。当自己不被他人尊重的时候，不管是语言还是行为，如果自己表现出暴怒、憎恨等剧烈的情感，那么就说明自己的自尊底线已经被突破。俗话说"宰相肚里能撑船"，意思是说宰相的心胸能够海纳百川，包括赞誉和诋毁。其实不然，宰相也是人，宰相也具有普通人的人格，宰相也需要人的基本尊重。只不过是宰相通过理智的行为，把心态放宽了，对于来自自己之外的任何信息，不论是褒还是贬，都能够理智地对待。如果宰相没有宽阔的心胸，那么宰相也不可能是宰相了，他可能是其他大臣，也可能是老百姓。

李　明：请讲讲自尊心理平衡区域概念。

雨城客：通过宰相的例子，我们至少有了一个概念：宰相的心理区域非常宽广，因为宰相能够容纳一般人所不能容纳的事情。因此，我们自然就引出了自尊心理区域的概念：当受到他人的讥讽、嘲笑、诋毁、诽谤、污蔑、暴力、侮辱等挑战自尊的语言和行为的时候，自己的心理所能够忍受的最大程度，决定了自尊心理区域的下限；当受到他人的表扬、赞扬、赞誉、恭维、谦恭、敬仰、吹捧等提高自尊的语言和行为的时候，自己的心理所能承受的最大限度，决定了自尊心理区域的上限。一旦自尊心理区域的下限被突破，人就会表现出暴怒、憎恨等剧烈的情感；一旦自尊心理区域的上限被突破，人就会表现出狂喜、陶醉等剧烈的情感。任何人的自尊心理都有一个区域，这个区域就是由其自尊心理的下限和上限所圈定的范围。不同的人的自尊心理区域是不同的。有些人的自尊心理区域要宽一些，有些人的自尊心理区域要窄一些；有些人的自尊心理区域的上限要高一些，有些人的自尊心理区域的下限要低一些。一般情况下，名气较大、地位较高的人的自尊心理区域的上限要高一些。自尊心理区域上限较高的人，其自尊心理区域的下限也比较高，他们习惯于受到尊重。一旦受到一些小的不尊重的语言和

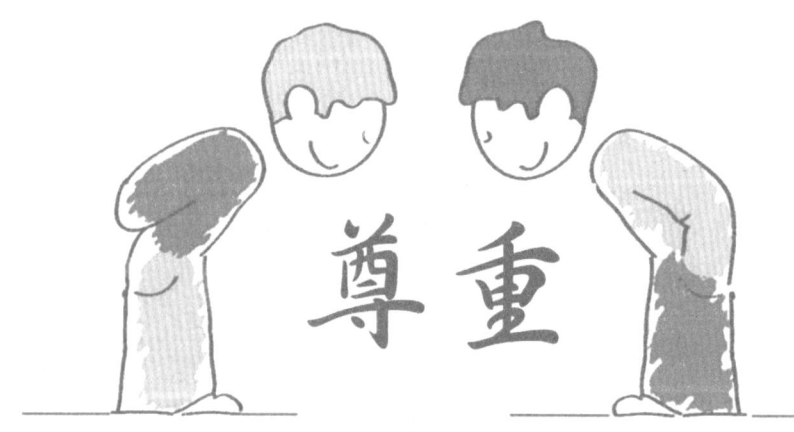

行为的挑战，就容易突破其自尊心理区域的下限，就容易暴跳如雷。而名气较小、地位较低的人的自尊心理区域的下限要低一些，他们习惯于缺乏尊重。哪怕受到一些不尊重的语言和行为的挑战，也不容易突破其自尊心理区域的下限，也不会轻易愤怒。当然，人人都有自尊心理区域，无论名气、地位的高低，其自尊心理区域的下限或者上限都会被突破，这就是人的自尊之真实含义所在。

李　明：在自尊心理区域内，心理是什么状态？

雨城客：在自尊心理区域内，心理是平衡的。心理平衡主要表现出稳定性和动态性。当心理平衡形成之后，就具有相对的稳定性，不管形成心理平衡是有意识的还是无意识的。心理一旦形成了平衡，在一定时间内是相对稳定的。心理平衡的相对稳定性决定了自尊的相对稳定性。然而，世界上的任何事物，运动或者变化是绝对的，静止或者稳定是相对的，心理平衡也不例外。随着时间的推移，随着挑战自尊心理区域下限或者上限的条件出现，自尊心理区域就会被突破，要么暴怒要么狂喜。自尊心理区域的下限或者上限被突破的频率越高、程度越深，自尊心理区域就越容易被改变。比如，随着人的地位越来越高、名气越来越大，受到尊重的频率就越高，其自尊心理区域的上限就会越来越高。随着自尊心理区域的上限不断提高，其自尊心理区域的下限也会随之提高，从而形成新的心理平衡。因此，心理平衡具有动态性。人的自尊心理区域的变化就是心理平衡动态性的具体表现。

李　明：低自尊的人容易患抑郁症吗？

雨城客：所谓低自尊，就是自尊心理区域的下限比较低。人的自尊心理区域的下限比较低的时候，一般的不尊重的挑战便不能突破其自尊心理区域的下限。长此以往，人的心态就会经常处于心理压抑的状态。往往低自尊的人同时会伴随着高自卑。而当人经常处于高自卑状态下的时候，除了由于自卑而影响其社会交往，其心理就会经常处于哀怨、低沉的状态。如果一个人既有低自尊又有高自卑，随着时间的推移，其患抑郁症的可能性可以想象有多大。

脾气的本质是什么？

李　明：何谓脾气？

雨城客：脾气是发怒或急躁的情绪，是某种情绪的习惯化表现。情绪有很多种，即喜、怒、哀、乐、惊、恐、悲、怒等。发脾气通常叫作生气，因为在发脾气的时候，气喘比较急促。在通常情况下，发脾气与愤怒几乎是同义词，因为发脾气的时候必然伴随着愤怒，愤怒的时候必然是生气的表现。有的人脾气大，容易生气；有的人脾气小，不容易生气；有的人脾气坏，容易生气；有的人脾气好，不容易生气；有的人不发脾气，不发脾气当然也就不生气。

李　明：脾气是一种气体吗？

雨城客：脾气在中医里被称为脾脏之气，因此生气才叫作脾气。脾脏之气并非真正的气体，哪怕在发脾气的时候气喘急促。我们可以把脾气看成一种负能量，即对身体有伤害的能量。活着的人是个有机体，时刻在产生着各种能量，这些能量发挥着不同的作用。人的任何行为都需要体内能量的支持，在行走的时候，脚需要体内的能量；在使用电脑的时候，手需要体内的能量；思考的时候，脑需要体内的能量；

看书的时候，眼、脑需要体内的能量等。我们姑且把体内所产生的能量分为两类，一类是对身体有益的能量，称为正能量；一类是对身体有害的能量，称为负能量。而脾气就是一种负能量。

李　明：请分析一下生气的原因。

雨城客：我们不排除人的脾气的差异，因为引起脾气的原因很多，既有遗传因素，也有性格因素，还有场景因素等。对某个群体而言，有的人脾气大而有的人脾气小；对个体而言，在某个阶段脾气大而在某个阶段脾气小。观察个体的人，如果出现脾气大或者容易生气的现象，我们既要分析脾气产生的场景原因，又要分析脾气产生的生理原因。一是脾气大可能有多种场景的原因。要么是处于人生低谷，要么是事业失败，要么是有人挑衅等，总之是有来自自身之外的原因让自己生气。来自自身之外的原因比较好处理，因为这种原因是显而易见的。来自场景的原因一旦消除，人的脾气自然就小了。二是脾气大更可能是生理病变的原因。脾气作为一种负能量，必然对人的生理产生损害，损害的结果就是让人生病。当人生病之后，脾气这种负能量并没有离开人的身体。只要人的病还在，这种负能量就还在，这就是为什么病人容易生气的原因。对于生病所伴随的生气还好办，至少在人生病的时候已经引起了重视，此时人就会去看病，在治疗疾病的时候也控制住了脾气。实际上，生病的人容易生气，还有一个原因，既然是生病，就是所谓的"弱者"，别人尤其是亲友就会让着病号，不让其脾气泛滥。

李　明：如果某人脾气大而又忽视它会怎样？

雨城客：人们常常被脾气左右而不重视其身体已经发生病变的根源所在。实际上，对于某人而言，当他的脾气在某段时间内突然变大之后，他的身体的某个部位必然存在着病变，至少存在着病变的隐患，只不过是这种隐患常常被忽视了。人的脾气突然变大是非常危险的信号，一定要引起高度重视，这有可能是体内正在发生或者已经发生了病变。因此，当我们发觉自己或者他人的脾气突然变大之后，也就是生无名气的时候，就要想到他的身体可能已经发生或者正在发生病变，就应该让其到医院做一次全面的体检，以便为自己或者他人赢得宝贵的拯救生命的时间。

李　明：如何减少生气呢？

雨城客：由于人所产生的各种能量中，有正能量也有负能量，因此不生气是不可能的，但是减少生气是可能的。我们都知道，人在平静的时候很少生气。因此，要尽量把心态调整到心平气和的状态并保持这种状态，生气的概率就必然下降。反之，如果总是处于情绪多变的心理状态，生气的概率必然就上升。然而，人并非孤立存在着的，总要与他人打交道。在社会交往中，就会通过自己的感官接受来自外界的各种信息，这些信息可能来自他人，也可能来自环境。这些外来信息有的是有益的，有的是有害的，有害的信息就有可能导致人生气。来自外界的伤害也同样会导致人生气。不管有没有外界不利的信息，也不管有没有来自外界的伤害，我们保持心平气和的心态是有可能的，更是减少生气的有效方法。

李　明：适当发脾气有好处吗？

雨城客：既然生气是不可避免的，那么已经生气之后，就应该要用一种理智的、有效的处理方法来对待自己体内的这种负能量。主要的方法有两种：一是有了脾气之后就尽量发出来。有人说，适当发脾气对身体有好处；还有人说，适当发脾气至少可以延长两年寿命。不管此类的说法是否完全正确，至少有一点是对的，即适当地发脾气有好处。因为脾气这种负能量一旦产生，就会存在于体内，既然是负能量，就必然会对人产生负面的影响。因此，把体内所产生的负能量发出来之后，哪怕有可能会产生新的负能量，但至少原来的负能量已经不在体内。因此，适当发脾气对身体肯定有好处。二是发脾气应该有一个度的问题，那就是适当。如果让脾气任意肆虐，脾气就会升级。原来的脾气可能已经发出去了，新

的脾气马上随之而来，而且来得更为迅猛，这就是脾气的升级。因此，发脾气的时候一定要适当，既要把原来的脾气发出来，又不要让脾气升级。

李　明：如何选择好发脾气的方式呢？

雨城客：正所谓"人过一百，形形色色"，不同的人发脾气的方式是不同的。我们不能把自己的主观意志强加在别人身上，即我们不能用自己发脾气的方式去教导别人。即便如此，一些好的建议是可以借鉴的。哪怕各人发脾气的方式有所不同，但是把握发脾气的度必然有规律或者方法可循。这些方法虽然不能穷举，但是有方法总比没有方法强。在此我们推荐三种好的方法：一是倾诉法。如果是独自生气，就对着大自然大吼大叫，把体内的浊气或者负能量通过喊叫吐出来。或者歌唱自己喜欢的歌曲，通过唱歌把体内的负能量吐出来。如果跟别人在一起，就找自己的知己或者闺蜜倾诉自己的苦衷，通过倾诉，把自己体内的负能量释放出来。二是运动法。当自己想发脾气的时候，就去运动。运动的方式多种多样，可以进行一项体育运动，也可以干活，还可以健身等，通过运动把体内的负能量连同其他能量一起释放出来。三是信息法。即将发脾气的时候，可以看看电视，看看书，上上网，听听音乐，让大脑接受新的愉快的信息。接受新的信息，一方面可以冲淡自己体内的负能量，另一方面可以调节自己的心情，让体内的负能量见鬼去吧！

063 清高好不好？

李　明：何谓清高？

雨城客：从字面来解释，清高指心灵纯洁而高傲。正因为心灵纯洁，在复杂的社会环境下，才能昂起头做人。所以，清与高是两个相互联系的整体，当一个人清了之后才能高，清是高的前提，高是清的一种表现形式。不是所有清的人都表现出高，也不是所有表现出高的人都清。"清"与"高"并不是唯一的组合。

李　明：清高的实质含义是什么？

雨城客：清高是一种性格。清高也是一种心态，一种高高在上、目空一切、看不起人、从不求人的心态。当一个人在较长时间内一直保持这种心态的时候，自然就形成习惯，继而固化成为性格。清高这种性格一旦形成，就像人的其他性格一样，是不会被轻易抹去的，当条件成熟或者条件具备的时候，就自然表现了出来。

李　明：一个人的性格表现需要条件吗？

雨城客：如果说一个人是内向型性格或者外向型性格，说说可以，但这是不准确的说法。因为人的性格是后天形成的，在漫长的人生旅途中，人会身处各种各样的环境，遇到各种各样的事情，有成功的喜悦，有失败的悲伤，因此会形成各种各样的性格。一个人性格的形成和表现，是需要外界条件的。对于一个具体的人，一旦外界条件具备，就会表现出某种性格来。正因为如此，一个人在某种环境下表现出内向型性格或者外向型性格，但是如果他身处的环境发生根本性的变化，就会表现出其他性格来，这时我们还能说他是内向型性格或者外向型性格吗？因此，对于清高这种性格，不是随时都可以表现出来的，主要是看其身处的外界环境和条件。

李　明：清高性格是怎样形成的？

雨城客：清高性格的形成主要源于读书阶段。一般来说，一个人在读书阶段往往不太富裕，心思也相对单纯，具备了"清"的条件。在具备"清"的条件的人中，不论是老师传授还是自己学习，有些人由于博览群书、学业突出，自然就有高高在上的感觉。由于读书阶段历时较长，这些人自然而然地形成了清高的性格。相应地，在读书阶段，那些家庭比较富裕的人也会形成清高的性格。由于家庭富裕，一开始就具备了"高"的条件，再加上通过学习，净化了心灵，能够出淤泥而不染，就有可能形成清高的性格。

李　明：具有清高性格的人会贪婪吗？

雨城客：不是具备清高性格的人就不会贪婪。贪婪是人这种动物的普遍表现形式。只要是正常的人，就会有各种各样的需求，包括物质上的需求和精神上的需求。对于一个具体的人而言，其物质上的需求和精神上的需求的表现形式是不同的。在此，不妨引用马斯洛关于人的需要的观点来作为铺垫。马斯洛认为，人的需要有五个层次，即衣食住行的需要、安全的需要、爱的需要、尊重的需要、自我实现的需要。这些需要是逐级上升的，当一种需要得到满足之后，就自然产生下一个层次的需要。当前一种需要得不得满足的时候，后一种需要就会受到遏制或者就不成为需要。

李　明：请举例说明。

雨城客：例如，当一个人基本的衣食住行得不到满足的时候，安全的需要就会被打破，这就是有些人铤而走险走向犯罪的原因。我之所以引用马斯洛的观点，是想说明，人是有各种各样的需要的，虽然这些需要不论在物质上或精神上，在质的方面或量的方面，都会因人而异，但是人的各种需要是一个人生存和发展所必须具备的最基础性的东西。正因为人有各种需要，就会驱使人去追求，有了追求就必然会产

生贪婪。需求是贪婪的根源，贪婪是需求的表现。正因为如此，不论是什么性格的人，当然也包括清高的人，都会产生贪婪的思想和发生贪婪的行为。

李　明：有了贪念怎么办？

雨城客：不论是对物质的需求还是对精神的需求，也不论是各人的需求目标和程度是否有所差别，都要强调一个度。如果在遵守国家政策、法律和各种社会规则的前提下，凭自己的能力去争取的，就应该称为追求。只有那些违法乱纪、超越能力去争取的，才能称为贪婪。然而，在社会飞速发展的今天，各种法律法规也在不断健全过程中，有些人就不能正确把握自己，自然就会表现出贪婪的行为，这些人中也不乏清高的人。

李　明：清高性格是好性格吗？

雨城客：通过上述阐述，我们可以知道，清高性格，不存在好与不好的问题，只有表现与不表现的差别。

064 坦诚能力的内涵是什么？

李　明：何谓坦诚？

雨城客：坦诚即坦率、诚恳，人之本性。因此，只要场景适合，人就会袒露自己真实的思想、动机、其他信息等。然而，人不可能做到完全坦诚。一是不敢坦诚。因为社会存在竞争性、攻击性和伤害性，一旦完全坦诚了，就有可能吃亏。实际上，许多人都有过因为坦诚而吃亏的经历。二是有些事情不能坦诚，否则将会扰乱心智。诸如理想、妄想、打算等，一旦坦诚了就可能出乱子。

李　明：何谓坦诚能力？

雨城客：在漫长的人生中，不论角色如何，都会养成一种被称为坦诚能力的习惯。所谓坦诚能力，就是人在不同场景下做出最快的决策：能否坦诚、坦诚多少、坦诚什么等的能力。一般而言，经历越丰富的人，坦诚能力也就越强。坦诚能力越强，也就越能适应社会，越能保护自己而不伤害他人。

李　明：在实际生活和工作中需要怎样的坦诚？

雨城客：坦诚与欺骗相对。即便不完全坦诚，也不意味着要欺骗。比如，在工作中，就需要适当坦诚。一方面,自己工作的成果需要向组织或领导报告;另一方面,自己也应该谦虚谨慎,不能把事情说满。坦诚要分场景。如在老同学、老战友相聚的场景下,我们便可以多坦诚一些,因为彼此之间有许多共同的话题。至于什么场景可以坦诚,一是要看坦诚之后对自己有没有不利影响,二是要看坦诚之后对他人有没有不利影响。

李　明:在什么情况下可以坦诚多一些?

雨城客:一般而言,我们对亲人、朋友可以坦诚多一些。因为只有亲友才会真正对自己友好。同时,即便对亲友,我们也不能完全坦诚。因为亲友虽然不会伤害自己,但会凭经验办事,再加上人的认识水平存在有限性,有时亲友也会对自己反馈可能阻碍自己行为的意见。因此,不论对谁,正所谓"做出龙来才现爪",一些大胆的或不成熟的想法,不论对谁也

不宜完全坦诚。

李　明：为何坦诚要有所保留？

雨城客：谁都知道，信息是有价值的。有的人专门吃信息饭，如间谍。由于信息存在价值性，所以随便坦诚就会造成价值的损失。因此，即便要发表言论，也应在不违反宪法、法律的前提下，也要在各种价值的得失中做出选择。有些人总喜欢坦诚，如老年人，他们坦诚的程度甚至超出自己的认识水平。有些人则相反，几乎不坦诚自己的思想，如性格内向之人。总之，人人都有坦诚的一面，也有隐晦的一面，至于在什么场景下坦诚多一些或隐晦多一些，就需要理智作为支撑。

表扬与批评的意义是什么？ 065

李　明：何谓表扬？

雨城客：表扬，即公开赞扬。一般而言，表扬多对他人，少对自己。表扬的内容是他人的长处、成绩、突出表现。被表扬者由于得到肯定而会感到欣慰，得到表扬而会赢得尊重。

李　明：表扬的方式主要有哪些？

雨城客：表扬的方式主要有三种：一是语言表扬，即通过语言（包括口头语言和书面语言）来肯定他人的长处。老师对学生的表扬一般为口头表扬；单位对员工的表扬一般为书面表扬，如表彰决定等。二是物质表扬，即通过物质奖励方式来体现对成绩或成果的肯定。三是精神表扬，即通过奖状、证书等方式来确认其成果。因为奖状、证书具有收藏价值，其表扬的效果不仅具有当时性，也具有长期性，因此能够收到精神鼓励的效果。其实，语言表扬也属于一种精神表扬，只不过是由于其经常出现，因此单列。在实际应用中，语言表扬、物质表扬和精神表扬是并用的，即在语言表扬的同时也会有物质表扬，在物质表扬的同时也会有精神表扬，在精神表扬的同

时也会有语言表扬。

李　明：表扬有什么作用？

雨城客：表扬具有正能量作用。一是表扬能够激发被表扬者的斗志，让其充分发挥潜力，继续做出好成绩。二是表扬能对他人起到榜样作用，鼓励他人取得进步。

李　明：何谓批评？

雨城客：批评与表扬相对或相反。批评是指出他人的缺点或错误，一般为口头的。当然，既然批评与表扬相对，同样会存在着精神的批评和物质的批评，如惩戒。

李　明：批评有什么作用？

雨城客：批评既具有负能量作用，也具有正能量作用。一是批评会让被批评者精神沮丧，脸上无光，甚至丧失斗志。二是如果批评找到了存在的问题，在客观上会有利于其进一步改进。三是因为有了批评，对他人也就敲了警钟。

李　明：人们对表扬和批评的态度如何？

雨城客：喜表扬、厌批评是人之天性。一般而言，哪怕不是真正值得表扬或不足以受到表扬的情形，也都会希望得到表扬，愿意接受表扬。人对表扬的需要类似于对尊重的需要。相反，人是讨厌批评的，哪怕真有缺点、错误，哪怕自己存在的问题自己不易察觉，哪怕他人的批评对自己有好处，也会把批评与不受尊重联系起来，甚至会与侮辱联系起来。

李　明：表扬者、批评者应该如何对待表扬和批评？

雨城客：要正确使用表扬或批评的武器。至于何时、何地、何种情况进行表扬或批评，要因人而异，因场景而异。总体而言，表扬好于批评，因为谁都喜欢听好话。对于他人之长，不能嫉妒，要表现出豁达，应该给予表扬。表扬的方式方法可以不讲究，因为好听的话是人人都欢迎的，哪怕表扬有些虚伪成分，也不会让人反感。至于批评则要慎用，要考虑到被批评者的性格、心情、场景等多种因素，否则就效果不佳。即便真要提出批评，也要讲究方式方法。总体来讲，即便应该对他人表明一种态度，也应该多使用表扬，少使用或慎重使用批评。

李　明：被表扬者、被批评者应该如何面对表扬或批评？

雨城客：要正确对待表扬与批评。对于无足轻重的人的表扬，既不要放在心上，更不能沾沾自喜。只有德高望重的人的表扬才值得珍惜、回忆，因为德高望重的人的表扬就像其身份一样具有分量。但是，批评则相反，对于无足轻重的人的批评更要重视，因为无足轻重的人的批评更真实。至于德高望重的人的批评，由于其身份的缘故，也许会有所保留。因此，对于德高望重的人的批评，应该反思，因为反思至少没有坏处，即有则改之，无则加勉。

066 幽默与笑话的本质是什么？

李　明：何谓幽默？

雨城客：幽默是有趣而意味深长，是一种笑话、一种风趣、一种诙谐、一种自嘲。幽默是人性的一种特定的表现，不仅外国有，中国也有。只要是人，就具有幽默的潜质，区别仅仅在于幽默是否表现出来或者在什么场景下表现出来。

李　明：所有的笑话都是幽默吗？

雨城客：并不是所有的笑话都是幽默。实际上，笑话有很多。有低级的笑话、高雅的笑话、冷笑话等。幽默也有高雅幽默、色彩幽默、冷幽默之别。风趣、诙谐、自嘲有许多种，但是并不是所有的风趣、诙谐、自嘲都是幽默。

李　明：什么才是幽默呢？

雨城客：幽默是在特定场景下的心灵深处的共鸣。主要有两个特点：一是幽默需要有特定场景，二是幽默要形成心灵深处的共鸣。

李　明：请说说产生幽默的特定场景。

雨城客：如果没有特定场景，幽默就会成为笑话。有了特定的场景，笑话才会成为幽默。至于场景是怎么特定的，或者具体在哪些场景下才能产生幽默，这就是问题的关键。比如，一个成功人士，在特定场景下故意搞出笨拙的语言和行为，就能够产生幽默。所谓成功人士，至少有一方面超越了绝大多数人，不论是在经济上、政治上、社会上还是在文学上、艺术上、技能上，并且这种超越得到了广泛认可。一般人都会用崇敬的心态来仰视成功人士，希冀从成功人士身上得到一些成功的秘诀，在心态上把成功人士放在高位，把自己放在低位。在特定场景下，成功人士故意地、适度地讲几句低水平的语言或者搞几个笨拙的动作，就能够起到缓解紧张气氛的作用，收到幽默的效果。但是，在同样的场景下，一般的人搞出与成功人士一样的语言和动作，也不会成为幽默，反而让人笑话、反感、鄙视。中国古代就有东施效颦的故事。由此可见，单有特定的场景还不能完全促成幽默的产生。

李　明：请谈谈心灵深处共鸣这个话题。

雨城客：是否形成心灵深处的共鸣，就是幽默与笑话的根本区别。从现象上看，笑话之所以让人发笑，在一定程度上必然有心理共鸣的成分，否则就不成为笑话了。但是，不同的笑话，引起心理共鸣的程度是有差别的。至于哪种笑话能够引起哪种心理共鸣的差别并不重要，重要的是要找出笑话与幽默所能够引起心理共鸣的差别。笑话与幽默所引起的心理共鸣的差别主要在于共鸣点是否来自心灵深处。所谓心理共鸣点，就是引起心理共鸣的起点。笑话的心理共鸣点比较肤浅，流于表面，笑话讲完了，笑也就完了。但是，幽默则不同，幽默的心理共鸣点比较深，来自心灵深处，幽默之后总能让人回味无穷。因此，我们可以得出这样的结论：只要是心理共鸣点来自心灵深处，都可以称为幽默。需要强调的是，并不是成功人士才会制造幽默，普通人士也会，你会他也会，问题的关键不在于人的地位差别，而在于是否能够引起心灵深处的共鸣。中国有句成语叫作"一语双关"，就道出了幽默的共鸣性。

李　明：能否用量化的方式说明幽默与笑话的差别呢？

雨城客：为了量化说明幽默与笑话的差别，有必要引入一个被称为心理距离绝对值的概念。假设心理共鸣点在平静的心理状态下为零值，那么心理共鸣点移动到笑这种情绪心理状态下就为正值，心理共鸣点在心灵深处的心理状态便为负值。对于笑话而言，心理共鸣点来自零值O点，笑的心理状态处于正值A点，心理共鸣点从O点移动到A点，那么产生笑的结果就为OA。对于幽默而言，心理共鸣点来自负值B点，笑的心理状态同样处于正值A点，心理共鸣点从负值B点移动到O点，再移动到A点，那么产生笑的效果就为BO的绝对值与OA之和，即BA。显然，BA的绝对值要大于OA。也就是说，幽默所产生的心理共鸣程度要大于笑话产生的心理共鸣程度。高智商、高情商的人往往能够制造幽默，因为他们比较擅长拉长心理距离的绝对值。

李　明：幽默与笑话除了心理共鸣程度的差别之外，还有其他差别吗？

雨城客：还有两个方面的差别。第一个方面的差别是幽默与笑话在载体上有差别。幽默的载体既有语言又有行为，具体表现出三种状态。一是幽默可以通过语言产生；二是幽默可以通过动作等行为产生；三是幽默可以通过既没有语言也没有行为的不作为状态产生。但是，笑话之所以被称为笑话，就只能通过语言一种方式产生。第二个方面的差别是幽默与笑话在主观上的差别。幽默在主观上主要表现出三种状态，一是故意性，二是可控性，三是适度性。在幽默中，这三者是有机地结合在一起的，缺一不可。笑话在主观上只表现出一种状态，即故意性。也就是说，幽默与笑话都是主观上故意产出的结果，但是相对而言，笑话比较裸露，而幽默就比较含蓄。换句话说，笑话是任其发展的，是不可控制的。正因为如此，幽默相对于笑话而言才寓意深长。我们可以设想，如果幽默把握不好可控性和适度性，任其发展，最终就会成为笑话。

李　明：对幽默怎么分类？

雨城客：对幽默的分类可以有许多种，在此，把幽默分为两类。第一类是来自自我的幽默。这类幽默完全来自自我，如自嘲、自讽，它们能够产生笑话，同样能够产生幽默。除了语言，在一定场景下，一个笨拙的动作也许都能产生幽默，只要具备产出幽默的条件。也就是说，第一类幽默是完全来自自我的，不论产生幽默的是语言还是行为。第二类是来自互动的幽默。这类幽默不是完全由自我之外的他人产生的，而是由自我与他人的结合而产生的。一般的人都会有这样一种心态：把自己的愉悦建立在别人的痛苦之上，这也是在竞争社会中一种必然的正常的心理表现。正因为如此，在一定场景下，故意地、适度地、可控地挖苦别人、讽刺别人，就能够产生幽默。当然，前提是要在别人心理可以承受的范围内。否则，不仅制造不出幽默，还有可能制造矛盾。

玩笑的内涵是什么？

李　明：何谓玩笑？

雨城客：玩笑就是使人感到好玩发笑，具有幽默之意但又不完全等同。玩笑直截了当一些，而幽默则婉转回味一些。要对玩笑有一个整体性的认识，就要从玩笑的对象、玩笑的方式、玩笑的内容、玩笑的场景、玩笑的作用等方面来进行全面阐述。

李　明：请说说玩笑的对象。

雨城客：玩笑的对象是他人。既然是他人，就必须区别于自己。玩笑的对象可以是男人也可以是女人，可以是老人也可以是小孩，可以是此人也可以是彼人。但是，玩笑的对象也不是所有的他人，而一般是认识的人。在认识的人中，可以是普通的熟人，也可以是朋友，还可以是亲人，但不能是陌生人。即便玩笑的对象是认识的人，也要掌握一个度的问题。玩笑的度掌握得好，就能够达到玩笑的目的，就能够引起玩笑所固有的心理共鸣。反之，如果玩笑的度掌握不好，就会产生不良效果，引起不必要的误会，甚至产生不必要的误解或者发生不必要的矛盾。玩笑的度也要因人而异，对老人开玩笑就要不失对老人的尊重，对女人开玩笑就要考虑性别差异，对朋友开玩笑就要考虑其性格和心情，等等。

李　明：请谈谈玩笑的方式。

雨城客：玩笑的方式主要有语言和行为两种，以语言为主，行为为辅。语言有口头语言和书面语言之分，而玩笑则具有当场性或者现实性，因此，玩笑一般以口头语言为主。通过口头语言的表达，对玩笑对象进行适当的挖苦、丑化、弱化，以达到玩笑的效果。当然，除了口头语言之外，书面语言和行为也可以是玩笑的方式，只不过是没有口头语言出现的频率高而已。玩笑需要信息的传递。只有玩笑的信息传递到玩笑对象和受众的时候，玩笑才会出现，玩笑的效果才会体现。从传递信息角度来看，除了口头语言之外，手机短信、网络传递等都不失为重要的辅助手段。

李　明：请讲讲玩笑的内容。

雨城客：玩笑的内容就是引发玩笑的信息，往往具有一定的错位性。玩笑的信息并不完全真实，有真实的成分，也有虚假的成分。如果信息完全真实，就不成为玩笑了。如果信息完全虚假，与玩笑对象不搭边，也达不到玩笑的效果。因此，玩笑的信息既真又假，既假又真，这些信息跟玩笑对象既有联系又不完全吻合，这样才能达到玩笑的效果。玩笑的内容具有适当的否定、挖苦、揭短、丑化、欺骗、弱化之成分。之所以强调适当，是因为玩笑的度的内在要求。只有在适当范围内才会有玩笑的效果，否则就不但达不到玩笑的效果，更有可能适得其反。

李　明：请聊聊玩笑的场景。

雨城客：玩笑的场景是玩笑的综合环境，主要指三个方面的内容。一是人的环境。主要是指开玩笑的人、玩笑的对象和玩笑的听众三个方面。这里要特别强调玩笑的听众，因其左右着玩笑的性质。即便开玩笑的人、玩笑的对象相同，但是由于玩笑的听众不同，玩笑的内容和度也不同。有的玩笑只能当着某些人开，有的玩笑则不能当着某些人开。开玩笑的人、玩笑的对象和玩笑的听众共同构成玩笑的人的场景。二是玩笑对象的心情。就是玩笑的对象心情好的时候，玩笑可以开得重一些；而当玩笑的对象心情不好的时候，玩笑就应该开得轻一些，否则玩笑就要变味。因此，玩笑的对象的心情也是玩笑场景的重要内容。三是玩笑的社会环境。一般来讲，在比较庄重、严肃的环境下是不能开玩笑的，不论对谁。相对而言，在休闲、轻松的环境下才适合开玩笑。

李　明：最后请谈谈玩笑的作用。

雨城客：玩笑的作用就是引起心理共鸣。玩笑的心理共鸣具有两个方面的含义，一是开玩笑的人与玩笑对象的心理共鸣；二是开玩笑的人与听众的心理共鸣。有了心理的共鸣，玩笑才能起到其应有的作用。玩笑可以让听众开怀一笑；玩笑可以让人心情轻松、愉悦；玩笑可以缓解紧张的气氛；玩笑可以消除不必要的误解；玩笑可以让玩笑对象的自尊心得到平衡；玩笑可以让人合适地下台；玩笑可以扭转被动的局面，等等。

第九章

心态篇

DI JIU ZHANG
XIN TAI PIAN

《黄帝内经·灵枢经·大惑论第八十》："岐伯曰：不然也。心有所喜，神有所恶，卒然相惑，则精气乱，视误故惑，神移乃复。是故间者为迷，甚者为惑。"

068 知足与常乐是怎样的关系？

李　明：何谓知足？

雨城客：所谓知足就是知道满足，也有知识足够之意。知足与常乐总是联系在一起，正所谓"知足常乐"。当一个人把事情都看明白了，掌握了事物的发展规律，也就知足了，从而就能保持乐观心态。

李　明：可以较长时间保持知足常乐吗？

雨城客：人有七情六欲。人的心态是随着自身条件和环境的变化而变化的，人要较长时间保持在某个心态上是不多见的。因此，人要较长时间保持在乐观的心态上也不太可能。心态在喜、怒、哀、乐、惊、悲、恐等不同状态变化的过程中，往往有一个中性的心理状态起到调节作用，这个中性的心理状态对绝大多数人而言是心情平静的状态。各种情感在发生变化的时候，总是要先从一种心态回到中性的心理状态，然后才进入另外一种心态。心态在中性心理状态停留的时间，因人因事而异，有的人停留的时间比较长，有的人停留的时间比较短。但是不管心态在中性心理状态上停留的时间如何，在心态变化的过程中必须经过中性的心理状态，这是必然的。这种中性的心理状态称为心态变化平衡点。

李　明：心态变化平衡点具有什么作用呢？

雨城客：心态变化平衡点是人心态经常保持的状态，而不是知足乐观的心态。人的绝大多数心态都不可能是经常保持的状态，包括知足乐观的心态，只有平衡点的心态才是人经常保持的状态。然而，知足与不知足是有区别的，人在知足的时候，似乎前景一片光明，心态就能在乐观、积极状态保持的时间多一些。反之，人在不知足的时候，仿佛前途混沌迷茫，心态就会在悲观、消极状态保持的时间多一些。既然存在知足，肯定是因为存在不知足。

李　明：不知足的根源何在？

雨城客：不知足的根源在于人的欲望。人有了欲望就有追求，有了追求就有目标，有了目标就有奋斗，有了奋斗就有艰辛，有了艰辛就有烦恼，有了烦恼就有悲观。人的欲望可以分为三类：一是满足人生命存在和生理功能的需要；二是满足人对物质的需要；三是满足人对精神的需要。

李　明：知足有哪几种？

雨城客：知足可以分为两种，一种是心理上的知足，另一种是行为上的知足。心理上的知足往往更理智一些，人在理智地综合了自己的条件和外界的环境等综合情况之后，认为该知足了，心理就经常表现出乐观的心态。人在心理上感到知足的时候，往往是在比较理智的状态下，至于是不是乐观都不重要了。人只要在心理上感到知足，就会放下一切包袱，包括目标、奋斗等，从而也不会有艰辛、烦恼、悲观了，当然也就能够"常乐"了。而人行为上的知足往往比较被动，具有"不得不"的意思在其中。人在行为上表现出知足的状态，在心理上是缺乏理智的。在心理上缺乏理智的原因，也许是因为自己能力不及，不能把握自己想要什么、自己能够得到什么、通过什么方式去争取等关键问题；也许是自己曾经遭受过严重挫折，在失败面前长期抬不起头颅；也许是眼高手低，不切实际，到处碰壁等。不管有多少种原因，人在行为上总是表现出不求上进、麻木不仁、安于现状、计较小事等。因此，在心理上知足的时候能够常乐，而在行为上知足的时候就不一定能够常乐了。

李　明：知足状态具有什么特点？

雨城客：不管人在知足的时候能不能"常乐"，人的知足状态都具有暂时性。我们先说人在心理知足状态下的情况。当人的自身条件和外界环境发生变化的时

候，就会呈现不知足的状态，就会重新理智地思考自己的前途、命运、机会等问题，从而重新调整自己的目标，投入新一轮的奋斗和竞争之中。因为运动和变化是永恒的，静止和不变是相对的暂时的，同样，心理上的知足也必然是暂时的，要保持常乐的心态就比较困难。我们再说在行为知足状态下的情况。当自身条件和外界环境发生变化的时候，也会理智地反省自己，也会从失败、颓废、消极、悲观的状态中走出来，从而找到适合自己的奋斗目标和适合自己做的事情，继而在行为上摒弃知足的状态。然而，不是每一个人都能够这么做的。

李　明：为什么？

雨城客：我们要讲一讲习惯问题。当一个人形成了某种习惯之后，不论是好的习惯还是坏的习惯，也不论是对自己有利的习惯还是不利的习惯，都不会轻易改变。正因为如此，绝大多数人只要处于行为知足状态的时候，就自然会形成习惯，也就很难改变。因此，一旦形成了行为知足的习惯，要改变它就需要自身有强大的意志力或者外界发生巨大的变化。当然，有少数人能够改变自己行为知足的状态，正所谓"是金子总会发光"。所以，不要轻易相信所谓的命运，其实命运就掌握在自己手中。

内疚的本质是什么?

李　明：何谓内疚?

雨城客：内疚是心里感到惭愧不安。内疚是一种心理亏欠的情感表现，一般情况下主要针对人。即便是对人，也分几种情况。一是对亲人。当亲人离世之后，自己觉得没有尽到孝心而感到内疚。二是对朋友。自己觉得做了对不起朋友的事情的时候感到内疚。三是对熟人。自己觉得本来可以帮助熟人却没有帮助的时候感到内疚。四是对陌生人。自己见到不平之事本可以伸出援手却没有行动的时候感到内疚。内疚也可以针对事情。当人类的生存和发展的生态环境被破坏的时候，自己感觉到没有尽到应有的责任而感到内疚。

李　明：内疚与行为的关系如何?

雨城客：内疚是行为的动力。当自己感到内疚的时候，就会产生自责，也就会采取行动来补偿导致内疚的亏欠。补偿的行为可能是物质上的，也可能是精神上的。有的内疚可以补偿，而有的内疚则无法补偿。当自己认为通过行为已经弥补了亏欠的时候，内疚就会减少或者消失。比如，当朋友需要帮助而自己没有及时提供帮助，因此感到内疚的时候，如果朋友仍然需要帮助，此时便可为朋友提供帮助，即使自己的帮助之心不一定真正产生朋友所期待的结果，自己的内疚就会减少或者消失。当自己认为通过行为无法弥补亏欠的时候，内疚仍然存在并会持续下去。只要自己觉得亏欠没有完全弥补，内疚就会继续。当然，人的心理并非总是处于一种情感状态，随着昼夜的变化、清醒与睡眠的更替，人会暂时忘却内疚。但是产生内疚的场景一旦出现，内疚就会浮出水面。比如，自己因亲人在世的时候没有尽到孝心而产生的内疚是永远无法弥补的，一旦有类似的情况出现，内疚之情就会再次产生。

李　明：内疚与道德准则的关系如何？

雨城客：内疚是道德准则受到挑战的时候所表现出来的心理状态。人只要在社会中生活，无论身处何地、何种环境，都必然有自己的道德准则。同时，道德准则也不是一蹴而就的。道德准则是一个变量，只不过是在某个时间段里具有相对的稳定性。然而，不同的人的道德准则是不同的。即便有相同的生存环境和类似的人生经历，不同人的道德准则也不尽相同。但是至少有一点是明确的，即人人都有自己的道德准则，哪怕这些道德准则不一定为自己清晰地意识到，哪怕各人的道德准则不尽相同。当道德准则受到挑战的时候，人就自然会产生内疚之心。然而，同样的亏欠在不同的道德准则下产生的情感也不同。面对同样的亏欠，有的人会产生内疚，而有的人则不会产生内疚；有的人会产生深度的内疚，而有的人只会产生轻度的内疚。总之，只要是道德准则受到挑战，就必然产生内疚。由于人的不同导致了不同的道德准则，而不同的道德准则又引发了不同的内疚。

李　明：内疚与理智的关系如何？

雨城客：内疚是情感与理智相互交融的产物。只有在自己动了真情并且平静的理智状态下，才会产生内疚。如果仅仅有情感而没有理智，即便自己动了真情而心理并非处于平静的理智状态，也不会产生内疚。同样，哪怕自己处于平静的理智状态而并非有过情感冲动，也不会有内疚。即便如此，内疚也具有相对的稳定性。

李　明：内疚具有主观性吗？

雨城客：内疚具有明显的主观性。因为所谓的亏欠并没有绝对的标准。当他人认为你亏欠了什么，但是你自己觉得并没有亏欠时，就不会产生内疚。同样的，即使他人并不认为你亏欠什么，但是你自己觉得亏欠了什么的时候，就会产生内疚。说得直接一点：有道德和良知的人更容易产生内疚，而没有道德和良知的人不容易产生内疚。

羞怯的内涵是什么？

李　明：何谓羞怯？

雨城客：羞怯，包括羞愧和胆怯。人们会因羞愧而变得胆怯，也会因胆怯而感到羞愧。羞怯的主要表现为脸红、心跳加速和语言不畅。羞怯，通常被称为"脸皮薄"，因为脸皮薄的人容易脸红。相反的词汇为"厚颜无耻"，指的是脸皮厚的人不容易感到羞怯。其实，羞怯与脸皮厚薄没有关系，只因羞怯常常脸红的表现而让人把它与脸皮联系了起来。人人都有羞怯之心，这是人之天性。但是，不同的人的羞怯之心不同。有的人长期羞怯，而有的人短期羞怯；有的人一辈子都在羞怯，而有的人只在某段时间羞怯。

李　明：羞怯的人主要有哪些表现？

雨城客：羞怯的人经常害怕见人或者不敢见人。羞怯的人通常不敢见的人有四类：一是陌生人。见到陌生人时他们就会感到羞怯。换言之，羞怯的人不怕见亲人、朋友、熟人。二是多数人。所谓多数人是不少于三人的群体。在多数人中，可能有熟人，也可能有陌生人，只要是多数人，羞怯的人就害怕见到，尤其是需要在多数人面前讲话的场合，他们会更加羞怯。三是正式会面之人。正式会面有各种不同的场景，有相亲的场景，有开会的场景，有谈判的场景。四是领导。许多羞怯的人对领导，尤其是高层领导都有一种敬而远之的心理，说到底就是怕见领导。也许羞怯的人害怕见到的人还有其他类别，但是不管有多少种类别，究其根源都在于羞怯的人对自己能力的担忧，尤其是对语言能力的担忧。他们由于担忧而胆怯，由于胆怯而羞愧，由于羞愧而更加胆怯。

李　明：羞怯可以改变吗？

雨城客：羞怯是可以逐步改变的。羞怯的原因在于信心不足和缺乏经验。信心不足也是一种无知，这种无知与知识的多少没有关系。如果让羞怯的人去看风景、见动物等经常见到且和人没有思想交流的对象，羞

怯的人就不会羞怯，也就不能再被视为羞怯的人。人总要迈出跟人交往的第一步，不管什么时候。当迈出了第一步之后，就像越过一个坎，就会积累一定的经验，消除一定的无知，增加一分信心。当迈出了两步、三步之后，信心就更足了。当有了较多的体验之后，就自然具备了丰富的经验，从而逐步消除胆怯，进而逐步消除羞怯。正所谓"见多识广"，只要见多了，经验就多了，胆怯就少了，羞愧就少了，从而从根本上改变了羞怯的心理。

李　　明：羞怯的改变与年龄成正比吗？

雨城客：羞怯的改变不一定与年龄成正比。改变羞怯与其积累经验的多少有关。从一般意义上来讲，随着年龄的增长，人的经验会越来越丰富，从而就能够从根本上改变羞怯的心理状态。然而，人的经历和经验并不一定跟年龄成正比。有的人长期生活在一个小圈子之中。有的人虽然生活在社会中，但几乎不跟其他人打交道。有的人由于性格内向，根本不跟更多的人交往。对于这样的人，哪怕他们的年龄较大也未必能够具有较多的与人交往的经验，这样的人的羞怯之心仍然停留在年轻时代。相反地，有些人虽然年纪轻轻，但是走南闯北，在其年龄不大的时候就有了丰富的人生体验，他们的心理成熟得比较快，也许在二三十岁时就显得"少年老成"。

071 渴望的内涵是什么？

李　明：何谓渴望？

雨城客：渴望是迫切的希望，如口渴一般的希望。口渴是人的生理需要，而希望则是人的心理需要，渴望就是如生理需要一样的心理需要。因此，渴望这种需要具有迫切性和强烈性。渴望是希望的一种，即非常希望。一个人可以同时有很多希望，有对物质的希望，也有对精神的希望。希望与需要是密切相关的，有什么样的需要就有什么样的希望，即希望具有多重性和同时性。

李　明：希望与目标、目的关系如何？

雨城客：有了希望就自然会有目标，有了目标就自然会有目的。正因为希望具有多重性和同时性，所以人同时具有许多目标或目的。从时间上来讲，目标或目的有长期的和短期的之分，因此希望也有长期的和短期的之分。从内容上来看，目标或目的有物质的和精神的之分，因此希望也有物质的和精神的之分。只要有目标或目的，人们就会自觉地为之付出努力。目标或者目的长远的，努力的时间就自然要长些；目标或目的短暂的，努力的时间就自然要短些。

同样，希望长远的，努力的时间就自然要长些；希望短暂的，努力的时间就自然要短些。因此，渴望也有远期的和近期的之分。进而我们便知道，渴望同样有物质的和精神的之分。由于目标或目的的根源在于需要，因此，希望的根源同样在于需要。当然，渴望的根源也就自然在于需要。

李　明：渴望是一种什么希望？

雨城客：渴望是有可能实现的希望。人的需要是永远不会得到满足的。即便有人说自己的需要已经得到满足，要么是暂时的满足，要么是骗人的鬼话。个体的人的能量和综合条件是有限的，人所能够得到满足的需要也必然是有限的，因此人的希望也不可能完全实现。而渴望则是非常有可能实现的一种希望。由于渴望的迫切性和强烈性充分说明渴望的内容是人在某段时间内的最大需要，因此人就会付出自己最大的努力，那么实现的可能性就是所有希望

中最大的。好东西人人喜欢，但并非人人都能够得到。只要人还是理智的，不能得到的或者得到的可能性不大的东西，仅仅会成为希望，而不会成为渴望。

李　明：渴望的内容发生在何时？

雨城客：渴望的内容必然发生在未来。已经得到或者已经实现的，自然不会成为渴望的内容。渴望的自然是尚未得到或者实现的内容。即便渴望的内容是最有可能实现的，但是实现渴望的内容既然发生在未来，就存在着能实现和不能实现两种可能性。即便如此，人也会为之付出努力、奋斗、学习、训练，想方设法地去加以实现。正所谓"人过一百，形形色色"，至于实现自己的渴望采取什么具体手段，也要因人而异、因时而异、因地而异。要实现渴望，应当采取正当合法的方式、方法和措施，否则就得不偿失。

绝望的内涵是什么？

李　明：何谓绝望？

雨城客：绝望，即断绝希望。绝望具有三个方面的含义。一是渴望破灭。渴望是希望中最迫切、最强烈的一种，哪怕仅仅是一种希望破灭，也会导致绝望。一般的希望，哪怕破灭了好几个，也不至于导致绝望。二是所有的希望都破灭。实际上，这种情况发生的概率极小。即便发生这样的情况，也强调一个阶段性，即在某个阶段的所有希望都破灭。三是完全丧失信心。不论是渴望破灭还是所有希望破灭，都是强调结果，由于希望的破灭而导致了绝望。但是，除了结果之外，过程也会导致绝望。因为人一旦有了希望之后，不管有多少希望，也不管是不是渴望，都会付出努力去实现。如果在实现希望的过程中屡遭失败，自认为没有挽回余地，就会导致自己完全丧失信心，哪怕尚未出现希望破灭的结果，也会导致绝望。

李　明：绝望是一种什么过程？

雨城客：绝望既是心理过程又是生理过程。绝望首先是一个心理过程。当人绝望时，心里已经不存在希望，当然更不存在渴望，剩下的只有沮丧、踌躇、颓废、迷茫、逃避等心理反应。人的生活或者事业就会失去目标，就自然丧失心理动力。比如，在沉船事件中，当一个人在大海中漂泊，即便暂时没有死去，也会导致绝望。即便有一叶小舟把自己载到一个孤岛，由于完全丧失了生活来源，也失去了跟外界的所有联系，从而导致绝望。绝望也是一个生理过程。当人绝望的时候，必然产生与沮丧、踌躇、颓废、迷茫、逃避等心理异常反应相适应的生理反应，主要表现为痛苦失眠、四肢无力、水米不进、体弱多病、自暴自弃等。比如，当人失恋的时候，一般都会导致绝望。由于失恋所导致的绝望，说轻一点，有的人会用酒精麻痹自己，说重一点，有的人会自残伤身，甚至自杀。综上所述，绝望既是心理过程又是生理过程。

李　明：绝望之后对自己伤害最大的是什么？

雨城客：绝望之后对自己伤害最大的是不良的生理反应。当人处于绝望状态的时候，如果是沮丧、踌躇、颓废、迷茫、逃避等心理反应，也许睡上几天就没事了，或者随着时间的推移也就没事了。但是，由于人的绝望所导致的不良生理反应就不是那么容易自然消失了。正因为绝望不仅仅是心理过程，同时也是生理过程，所以当人绝望的时候，一般都会生一场大病。有的人可能因为生病而结束自己的生命，因为只有结束生命才能结束绝望所产生的不良反应。当然，由于绝望而导致结束生命毕竟是极端的情况，其发生的概率较低。即便如此，由于绝望而导致生一场病是不可避免的。当人由于绝望而生的病，并不是药物可以轻易治愈的。正所谓"心病还得心药治"，只要绝望的负面影响没有消失，或者尚未出现新的希望来替代绝望之前的希望，要治愈由于绝望所带来的病痛，恐怕没有那么容易。因此，绝望之后对自己伤害最大的就是不良的生理反应。要消除这种不良的生理反应，就要消除绝望。要消除绝望，要么找到新的希望，要么让原来的绝望起死回生。在此基础上再辅以药物治疗，才能完全治愈由于绝望所带来的身心伤害。

073 低迷的内涵是什么？

李　明：何谓低迷？

雨城客：低迷，即情绪低落，是相对于情绪高昂而言的范畴。低迷是一种不积极进取、不努力奋斗的心理状态。如果一个人总是处于低迷状态，至少会导致两个结果：一是思想状态持续消极；二是行为状态持续懈怠。不同的人在不同的场景下，形成低迷的原因不同。一般而言，可能由于遭受失败而低迷，可能由于遭受打击而低迷，可能由于遭遇曲折而低迷，可能由于前途无望而低迷。

李　明：低迷情形常见吗？

雨城客：不管是什么原因导致的低迷，至少有一点是肯定的：任何人皆会出现低迷状态。有的人低迷的时间会长些，有的人低迷的时间会短些；有的人可以自己走出低迷，有的人则需要外人的帮助才能走出低迷；有的人只需要某个客观条件的改变就能走出低迷，有的人则需要环境的改变才能走出低迷。

李　明：请谈谈低迷的相对性问题。

雨城客：低迷是相对于个人而言的。在茫茫人生长河中，在人生的不同阶段，人们可能会在青年时代处于低迷状态，也可能会在中年时期处于低迷状态，还可能会在老年阶段处于低迷状态。而有人声称：在自己的一生中都不会处于低迷状态，这显然是不现实的说法。对某个具体的人而言，只要出现情绪低沉和思想迷茫的状态，就是低迷状态。一个人处于低迷状态，也许自身并不容易察觉，但这并不能否定低迷状态的客观存在。这种状态是自己相对于自己而言的，并不是相对于他人而言的。只要明确了低迷的相对性，就可以肯定：任何人都会经历低迷状态。

李　明：如何判断低迷？

雨城客：低迷往往伴随着情绪（悲哀、忧虑、恐惧等）、态度、语言等方面的表现。但是有些现象有可能是假象。因此，要正确判断真正的低迷状态就需要用心去观察而非仅仅去看现象。因为如果某个人处于低迷状态，就会不由自主地表现出特定的思想、情绪和行为，外人就可以观察到或做出正确判断。需要强调

的是，低迷并不是低调。有的人在行为上一贯低调，看似低迷，其实其内心可能有一团燃烧的火。

李　明：请谈谈低迷的方向性问题。

雨城客：低迷具有方向性或选择性。即使某个人处于低迷状态，也并不是对所有事物都低迷，而是对某些特定的事物而言，如仕途、事业、职业、目标等。而仕途、事业、职业、目标等事物本身则具有特定性。正因为这些事物的特定性，决定了低迷的方向性或选择性。一个人即便低迷，也仅仅是对某些特定的事物而言的，而对其他事物（他所感兴趣的事物）则不一定会低迷，甚至根本不会产生低迷情绪。

李　明：如何应对低迷问题？

雨城客：不论是谁，不论是在哪个方面或哪几个方面处于低迷状态，都需要冷静地思考、勤奋地学习，这样才有可能走出低迷。不论是什么原因造成的低迷，也不论有没有外人的帮助，都需要新知识、新信息、新概念的注入，都需要重新审视自身，并整理迷茫的思绪，这样才能摆脱低迷状态，真正地走出低迷。

谦虚与骄傲是怎样的关系？

李　明：何谓谦虚？

雨城客：谦虚是不夸大自己的能力或价值，是一种谦让和虚心的心态。谦虚与骄傲相对立。既然存在谦虚，就必然存在骄傲。有的人经常表现出谦虚，有的人经常表现出骄傲；有的人有些时候谦虚，有些时候骄傲。谁都有谦虚的时候，谁都有骄傲的时候，正所谓"谦虚使人进步，骄傲使人落后"，经常表现得谦虚的人进步更快，而经常骄傲的人进步就慢些，甚至不进步，犹如逆水行舟，不进步必然落后。问题的关键在于判断人们什么时候该谦虚，什么时候该骄傲，因为不是所有的谦虚都是好的，所有的骄傲都是坏的。当一个人自愧不如的时候就应该表现得谦虚，否则就是骄傲；当一个人刚刚取得辉煌成就的时候就应该表现得骄傲，否则就是虚伪。

李　明：谦虚是一种什么心态？

雨城客：谦虚一般通过语言表现出来。判断一个人是否谦虚，要以他讲什么话来衡量，通过语言表达就可以判断一个人是谦虚还是骄傲。谦虚也可以通过行为表现出来。行为有作为和不作为之分，不管是作为还是不作为，都可以看出一个人是否谦虚。当一个人固执己见，听不进任何劝导，接受不了任何帮助，不论他是作为还是不作为，都是骄傲的表现。相反地，不管一个人有多大的成就，只要能够听取他人的意见和建议，接受他人的批评，那就是谦虚的表现。

李　明：为什么说谦虚是一种美德呢？

雨城客：谦虚之所以能够成为一种美德，在于它留有余地。因为世界上的任何事物都是在不断发展变化的，不可预测的因素随时会出现。面对未来，即便是对我们胸有成竹的事情，也应该表现出谦虚的态度。只有这样，才能应对不断变化的情形。俗话说"不怕一万，只怕万一"，即便对一件非常有把握的事情，在跟他人表达的时候我们也要留有余地，目的是防止"万一"的出现。换句话说，人们对于非常有把握的事情，如果表现出谦虚，事情一旦做成，只会受到他人的认同、赞扬、恭维、敬仰。即使失败，也会得到他人的理解、谅解、支持、安慰。反之，

人们对于非常有把握的事情，如果表现出骄傲，事情做成则罢；事情一旦失败，只会受到他人的否认、贬低、鄙视、啜泣。

李　明：为什么说"谦虚使人进步，骄傲使人落后"呢？

雨城客：因为谦虚有利于拓展心理空间。谦虚不是做给别人看的，它对自己心理空间的拓展起到重要作用。当你向别人表达谦虚的态度时，同时也在自己心里输入了一个"虚怀若谷"的信息。这个信息就能够拓展你的心理空间，从而能够让你接受更多的事物，包括新知识。

李　明：请说说心理空间的概念。

雨城客：我们都知道，世界上的所有物体都在三维空间中运动，所有事情都在三维空间中发生。爱因斯坦认为，时间与空间是一个统一的整体，称为四维时空。就数学理论而言，空间可以是多维的，至少可以有十二维。这里的重点不是空间的维数，而是空间的大小。实际上，天文学对于宇宙大小的看法比较合理——宇宙中所有天体运动所能到达或者存在的空间就是宇宙的大小。宇宙的大小是有限的而不是无限的。跟宇宙大小的概念有些类似，人的思维等智力的存在，决定了心理空间的大小或者心理宇宙的大小。心理空间的大小由个人的心理所能包容的所有事物来决定。心理包容的事物越多，心理空间就越大。反之，心理包容的事物越少，心理空间就越小。

李　明：心理空间的决定因素有哪些？

雨城客：心理空间由欲望和需要决定，欲望和需要由目标和目的决定，目标和目的由对策和方案决定，对策和方案由时间和实践决定。意思是说：一是欲望和需要是心理空间的本原，欲望有多大、需要有多少，决定了心理空间的大小。欲望越大、需要越多，心理空间就越大。反之，欲望越小、需要越少，心理空间就越小。二是从理论上来说，人的欲望和需要是无限的，但是并非所有的欲望和需要都能够实现。在现实中，虽然人不能十分清楚自己能够得到什么，但是有没有目标和目的是大不一样的。目标有多高、目的有多明确，决定了欲望有多大、需要有多少。说得形象一点，欲望和需要就像两匹牧马，目标和目的就是牧场的两个方向的外延。三是单有目标和目的就会显得空泛，就缺乏可操作性。要实现目标和目的，就要有对策和方案来保证。对策是实现目标和目的的具体措施，方案是具体措施相对系统化的思想体系。只有通过对策和方案，才能实现目标和目的。四是再好的对策和方案，如果不去实施，永远是一纸空文。要实施对策和方案，就需要有时间和实践的保证。

李　明：你更喜欢谦虚还是骄傲呢？

雨城客：只要我们反过来理顺思路就会非常清晰了，只有在时间和实践的保证下才能确保对策和方案的顺利实施，对策和方案的顺利实施才能保证目标和目的的实现，目标和目的的实现才能体现欲望的大小和需要的多少，欲望的大小和需要的多少才能决定心理空间的大小，心理空间的大小则受到谦虚的影响。总之，谦虚者的心理空间会越来越大；骄傲者的心理空间会越来越小。在谦虚与骄傲之间，想必你心中已经有了答案。

悲观与乐观的关系如何？

李　明：何谓悲观？何谓乐观？请简单解释。

雨城客：悲观是相对于乐观的一个范畴。悲观是消极、失望的心理状态，主要表现出自卑、消极、担忧、徘徊、失望等心态。乐观是有信心、希望的心理状态，主要表现出自信、积极、上进、进取、奋进等心态。

李　明：悲观或乐观在什么情况下表现出来？

雨城客：悲观或乐观是人在实际行为过程中的心态。人在社会中，总要面对穿衣、吃饭、居住、通行、健康、工作、事业、前途、命运等具体事物，但并非面对任何具体事物的时候都会表现出悲观或者乐观心态。人在一生中，可以做很多事情，总要处于某个具体时空之中，所以不论是想做哪些事情还是先做哪些事情，总得分阶段进行，在某个阶段只能全身心地做某件事情。因此，悲观或者乐观正是人在全身心地去做某件事情的时候才会表现出来，可能会表现出悲观，也可能会表现出乐观。

李　明：何谓悲观与乐观的心理平衡点？

雨城客：悲观是人对自己行为能力的负面倾向性。同理，乐观是人对自己行为能力的正面倾向性。对于某件具体的事情而言，只要全身心投入，心态就会出现三种情况：一是表现出悲观，即对自己的行为能力的负面倾向性；二是表现出乐观，即对自己的行为能力的正面倾向性；三是既不表现出悲观，也不表现出乐观，处于一个中性的心态。这种中性的心态，就是心理平衡点。对同一件具体事情，不同的人的心理平衡点是不同的。对不同的具体事情，同一个人的心理平衡点也是不同的。心理平衡点犹如空中的气球，它漂浮不定，随时可能走向任何方向。也就是说，心理平衡点随时有可能走向悲观或者乐观。

李　明：心理平衡点有何特征？

雨城客：心理平衡点有两个特征：一是心理平衡点并不是在绝对的中性点上。对于某件具体的事情而言，心理平衡点一般不在既不悲观又不乐观的绝对中性点上，而多数处于悲观的领地或者乐观的领地。至于多数处于悲观的领地还是乐观的领地，要由具体的人和具体的事而定。二是心理平衡点就是心态的归宿。对于某件具体事情而言，不论是处于悲观的心态还是处于乐观的心态，都不是长期的状态。心态不论是悲观还是乐观，就像一阵风，吹过之后，必然要回到心理平衡点。在心理平衡点上，心态需要休眠，休眠之后又启动，启动之后再休眠，循环往复。这样，我们可以把心理平衡点看成一个调节器，它随时把悲观或者乐观的心态拉回来又放出去。

李　明：心理平衡点如何左右悲观与乐观呢？

雨城客：当心理平衡点处于悲观领地的时候，即便心理平衡点不时地把悲观拉回来，再放出去的心态还是在悲观的领地，这样，人就在较长时间内处于悲观状态。当心理平衡点处于乐观领地的时候，即便心理平衡点不时地把乐观拉回来，再放出去的心态还是在乐观的领地，这样，人就在较长时间内处于乐观状态。然而，心理平衡点不是一成不变的，而是可以调整的。我们可以把心理平衡点从悲观的领地调整到乐观的领地，这样，心态就会处于乐观的状态。我们还可以让心理平衡点较长时间维持在乐观的领地，这样，心态就会在较长时间内处于乐观状态。

李　明：如何调整心理平衡点呢？

雨城客：调整心理平衡点的方式有两种：一是自我调整。在自我调整中，需要对某件具体事情进行全面而理智地思考，找出自己的不利条件和存在问题，发现自己的有利条件和优势所在，从而增强信心，进而把心理平衡点从悲观的领地拉到乐观的领地或者继

续巩固在乐观的领地。二是他力调整。当单靠自己的努力无法调整心理平衡点的时候，就需要他力的帮助了。所谓他力，就是自己力量之外的力量。通过他力的开导、劝导、引导，也同样能够把心理平衡点从悲观的领地调整到乐观的领地，或较长时间维持在乐观的领地。

李　明：目标对心理平衡点有何影响？

雨城客：不论是自我调整还是他力调整，都存在着目标问题。对于某件具体的事情而言，目标可能是清晰的，也可能是模糊的。不论目标是清晰的还是模糊的，仅仅是在意识状态下得出的结论。但是，人的目标往往存在于潜意识之中，它会在不知不觉中影响着人的悲观或者乐观的心态。人可以通过确定较高或者较低的目标来调整心理平衡点。实际上，人在确定较高或者较低目标的过程中，就是把目标进一步清晰化的过程，就是把目标从潜意识状态推向意志状态的过程。在调整心理平衡点的过程中，目标起着很大作用。当人长期处于悲观状态的时候，就需要把目标定得高一些，至于高到什么程度，要因人因事而定。正所谓"伐其上得其中"，较高的目标能够帮助人实现原来较低的目标。当目标定得较高之后，相对于原来较低的目标，人就会增强信心，从而把心理平衡点从悲观的领地调整到乐观的领地。

李　明：请谈谈悲观与乐观对成败的影响。

雨城客：对于某件具体的事情而言，无论是悲观的心态还是乐观的心态，都不是影响事情成败的决定性因素。因为人的心态是主观的东西，它只会影响事情的成败，而不会决定事情的成败。我们都知道，影响一件事情成败的因素很多，总体来讲，需要天时、地利、人和等诸多条件。换句话说，即便人长时间处于乐观心态，并不一定能够保证事情的成功。反之，即便人长时间处于悲观的心态，事情也并不一定失败。可以这么说，心态是事情成败的助推器。当某件具体的事情由诸多因素所决定，具有成功或者失败两种可能性的情况下，悲观的心态会在很大程度上导致事情的失败，而乐观的心态则会在很大程度上导致事情的成功。所以，不论事情最终成功还是失败，我们都需要守持乐观而摒弃悲观。

076 嫉妒与羡慕有什么区别?

李　明：何谓嫉妒？

雨城客：嫉妒，因别人比自己好而心怀怨恨，是人性的一种表现形式，是一个复杂的心理过程，包括比较、失望、羞愧、敌意、报复等内容或阶段。不同的人有不同的嫉妒表现形式，同一个人对不同的事物也有不同的嫉妒表现形式。不一定每次嫉妒都表现出比较、失望、羞愧、敌意、报复等五个内容或阶段，有可能表现出比较、失望，比较、失望、羞愧，比较、失望、羞愧、敌意等形式。比如，甲、乙两个男孩同时追求美女丙，结果是甲成为丙的男朋友，乙就会对甲产生嫉妒，就会有比较、失落、羞愧、敌意的心理状态，甚至有可能对甲进行报复。再比如，同一个公司的甲、乙两个人去竞争某个部门经理，结果是甲成功了，乙就会对甲产生嫉妒。

李　明：何谓羡慕？

雨城客：羡慕是知道别人有某种长处、好处或有利条件而希望自己也能拥有的心理状态。

李　明：嫉妒与羡慕有何异同？

雨城客：我们可以通过目标来区别嫉妒与羡慕。只有确定了某个目标，才有可能产生嫉妒。反之，如果没有确定某个目标，或者某个目标不是自己的追求，也不会产生嫉妒，而是表现出羡慕。由此可见，羡慕也是一个复杂的心理过程，但是羡慕与嫉妒有很大差别。羡慕的过程包括比较、失落、佩服、崇敬。嫉妒与羡慕有相同点，也有不同点，二者的相同点是，都有比较、失望（失落）的过程。嫉妒的心理反差比较大，达到失望程度，而羡慕的心理反差比较小，只达到失落程度。二者的不同点是，嫉妒以失望为拐点，在失望之后心理变成了羞愧、敌意、报复，而羡慕以失落为拐点，在失落之后心理变成了佩服、崇敬。也就是说，嫉妒在失望之后心理变恶了，而羡慕在失落之后心理变善了。

李　明：嫉妒或羡慕是怎么产生的？

雨城客：共同追求某个目标，在主观上认为有可能实现这个目标，结果没有实现，从而对实现者产生嫉妒。实际上，无论谁在为某个目标努力的过程中，都要

受到主客观因素的制约，最后，有的目标实现了，有的目标没有实现。主观努力或者主观心理仅仅是实现目标的必要条件，但不是充分条件。而嫉妒心理的产生，正是主观心理坚信有可能实现目标。反之，如果目标过于高远或者与自己无关，心理就认为没有可能实现，也就不会产生嫉妒，而会产生羡慕。比如，一个学生在某个县的重点高中学习，平时的成绩是全年级前十名。此时，他就有可能把成为全年级第一名甚至全县第一名作为自己的目标，而不把成为全省第一名作为自己的目标。当高考分数公布的时候，自己的成绩是全县第四名，此时，他就会对全县的前三名产生嫉妒。同时，他绝不会对全省的前三名产生嫉妒，而只会产生羡慕。

李　明：请谈谈嫉妒的主体和对象。

雨城客：产生嫉妒的原因除了目标和实现目标的可能性这两个因素之外，还有一个原因，就是嫉妒的主体。嫉妒的主体在多数情况下是个体的人，在少数情况下是某个利益群体。同样的道理，嫉妒的对象在多数情况下是个体的人，在少数情况下是某个利益群体。利益群体，有可能是某个机构，也有可能是利益相关人群。利益相关人群，可能是亲戚，如兄弟姐妹，也可能是拜把子的兄弟姐妹。某个具体的人，有可能对其他具体的人产生嫉妒，也有可能对其他利益群体产生嫉妒。比如，在某个竞标过程中，甲代表A单位参加竞标，乙代表B单位参加竞标，结果是B单位中标。此时，甲既会对乙产生嫉妒，也会对B单位产生嫉妒。因此，所谓利益相关者，是指利益实质上的相关者。某个人不会对自己的利益群体产生嫉妒，而只会产生羡慕。比如，当知道自己的兄长赚了一笔大钱的时候，只会对兄长产生羡慕，而不会产生嫉妒，因为兄长是自己的利益相关者。反之，当自己知道朋友赚了一笔大钱的时候，就会对朋友产生嫉妒，因为朋友不是自己的利益相关者。

李　明：嫉妒与妒忌有何区别？

雨城客：在大多数情况下，嫉妒与妒忌的意思相同，仅仅是使用范围、习惯有所差别。嫉妒多数使用在情感方面，妒忌多数使用在财产方面；嫉妒多数使用在口语方面，妒忌多数使用在文字方面。实际上，在什么场景下使用嫉妒或者妒忌，都不会有严格意义上的错误，这要视各人的习惯而定。

第十章

态度篇

《黄帝内经·灵枢·外揣第四十五》:"岐伯曰:日与月焉,水与镜焉,鼓与响焉。夫日月之明,不失其影;水镜之察,不失其形;鼓响之应,不后其声。动摇则应和,尽得其情。"

077 态度的内涵是什么？

李　明：何谓态度？

雨城客：态度是具体的人面对具体的事物所表现出来的意识、情感、语言、行为的综合表现。态度不完全是通常讲的心态。心态只是态度的心理表现，而态度不仅包括心态一个方面，还包括情感表现、语言表现和行为表现。通过具体的人所表现出来的意识、情感、语言、行为，便可以知道其态度。意识、情感、语言、行为这四个因素，其地位并非对等，意识、情感是基础性的要素，语言、行为是在意识、情感支配下的要素。同一个人对不同的事物，可以有不同的态度；不同的人对同一个事物，也可以有不同的态度。在人的不同态度表现中，意识、情感发挥着基础性作用。

李　明：意识与情感是怎么相互作用的？

雨城客：意识主要包括认知、记忆、表象、思维等。情感是情绪的表现，主要包括喜、怒、哀、乐等。意识和情感是相互制约的两个因素，这两个因素就像两种力量，此消彼长。意识表现多的时候，情感就表现少；情感表现强的时候，意识就表现弱。从力量的角度而言，意识是不会让情感无限疯狂的，情感也不会让意识任意发展。意识与情感这两种力量同时从原点出发，向着相反的方向发展。如果把意识的力量设为正值，那么情感的力量就必然为负值。在人的任何态度之中，都伴随着意识与情感这两种力量，意识影响着态度向正值发展，情感影响着态度向负值发展，最终形成两种力量的制衡。在制衡状态下的态度，就会表现出相应的语言、行为，语言、行为又会影响着意志、情感的变化。在新的变化中，意识与情感又发生相互作用，从而又会形成新的制衡。

李　明：态度的种类是可数的吗？

雨城客：当意识与情感一旦形成某种制衡的时候，态度就会在一定时空内表现出相对的稳定性。影响意识与情感变化的因素很多，除了以上所讲的语言、行为之外，更多的在于事物的变化性。当人面对的具体事物发生变化的时候，意识与情感至少其一就会发生变化。此时，意识与情感的相互作用又具有外在的表现，从而又会形成新的制衡，形成新的态度。人面对不同的事物表现出不同的态度，当然也不排除人面对不同的事物表现出同一种态度的特殊情况。从而我们便知道态度具有多变性，只要影响态度的因素发生变化，态度就会发生变化。这样，我们便知道人在一天之内可以有多种态度，要么几种，要么几十种或者更多。那么一月、一年呢？态度的种类就无法统计了。

李　明：基本态度是怎么回事？

雨城客：即便态度的种类或者态度的表现无法统计，但是对某个具体的人而言，肯定存在着一个基本态度。人在某个时间段里，其意识的内容具有明显的稳定性。人在认知、记忆、表象、思维基础上形成的观念具有明显的稳定性，这些明显稳定的观念不会因为影响态度的因素的变化而变化。这样的观念主要是世界观、人生观、价值观、利益观、权力观、名义观、地位观等，这些观念在某个时间段里是明显稳定的。这些明显稳定的观念的形成，必然也是意识与情感相互作用形成的制衡结果。这些明显稳定的观念必然对应着相应的稳定的情感。由这种稳定的意识与稳定的情感所共同决定的态度就是人的基本态度。由于决定基本态度的意识与情感具有稳定性，从而基本态度就具有稳定性。我们可以这样来理解，对于某类事物，人只有一种基本态度，其原因就在于人在某个时间段里的观念以及相应的情感具有明显的稳定性。人对某类事物只有一种基本态度，并不意味着人对这类事物中的具体事物没有具体的态度。基本态度决定了态度的总体方向，具体多变的态度则是基本态度的具体化身。

李　明：基本态度跟普通态度有什么区别吗？

雨城客：为了强调基本态度，我们把区别于基本态度的其他态度称为普通态度。从态度的角度而言，基本态度本身也是一种态度，似乎跟普通态度没有区别。但是，因为基本态度具有明显的稳定性，从而决定了基本态度出现的次数必然比较频繁。换句话来说，跟普通态度相比，基本态度出现的次数最多。为了找出基本态度，必须对各种态度进行甄别，原则就是看其出现的次数最多或者出现的频率最高。在一类事物中，因为具体事物的不同而有不同的态度，在这些态度中必然有一个共同点，这个共同点就是基本态度。在不同类别的事物中，必然有不同的态度，在这些态度中，出现的次数最多或者频率最高者必然是基本态度，否则就是普通态度。

李　明：基本态度会发生变化吗？

雨城客：答案是肯定的，即基本态度具有可变性。从哲学观点来看，不变是相对的，变化才是绝对的。但是，单有哲学的观点是不足以说明基本态度的可变性的。我们还得从以下两个方面来阐述基本态度的可变性。一是人面对不同种类的事物时具有不同的基本态度。既然人面对一类事物具有一种基本态度，那么人面对不同类别的事物就必然有不同的基本态度。这就是基本态度可变性的一个方面，我们把这种可变性称为静态的可变性。二是虽然人的世界观、人生观、价值观、利益观、权力观、名义观、地位观等观念具有明显的稳定性，但是这些观念并非铁板一块而不可变化。其实，人的这些明显稳定的观念并非与生俱来的，而是在人的认知、记忆、表象、思维等意识活动的参与之后才形成的。人的这些明显稳定的观念从产生到形成必须经过一个漫长的过程，在这个过程中，这些观念从无到有，从模糊到清晰，从不稳定到稳定再到明显稳定，具有动态性。正因为人的观念在形成过程中具有动态性，所以哪怕基本观念具有明显的稳定性，也会随着影响其变化的条件的出现而发生变化，只不过这种变化比较缓慢而已。由此我们可以知道，基本观念的变化性决定了基本态度的变化性，只不过是基本态度的变化性不太明显或者比较缓慢而已。我们把这种基本态度的可变性称为动态的可变性。正因为基本态度具有静态的可变性和动态的可变性，所以基本态度是会发生变化的。

李　明：人在无意识状态下存在基本态度吗？

雨城客：答案是肯定的，人在无意识状态下也存在基本态度。所谓无意识状态是区别于意识状态的一个概念，通常被称为潜意识状态。人在睡梦状态下就是一种潜意识状态。我们可以这样来理解，潜意识状态是另外一种意识状态，这种意识状态既区别于正常的意识状态，又与其有着密切的联系。我们可以从两个方面来讨论这个问题。一是潜意识状态就是意志状态的翻版。潜意识状态下的态度表现跟意识状态下的态度表现一样，只不过潜意识状态下的态度一般

不为人所知而已，因为潜意识与意识毕竟在两个不同的心理空间。二是潜意识空间与意识空间必然有一个交汇点，这个交汇点起到桥梁和纽带的作用。意识空间没有完成的意识活动，包括记忆、表象、思维等，就会通过这个交汇点传递到潜意识空间，潜意识就会继续完成意识空间的任务。我们可以用哲学的观点来理解这个问题，意识空间的活动决定着潜意识空间的活动，潜意识空间的活动结果则影响着意识空间的活动。这个影响会储存于人的大脑之中，是潜移默化的，一般不为人所感知。当然，在特殊情况下也可以感知到。当人在半睡半醒状态下，就可以感知到潜意识空间活动的结果。据说生物学中的双螺旋基因结构就是科学家在潜意识状态下被认知到的，同时又被科学家的意识所感知。因此，人在无意识状态下同样存在着各种态度，包括基本态度和普通态度，只不过无意识空间里的各种态度不一定为人的意志所感知而已。

078 感恩的意义是什么？

李　明：何谓感恩？

雨城客：感恩是对别人所给予的恩惠表示感激，是个体的人在心理上所持有的一种亏欠的态度和对这种心理亏欠所采取的相应行为的过程。感恩具有三个特征：一是感恩是个体的人的心理活动。即便是集体受到恩惠，感恩也是个人的心理活动。比如，教师传授知识，同一个教室的学生都得到知识，但是各个学生的感恩心理活动是不同的。二是感恩是一种亏欠的心理态度。既然有亏欠，就应该有利益收获。感恩者有可能获得实际的利益，也有可能没有获得实际利益；有可能获得大利益，也有可能获得小利益，都会产生感恩。正所谓"滴水之恩当涌泉相报"，就说明了获得了小的利益而有大的感恩。三是感恩不仅仅是一种心态，还是一个行为过程。当个体的人具有感恩心态的时候，就会出现报恩的行为，这个行为过程自然是感恩的重要组成部分。

李　明：比较典型的恩惠有哪些？

雨城客：比较典型的恩惠有父母之恩、教师之恩、朋友之恩、大自然之恩、社会之恩等。

李　　明：请谈谈父母之恩。

雨城客：任何人都有父母，这是人之所以能够诞生、生存和成长的自然法则。在父母把子女生下来并养育成人的过程中，给予了子女力所能及的恩惠。子女得到了父母的恩惠，自然对父母产生感恩之心。子女对父母的尊重、孝敬等心理和行为，都是对父母感恩的表现形式。正所谓"血浓于水"，由于有了血缘关系，父母与子女的情感除了感恩之外还有很多。

李　　明：请谈谈教师之恩。

雨城客：古今中外，一个人要在社会中成长，就必须学习知识。除了极少数人全靠自学成长之外，其他人都有教师。教师传授知识给学生，学生得到了以知识方式表现出来的利益，自然会对教师产生感恩之心。即便有少数学生由于年龄小尚不成熟，对教师的感恩之心不太浓重，但是传统道德观念中的尊师重教习惯，也会让学生对教师产生感恩之心。

李　　明：请谈谈朋友之恩。

雨城客：生活中，总会遇到各种各样的人。在漫长的人生旅途中，不论是大事还是小事，谁都遇到过得到他人帮助的事情。只要是得到了他人的帮助，就自然产生感恩之心。此处之他人，是指除了父母等亲属和教师之外的其他人，在此统称为朋友。朋友之恩也是随处可见的。

李　　明：请谈谈大自然之恩。

雨城客：任何人都不能离开大自然而独自生存。大自然给予人类空气、水、食品等最基本的生存条件，同时给予人类生存的环境，因此人人都会对大自然产生感恩之心。即便有些人对大自然的恩赐表现出茫然状态，或者嘴上不说感恩，但是在心灵深处或者潜意识中肯定存在着对大自然的感恩之心，只不过是他没有察觉或者没有表现出来而已。所以，呵护地球、保护大自然是每一个人对大自然报恩的方式，也是每个人对大自然应尽的义务和责任。

李　明：请谈谈社会之恩。

雨城客：人在社会中生存和发展，不论在哪个社会发展阶段还是处于哪种社会制度，都会或多或少地得到社会给予的好处，就自然会产生对社会的感恩之心。人对社会的感恩之心，不是针对某个具体施恩者的，而是对整个社会的。人对社会的感恩之心主要表现在自觉遵守社会法律、法规、道德、伦理、习惯、规则等，对社会给予物质或精神上的回报等。

李　明：产生感恩之心的主要原因有哪些？

雨城客：产生感恩之心的主要原因有两个方面：一方面是感恩者实际获得了利益，不管这种利益的表现形式如何。另一方面是感恩者虽然没有获得实际利益，但是自己认为自己获得了利益，哪怕这种所谓的利益仅仅是一句好话。

李　明：感恩的方式主要有哪几种？

雨城客：感恩的方式主要是两种：一是感恩者对施恩者在一段时间里所持有的感恩态度。这里所说的一段时间，有可能是几分钟、几个小时、几天，也有可能是几年、十几年、一辈子，具体多长时间，既与感恩者有关，也与感恩的内容有关。二是感恩者对施恩者的一种行为上的回应。由于产生感恩的原因是感恩者实际获得了利益或者自己认为自己获得了利益，那么对这种利益的行为回应不会马上或者同步进行。施恩的行为和感恩的行为存在一个时间差。不论施恩行为还是感恩行为，假定利益可以量化，感恩行为中所体现出来的利益的量与施恩行为所体现出来的利益的量往往是不对等的，有可能感恩的量大于施恩的量，也有可能施恩的量大于感恩的量。

李　明：请谈谈感恩的具体行为。

雨城客：正因为施恩行为与感恩行为存在着时间差和利益数量差，所以感恩行为主要表现出三种状态：一是有恩必报。这种感恩行为所表现出来的利益数量与施恩行为可以大体相当。二是大恩不言谢。由于感恩者受到大恩，凭自己的能力是不可能在利益的数量上对等地偿还的，因此，仅仅是口头上表示感谢已经远远不够，那就不说什么了，把这份感恩的行为转化为感恩之心，永远记在心里，只要有机会报恩，随时会两肋插刀、赴汤蹈火。三是恩将仇报。

同样是受到大恩，对施恩者不但不报恩，还在行为上伤害施恩者。这是一种少见的变态心理状态和行为表现。究其原因：感恩者受到施恩者较大的恩惠，凭自己的能力是不能偿还这个恩惠的，在这个阶段跟"大恩不言谢"一样，转化为心理的感激状态。感恩者感觉到心理压力越来越大，此时就错误地认为，只有让施恩者消失才能抚平自己不平衡的心态，从而表现出对施恩者进行伤害甚至杀害的变态行为。

满意的内涵是什么?

李　明：何谓满意？

雨城客：满意是因满足而快乐。由于知足才会满意。而知足与否，与期望值有关。当期望值得以实现才会知足，才会满意。如果期望值较高，由于难以实现，就难以知足，也就不容易满意。反之，如果期望值较低，由于容易实现，就容易知足，也就容易满意。满意分为三类：一是对自己满意，二是对他人满意，三是对社会满意。

李　明：请谈谈满意的相对性。

雨城客：满意具有相对性。所谓好是相对的，应该是较好，而所谓差也应该是较差。可以把满意分为非常满意、满意、较满意、不满意等四个档次，或者满意、较满意、不满意等三个档次。正因为满意存在相对性，所以有些事情哪怕没有达到期望值，也会较满意；而有些事情哪怕已经达到了期望值，由于有更好的结果出现，也会不满意。因此，期望值只是满意与否的重要基础，而不是衡量满意与否的真正标准。

李　明：请谈谈满意与习惯的关系。

雨城客：满意与习惯密不可分。有的人一贯对自己要求严格，从而也会对他人要求严格，这种人经常被称为苛刻之人。苛刻者也许会有利于自己进步，但是由于经常不但对自己不满意，还对他人不满意，最后，不但自己痛苦，还会得罪人。而对自己要求低的人则相反，自己的痛苦少了，也不得罪人了，当然成就也就小了。

李　明：关于习惯问题，理智的做法是什么？

雨城客：理智的做法应该是，对重要的事情、原则性的问题，要求应该高一些，而对一些鸡毛蒜皮的小事，则要求低一些。原因有二：一是由于精力的有限性；二是由于社会的习惯性：既不欢迎苛刻之人，也不欢迎庸碌之人。

李　明：满意存在绝对性吗？

雨城客：满意存在绝对性。比如考试，对合格的成绩皆应该

满意，不论分数有多低；而对不合格的成绩则应该不满意，不论分数有多高。合格的分数线就是满意的绝对性之体现。满意既存在主观性也存在客观性，除了考试之外，满意的绝对性在社会上也是普遍存在的。满意的客观性就是满意的绝对性。而满意的主观性则主要体现在期望值方面，不论期望值高还是低，都带有主观成分。

李　明：如何应对满意问题？

雨城客：应该做到让满意的主观性与客观性相吻合。具体做法：让主观目标略高于客观标准，才能最终实现主、客观的吻合。正所谓"伐其上得其中，伐其中得其下"，就是这个道理。但是，主观目标也不能太高，否则便不但浪费资源又会让自己丧失信心。同时，主观目标更不能太低，否则就会犯原则性错误。因此，主观目标的高与低，都是相对的。当然，正因为主观目标与习惯有关，所以有的人习惯定高标准，当然成果也会相对大些；而有的人习惯定低标准，当然成果也会相对小些。

李　明：如何对谅解问题表示满意态度？

雨城客：关于谅解问题，也存在着满意与否的问题。应该学会包容或宽容，才能对谅解满意。哪怕认错者只有一个小小的认错姿态，也应该有谅解的满意表示。这是社会普遍欢迎的做法，不论于个人之间还是于国家之间，皆然。正所谓"人无完人"，谁都会犯错，知错必改者，不论对自己还是他人都是有好处的。

冷漠的内涵是什么？

李　明：何谓冷漠？

雨城客：冷漠，即冷淡而漠不关心。冷漠是一种心态，即所谓的"看破红尘"。冷漠的女人会认为所有男人都是好色之徒，身边的人都不是什么好人；冷漠的男人会认为所有女人都是骗子，人人都唯利是图。

李　明：冷漠的实质是什么？

雨城客：冷漠源于没有参透世事，以虚假的现象掩盖真实的本质，以具体的事例代替普遍的规律，以静止的视角窥视变化的未来，以自己的欲望衡量他人的需要。之所以会出现冷漠，是因为自己的心理受到过创伤，创伤的程度自认为比较严重，以至于不能自拔，以至于让冷漠充满了意识空间。因此，冷漠是一种消极心态，不但对自己，而且对亲友、对社会都是有害的。

李　明：冷漠与热情的关系如何？

雨城客：冷漠与热情相对。世上有冷漠，就必然有热情。热情是一种积极的心态，表现在对人友好、给人温暖等方面。如果你对工作热情，就会驱使自己积极进取、虚心学习、踏实认真、高度负责，工作的效果固然不错；如果你对生活热情，就会驱使自己热爱生活、珍惜光阴、知足常乐、对人友善；如果你对社会热情，就会驱使自己关心他人、关注社会、正义凛然、助人为乐。

李　明：冷漠是一种什么心态？

雨城客：不论是冷漠还是热情，都是人的正常心态。对同一个人而言，有冷漠的时候，也有热情的时候。我们可以设想，如果一个人长期冷漠而缺乏热情，那是不正常的。同样，如果一个人长期热情而缺乏冷漠，那也是不正常的。不论是冷漠还是热情，都是人的心理需要。因为人在生存和发展过程中，并非事事都顺畅，总会遇到这样或者那样的坎坷和困惑。当一个人迷茫的时候，难免会表现出冷漠。而当一个人顺畅的时候，自然就会表现出热情。不管什么原因导致冷漠，都要尽快走出迷茫的心境，让冷漠

停留的时间越短越好。同样，当自己顺畅的时候，也不用得意忘形，要习惯总结和善于总结成功的经验，让自己的热情停留的时间越长越好。这样，对自己、家庭、亲友、社会都有好处。

李　明：如何改变冷漠呢？

雨城客：改变冷漠的方法有两种：一是自我改变。既然是冷漠，那就冷到底，冷到冷静的程度。只有当自己冷静下来之后，才会找到产生冷漠的真正原因，才能改变冷漠。除了冷静之外，还要加强学习，从前人那里吸收营养，汲取经验和教训，从根本上改变冷漠。二是他人改变。冷漠之人需要温暖、需要积极、需要上进。作为冷漠之人的亲人、朋友，要及时给予其各种温暖，重树其对生活的信心。当然，仅仅有外力的作用还不够，冷漠之人也应该积极接受和配合。对他人给予的温暖，要乐于接受，还要积极参与集体活动，依靠外界环境的变化和氛围来感染自己冷漠的心。只有这样，才会较快地改善自己的冷漠。对于冷漠之人，不论是自我改变还是他人改变，都需要一定的时间作为保障，因为只有时间的车轮才能彻底碾碎冷漠的魔障。

鄙视的内涵是什么？

李　明：何谓鄙视？

雨城客：鄙视，即用鄙夷的眼光看。如果是通常的看，就是利用眼睛的视觉功能去看，对所看到的大千世界具有均等性。即不论看到什么都——通过眼睛摄取信息，在大脑进行处理和储存，没有主观的情感色彩，哪怕所看到的对象有所不同。就像听风一样，不论听到什么都通过耳朵去听，不管听到什么都一样。鄙视则不同于通常的看，它是带有情感色彩的。鄙视不仅是指用眼睛看，而且是指用心看并在心理上带有看不起人或者把人看低的情感因素。比如，清高的人往往容易鄙视他人。在用心看这个问题上，鄙视与观察有些类似，都是用心去看世界。

李　明：鄙视具有正义性吗？

雨城客：鄙视在大多数情况下是一种具有正义性的态度。要从三个方面来阐述。一是鄙视表明一种态度。既然鄙视是带有情感色彩的看，那么这个情感色彩的表现就必然是一种态度。面对大千世界，人们往往都有自己的态度，而鄙视只是各种态度的一种表现形式。二是鄙视带有一定的正义性。人不是对任何对象都会鄙视，也不是在任何时候都会鄙视，只有对那些自己看不惯的或者看不下去的东西，才会表现出鄙视。比如，对不良的社会现象、低级的东西等，才会表现出鄙视。三是鄙视的根源在于道德。之所以说鄙视具有一定的正义性，是因为鄙视的对象已经或者正在挑战自己的道德底线。道德形成是一个漫长的过程，道德准则也不像法律等理性的知识那样系统化，而是深藏于自己的内心之中。哪怕这些道德准则具有一定的模糊性，但是并不能否认它们的存在。正因为这些模糊的道德准则的存在，才会在一定的时候表现出具有一定正义性的鄙视。

李　明：鄙视的分类有哪几种？

雨城客：鄙视的分类有两种，即从鄙视的对象和鄙视的表现形式这两个方面来进行分类。首先，从鄙视的对象来看，可以把鄙视分为三类。一是鄙视他人。所谓他人就是区别于自己的任何其他个体的人。鄙视他

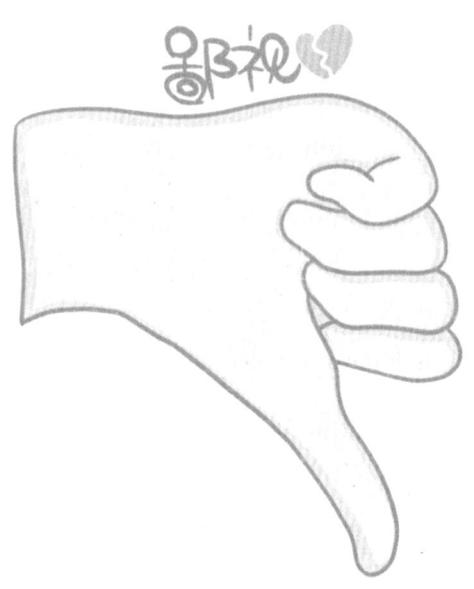

人，就是对他人的语言、行为等表现进行鄙视。二是鄙视社会现象。对那些不良的社会现象，或者挑战道德底线的社会现象进行鄙视。三是鄙视自己。自己有时会对自己的某些想法或者做法所不齿，此时就会表现出对自己的鄙视。其次，从鄙视的表现形式来看，同样可以把鄙视分为三类。一是通过语言表现出鄙视。在鄙视过程中，不仅有看的成分，也会表现在语言方面。而鄙视的语言方面的表现是由鄙视的主观性所决定的。比如，当你鄙视某种社会现象的时候，难免会谴责几句。二是通过行为表现出鄙视。既然鄙视能够表现在语言方面，那么就有可能表现在行为方面。比如，当你对社会上的某些低级的东西鄙视的时候，就会表现出唾弃甚至消灭等行为，而这些唾弃或者消灭的行为就是鄙视的行为表现。三是既没有言语也没有行为的鄙视。在绝大多数鄙视中，都是既没有言语也没有行为的，是纯粹的心理活动。

李　明：鄙视有什么特点？

雨城客：鄙视具有一定的主观自信。人之所以会表现出各种各样的鄙视，在于人具有主观自信。虽然说鄙视具有一定的正义性，但是人的主观自信决定了鄙视不一定都是对的或者正确的。鄙视完全可能是错误的，不论是对鄙视的现象还是对鄙视的对象。鄙视的错误性主要表现在两个方面。一是绝对错误的鄙视。正因为鄙视具有强烈的主观性，所以就有可能出现错误，哪怕自己可能具有主观自信。所谓绝对的错误，是指仅仅看到现象而没有看到本质，仅仅看到现象的外在表现而没有真正抓住客观规律，仅仅是主观的个人观点而忽视客观的真实存在。说到底，那些不是建立在以客观事实为基础的鄙视就是绝对错误的鄙视。二是相对错误的鄙视。有时，正确与错误具有一定的相对性。对有些观点，也许你认为是正确的、有依据的、符合客观规律的，而他人则认为是错误的、没有依据的、不符合客观规律的。比如，对某部文学作品，你认为其主要观点存在问题，应该鄙视，而有些人则认为其主要观点没有问题，不应该鄙视甚至还要大力弘扬。其实，对于同一部文学作品，不同的人有不同的看法一点也不奇怪，即便出现相反的观点也属正常。之所以会出现相对错误的鄙视，是因为不同的人的修养、道德、文化、知识等方面不同。正因为鄙视存在着相对错误的问题，所以要学会理智地看问题：不要不假思索地人云亦云，哪怕鄙视具有正义性，对自己所看到的或者听到的，不要轻易表态，更不要轻易表现出鄙视，而要冷静、细致地观察、分析，在此基础上再慎重地表态，包括鄙视。只有这样做，才是一个明智的人。

偏见会长期存在吗?

李　明：何谓偏见？

雨城客：偏见是一种不全面的、不客观的、不公正的、不正确的看法。偏见具有明显的主观性。绝大多数人都有偏见，或多或少，或表现或不表现。

李　明：对偏见可以进行分类吗？

雨城客：对偏见的分类是比较困难的，为了进一步说明偏见的主要表现，我们把它分为三类，即对人的偏见、对事的偏见、对文化的偏见。对人的偏见又有从微观的角度看个体的人的偏见和从宏观的角度看群体的人的偏见之分。主要表现为，一是由于年龄的差异而存在的偏见，年龄差异越大，偏见越突出。老年人对年轻人有偏见，年轻人对老年人也有偏见。二是由于性别的差异而存在的偏见。男人对女人有偏见，女人对男人也有偏见。三是由于地域的差异而存在的偏见。不同国家的人之间相互存在偏见，尤其是发达国家的人对不发达国家的人存在着严重偏见。在同一个国家中，不同区域的人之间相互存在着偏见，尤其是发达区域的人对不发达区域的人存在着明显的偏见。四是不同种族、不同民族之间存在着偏见。对事的偏见是无法穷举的，主要表现为对社会现象的偏见和对自然现象的偏见。对文化的偏见也是无法穷举的，主要表现为对语言、文化、历史、习惯等的偏见。从客观的角度看，我们当然要承认不同国家、不同种族、不同民族之间存在着语言、文化、历史、习惯的差异，但是差异并不是偏见的理由。

李　明：产生偏见的主要原因是什么？

雨城客：产生偏见的主要原因：一是不了解情况；二是习惯使然；三是情结使然。之所以会产生偏见，主要是不了解情况。正所谓"没有调查就没有发言权"，但是有些人就是在没有调查、不了解情况的时候非要发言不可，这就是偏见。有些人既不了解情况，也不愿意去了解情况，却非要发言、表态、干预、干涉他国或他人的事情，这就是所谓的霸权主义、霸道主义的表现。除了不了解情况会产生偏见之外，习惯和情结同样会产生偏见。人人都有习惯，习惯也有好习惯和坏习惯之分。有的习惯能够反映客观事物、符合客观规律，而有的习惯则与事实相悖。因此，经常按照习惯行事的人，难免会出现偏见。同样的道理，情结也会导致偏见的产生。因为情结也有好的情结和不好的情结之分，也有有益的情结和有害的情结之分。在特定场景下，人的情结就会驾驭人的整个思维，此时不出现偏见才怪呢。

李　明：如何客观地看待偏见？

雨城客：偏见之所以会存在，是因为偏见具有生存的土壤。所谓偏见是他人的观点，并非自己的观点。当某人有了所谓的偏见或者偏见的表现的时候，他并不认为这是偏见，而是偏见的受众认为这是偏见。正因为如此，很多人对偏见还比较自信甚至自负，并不会轻易改变这些偏见。不仅如此，偏见的持有人还经常以这些偏见来支配其行为，当然，支配其行为的结果就存在着好的和不好的两种情况。正因为如此，我们要客观地看待偏见，既要承认偏见会长期存在，也要承认绝大多数人都会有偏见。比如，许多人对抽烟存在着偏见。对不抽烟的人而言，否定烟的一切好处，认为烟只会有害处。这是一种偏见，因为不抽烟的人既不想得到烟的所谓好处，更不想受到烟的危害。正是这种偏见保护了自己。对抽烟的人而言，至少认为不抽烟的害处比抽烟更大。这也是一种偏见，因为抽烟的人继续抽烟，至少在某种程度上保持了自己的生活嗜好和习惯，

平衡了自己的生理功能。实际上，不管抽烟与否，烟对人都有好处亦有害处，至于抽不抽烟，抽多少烟，要因人而异。实际上，现在许多地方的空气污染的危害远远大于抽烟的危害。

李　明：应该如何应对偏见？

雨城客：应该减少偏见，逐步消除偏见。偏见很危险，因为有了偏见，就会把事情搞糟，就会激化矛盾，就会制造不必要的麻烦，就不能很好地交流和沟通，就不能相互理解和谅解。因此，不论是国与国之间的邦交，还是人与人之间的交流，都应该在减少乃至消除偏见的基础上进行，只有这样，各种交流与合作才能顺利发展。因为偏见的形成是一个长期的过程，因此要减少乃至消除偏见，需要做到三点。一是放平心态，以一种客观公正的心态来对待客观事实。既不要高高在上，也不要妄自菲薄，只有这样才能逐步减少偏见。二是要虚怀若谷，不断丰富自己，坚持有了调查、有了了解才发言的习惯，只有这样才能消除误解，从而进一步减少偏见。三是要心胸宽广，如宰相一般能够容纳天下之事。在具体交往中，坚持求同存异，只有这样才能逐步消除偏见。

积极的意义是什么?

李　明：何谓积极？

雨城客：积极，具有进取、主动、开拓之意。积极有过程的积极和结果的积极之分。积极与消极相对。消极具有退缩、被动、保守之意，也存在过程的消极和结果的消极之分。

李　明：请谈谈过程的积极。

雨城客：过程的积极主要包括思想的积极和行为的积极。思想的积极由观念所决定。观念是积极思想的核心内容，有什么样的观念就有什么样的积极思想。观念是建立在认识基础上的，只有认识清晰了、深刻了，观念才牢固。观念牢固了，积极的思想才稳定。反之，如果认识模糊、肤浅，那么观念就容易动摇，积极的思想也就不稳定，甚至还有消极思想。有了积极的思想，才会有积极的行为。积极的行为主要包括积极的语言和积极的实际行动。语言是行为的一种表现形式，积极的语言既表达了积极的思想，又为积极的实际行动奠定基础。积极的实际行动既是积极思想的表现形式，又是积极语言的再现。因此，积极的实际行动常常表现出进取、主动、开拓等积极的主要内容。积极的思想决定着积极的实际行动,积极的实际行动体现着积极的思想。我们可以通过某人积极的实际行动来判断其是否具有积极的思想。然而,积极的思想与积极的实际行动并非一一对应的关系。有了积极的思想,未必有积极的实际行动;有了积极的实际行动,未必有积极的思想。如果真要从积极的实际行动来判断某人之积极的思想,就要看其一贯的实际行动,而不是看其某次实际行动。

李　明:请谈谈结果的积极。

雨城客:结果的积极也被称为积极的结果。积极的结果就是对动机的实现。有了某种动机,就会有某种积极的实际行动,从而就会有某种实际行为的结果。动机分为个人的动机和为社会的动机。为个人的动机大凡有为名、为利、为地位等。在这些动机的支配下,

积极的结果就是获得了一定的名义、一定的财富、一定的地位。至于某个人最终获得了什么样的名义、财富、地位，不仅与其动机有关，还与外界条件有关。各种相关因素共同决定了某个人最终获得的名义大小、财富多少、地位高低。总之，只要存在个人积极的动机，就必然有相应的积极结果。为社会的动机大凡有为正义、为大爱、为秩序等。在这些动机的支配下，积极的结果就是获得了一定的赞扬、一定的荣誉、一定的称号。当然，有的人出于为社会的动机，未必追求结果，他们只强调奉献，至于是否获得社会的认同，已经不是其关心的事情了。实际上，许多英雄正是这样的人。事物都是两分的，对于那些只奉献不为结果的人，就必然存在着奉献的阶段性、持久性、动摇性的问题。那些只为奉献的人，可能仅仅在某个阶段如此。从长远角度看，除非他们已经被历史定格，否则就必然存在着奉献的动摇性。

李　明：请谈谈制度与积极的关系。

雨城客：人人都有积极的时候，也有消极的时候。为了弘扬积极，抑制消极，就需要制度的保证。所谓制度，就是一系列规范化的规定。制度的外延非常广泛，有国家制度、社会制度、单位制度、个人制度之分。因此，大到国家法律法规，小到单位规章制度都是制度。制度的作用是广泛的，至少制度在保障调动人的积极性、抑制人的消极性方面是有着正面意义的。对个体的人，通过拟定人生规划、奋斗目标、学习计划、具体方法、实施步骤等，克服自己懒惰的毛病，充分利用好自己拥有的一分一秒，保障自己的积极性得到充分发挥，可以想象这对自己的意义有多大。对单位中的人，规定了作息时间、工作要求、工作规范、工作措施等，确保在上班时间就做工作的事情，可以想见这对开展工作是多么有益的事情。对社会中的人，由于有了社会道德伦理、国家法律法规的约束，才会有今天和谐的社会环境。人在积极的时候，任何制度都只是形式上的东西，制度有与没有几乎没有区别。但是，人在消极的时候，任何制度都是强有力的绳索，它们把人强制地规范在一定范围内活动，避免消极面膨胀，调动积极面发挥。

第十一章

社会篇

《黄帝内经·灵枢·九针十二原第一法天》:"黄帝问岐伯曰:余子万民,养百姓,而收其租税。余哀其不给,而属有疾病。余欲勿使被毒药,无用砭石,欲以微针,通其经脉,调其血气,营其逆顺出入之会。令可传于后世,必明为之法。令终而不灭,久而不绝,易用难忘,为之经纪。异其章,别其表里,为之始终。令各有形,先立《针经》。愿闻其情。"

084 真实与虚伪的本质是什么？

李　明：何谓真实？

雨城客：真实，与客观事实相符。汉荀悦《申鉴·政体》："君子之所以动天地、应神明、正万物而成王治者，必本乎真实而已。"真实主要包括事物的真实和人的真实两个方面。

李　明：请谈谈事物的真实。

雨城客：事物的真实是指事物符合客观存在、客观事实、客观规律。人认识事物是有一个过程的，需要从现象到本质，从感性到理性，从无关到有关，从个别到普遍，从单一联系到广泛联系，从茫然探索到发现规律。正因为认识需要过程，才让思想同时存在着真实与不真实。针对具体事物，这些思想可能是两三种，也可能是十几种。尽管事物的真实只有一种，但是想要把真实分辨出来，也不是一蹴而就的事情。

李　明：请谈谈人的真实。

雨城客：人的真实是指人的思想、语言、行为符合客观实际。思想是人对客观事物的反映。由于认识客观事物需要过程，所以思想中就同时包含着真实的、模糊的、不真实的各种念想。思想真实，一是对客观事物的准确认识；二是实际想法和打算。在实际生活、工作和社会交往中，思想真实不一定都能够或者需要充分体现出来。比如，当一个人得了绝症的时候，如果医生和家属隐瞒事实，可能会对患者的治疗和相对延长其生命有好处，这就是所谓的"善意的谎言"。有时候，这种"善意的谎言"更是生活所需要的。但是，在绝大多数情况下，社会还是需要思想的真实。比如，在工作中就必须要表达思想的真实，否则工作就无法深入开展。

李　明：请谈谈语言与真实的关系。

雨城客：语言是表达思想的重要工具。虽然世界上有5651种语言，但是语言的表达方式则主要有口头语言和文字语言两种。口头语言就是说话。在绝大多数场景下，人们都是靠口头语言来表达想法和交流思想的。表达的口头语言，有可能是真实的思想，也有可能不是真实的思想。一是有的人有意隐瞒全部或者部分真实思想；二是有的人的口头表达能力差，没有完全表达清楚自己的真实思想。语言的真实，要求口头语言不仅要表达真实思想，还要表达清楚真实思想。文字语言是语言的另外一种重要表现形式，它与口头语言相互配合、相辅相成，共同完成表达的任务。不论是哪个语种，文字语言都有其固有的特点、规律和方式，比口头语言更能反映人们的思想。不仅如此，通过文字语言的加工，可以让思想上升到艺术和逻辑的高度，如诗歌、哲学，就只有通过文字语言才能完成。文字语言的真实要比口头语言的真实复杂得多，因为口头语言具有当时性而文字语言没有当时性。即便如此，文字语言与口头语言一样，同样存在着表达思想真实、模糊、不真实的情况。文字语言的真实，要求表达者在主观上要反映真实，在客观上也能够反映真实。文字语言的真实与口头语言的真实不同，主要是因为文字语言不受当时性的限制，从而可以对文字进行加工，让文字更具有艺术性和逻辑性。

李　明：请谈谈行为与真实的关系。

雨城客：行为是反映真实的一个重要方面。这里所讲的行为主要是指做事，因为从广义角度讲，行为的外延要比做事更大。俗话说"要做老实人办老实事"，就是指不仅做人要真实，而且做事也要真实。当然，既然存在行为真实，也就自然存在行为不真实。所谓做事的真实，是指按照预先安排或者设计好的思想或者思路去做事情，否则就是做事的不真实。因为行为本身都具有客观性，所以似乎任何行为都是真实的，其实不然，作为有思想的人而言，只有那些按照原定的意志去做的事情，才能叫作行为的真实。

李　明：请谈谈虚伪问题。

雨城客：虚伪是与真实相对的一个范畴。所谓虚伪就是不真实。说得具体一些，虚即假，伪即隐瞒，虚伪就是通过隐瞒的方式来掩盖真实，从而表现出虚假。尽管真实与虚伪是相对存在的范畴，但是真实的外延要比虚伪的外延宽一些，因为真实包括事物的真实和人的真实，而虚伪完全是人的行为表现，不包括事物。虚伪跟真实一样，同样表现出思想的虚伪、语言的虚伪和行为的虚伪。

李　明：真实与虚伪都是人性的表现形式吗？

雨城客：人的真实和虚伪都是人性的表现形式。对同一个人而言，在有的场景下表现出真实，在有的场景下表现出虚伪。人在一定的场景下表现出语言的真实，在另外的场景下表现出语言的虚伪。比如，在社会交往中，有些人逢场作戏，主要就表现为语言的虚伪。而就在同一个场景下，也许会遇到知己或者闺蜜，讲几句心里话（真实）也属正常。人在一定的场景下表现出行为的真实，在另外的场景下表现出行为的虚伪。比如，人在家庭环境中，一般都表现出行为的真实，当人在实现家庭行为的过程中，突然来了熟人，就有可能表现出行为的虚伪。实际上，作为社会人，从人性的根源上就存在着真实的一面和虚伪的一面，只是因场景的不同而表现出真实和虚伪的概率不同。当然，不管真实还是虚伪，都与人的性格和习惯有关。有的人由于性格原因，不管什么场景，可能多表现出真实而少表现出虚伪；有的人由于习惯原因，不管什么场景，可能多表现出

虚伪而少表现出真实。但是，不管是真实还是虚伪，都是人性所固有的东西，只因场景的不同而有不同表现。

李　明：关于真实与虚伪，有什么结论？

雨城客：作为社会人，尽管真实和虚伪都是人性的表现形式，但是人性并不是孤立存在的，它离不开时代、国家、社会、制度、道德等条件的制约。换句话说，在不同时代、不同国家、不同社会、不同制度、不同道德等条件下，不管人性表现出真实还是虚伪，都属正常。因此，我们要大力弘扬社会主义核心价值观，让真实充满人间。

如何理解正义？

李　明：何谓正义？

雨城客：柏拉图认为，人们按自己的等级做应当做的事就是正义。不同的社会或阶级对正义有不同的解释。正义至少要体现公平、公正。

李　明：我们应该从哪些方面来理解正义呢？

雨城客：我们应该从政治、社会、法律、道德、自然等各个角度对正义进行理解。

李　明：请从政治角度谈谈正义问题。

雨城客：从政治角度看，正义代表社会绝大多数人的利益，因为正义与邪恶是相对的两个面，也是人性的两个面。一个人在一定场景下会表现出正义，在另一个场景下就会表现出邪恶。从宏观来看，人类社会所有的人，由于分布的原因，肯定处于不同的场景，也肯定是有些人表现出正义而有些人则表现出邪恶。因此，在同一个时间段，社会上就同时存在着正义与邪恶，绝不可能完全表现出正义，也不可能完全表现出邪恶。至于正义多一些还是邪恶多一些，要看社会处于什么发展阶段。在和平年代，正义就自然表现多一些，邪恶少一些。

李　明：请从社会角度谈谈正义问题。

雨城客：从社会角度看，正义代表社会发展的必然，而不是社会发展的趋势。这就意味着社会发展总有一天会朝着这个必然的方向前进，变成现实。而社会发展的必然性也意味着当时社会还没有发展到这个必然性成为现实的阶段。既然必然性没有成为实现，就会受到各种社会发展趋势的影响。而各种社会发展趋势，仅仅说明了社会发展的可能性，在诸多社会发展的可能性中，也许一个也实现不了，也许只有一个实现了。因此，社会发展趋势具有扑朔迷离的成分，具有不确定性。正因为存在这种不确定性，就自然会干扰人们相信社会发展的必然性。换句话说，如果你坚持正义，是需要有超出常人的勇气的，因为你在坚持正义的过程中会受到各种非正义或者邪恶的影响，有时候甚至非正义或者邪恶的东西占了上风。当你表现出邪恶人性的时候，你会受到批评和谴责，但你没有充分理由否定和抛弃它们。只有靠时间的利刃，才能斩断邪恶的羁绊，让正义迎来曙光。

李　明：请从法律和道德角度谈谈正义问题。

雨城客：从法律和道德角度看，正义具有公正、公平、公道、正直、善良的意思。坚持正义就要靠公正、公平、公道、正直、善良来体现，否则就滑入邪恶的泥潭。可以这么说，公正、公平、公道、正直、善良是人人都需要的东西，也是人性本来所具有的东西。而在现实社会中，公正、公平、公道、正直、善良往往是跟不公正、不公平、不公道、不正直、不善良并存的，因为邪恶也是人性本来所具有的东西。因

为人性固有着正义和邪恶两个面，可能会在某个场景表现出正义，在某个场景表现出邪恶。正因为如此，整个社会就同时存在着正义与邪恶，同时存在着公正、公平、公道、正直、善良和不公正、不公平、不公道、不正直、不善良。

李　明：请从自然角度谈谈正义问题。

雨城客：从自然角度看，正义代表事物的发展规律。坚持正义就是坚持真理，就是遵循自然法则。反之，违背正义就是违背真理，违背自然法则。这也是由人性所决定的。人类社会之所以能够发展，其中一个重要原因就是个体的人具有好奇心，具有探索真理、解答奥秘、遵循规律的本性。反之，当个体的人在探索真理、解答奥秘、遵循规律的过程中遇到各种障碍和困难的时候，就有可能畏缩不前，就有可能被各种光怪陆离的现象所迷惑，就有可能被已经存在的各种违背发展规律的思潮所左右，从而表现出非正义的成分，这也是由人性的两面性所决定的。

李　明：关于正义问题，你有什么结论？

雨城客：我们从政治、社会、法律、道德、自然等各个方面来阐述正义的含义，也仅仅是一孔之见。想要把正义说得更具体、更完整、更充分，单靠这寥寥数语是不够的。尽管如此，要说明正义是人性的表现形式这个结论已经够了。同样，邪恶也是人性的表现形式。既然正义与邪恶是人性的两个面，那么只要邪恶存在，正义就一定存在，至于正义与邪恶所表现出来的成分各有多少，要看社会发展阶段和具体场景而定。总之，谁都讨厌邪恶，正因为正义的存在，才让邪恶难以抬头。

责任的意义是什么？

李　明：何谓责任？

雨城客：责任是一种必须负责的事情。

李　明：责任怎么分类？

雨城客：责任可以从责任来源、责任对象和责任程度进行分类。

李　明：请谈谈按照责任来源的分类。

雨城客：从责任来源角度，可以把责任分为法定责任、约定责任、认定责任等三种。法定责任是法律规定的责任。约定责任是合同条款约定的责任。认定责任是在既没有法律规定也没有合同约定的情况下需要承担的责任。

李　明：请谈谈按照责任对象的分类。

雨城客：从责任对象角度，可以把责任分为个体责任、家庭责任、社会责任等三种。个体责任是对个体生存和发展的责任。家庭责任是对家庭成员的生存和发展的责任。社会责任是完成社会工作和履行社会义务的责任。

李　明：请谈谈按照责任程度的分类。

雨城客：从责任程度角度，可以把责任分为必须完成的责任、义务完成的责任两类。必须完成的责任是规定和约定所要求完成的责任。如果不完成,则要受到相应的处罚或惩罚。义务完成的责任是凭着道德、良心自觉去完成的责任。如果不完成,不会受到任何处罚或惩罚。

李　明:人人都有责任吗?

雨城客:在社会中找不到没有责任之人,哪怕是无民事行为能力之人。人只要在社会上生存,就存在着责任,尽管其不一定清晰地知道自己的责任。而在合同中,尤其是在经济合同中的义务,就是一种必需的责任。因为如果不履行合同中的义务,将会承担合同所约定的处罚。有的合同中约定了免责条款,只要符合免责条款的皆可以免责。

李　明:承担责任的方式有哪些?

雨城客:承担责任的方式主要有三种:一是物质责任,主要表现为物质补偿或赔偿。二是精神责任,主要表现在赔礼道歉、抚慰亲友等方面。三是行为责任,主

要表现在实际行为的履行方面。责任往往并非孤立地使用。比如，对孩子的责任，既有物质的责任，也有精神的责任，还有行为的责任，即"身教重于言教"。责任不是一成不变的。责任与职务或社会地位或社会角色有关。随着职务的升迁，责任也会越来越大；随着社会地位或角色的改变，责任也会变化，或大或小。

李　明：人们承担责任的情况如何？

雨城客：对不同的人，有负责和不负责之分。所谓负责就是负担起责任。所谓不负责就是不负担责任或不完全负担责任。这就涉及责任心问题。所谓责任心，就是努力完成责任的心理状态。有的人责任心相对强一些，其对任何事情都会表现出负责任的态度；有的人只对少数必须承担的责任表现出责任心；有的人则对任何事情皆没有责任心。责任心是完成责任质量好坏的重要条件。

李　明：如何培养责任心？

雨城客：培养责任心的方式主要有四种：一是靠机制和制度。由于长期受到约束，在约束中养成具有责任心的习惯。二是把事业、兴趣、职业结合起来。即把事业与职业有机地结合起来，让兴趣发挥催化剂的作用。三是提高对责任心的认识。通过学习、思考、领悟和外界的督促，逐步养成一颗责任心。四是受到处罚之后长责任心。即所谓"吃一堑长一智"。如交通处罚，当违规者受到处罚之后，必然会长记性、长责任的。

087 为什么说不怕慢只怕站？

李　明：何谓"不怕慢，只怕站"？

雨城客：在城市开车，堵车是常有的事情。但是堵车情形存在着较大差别。有的堵车，哪怕慢一点，车还间歇走着，至少可以预期到达目的地的时间，这不可怕。而有的堵车，较长时间车不动，便无法预期到达目的地的时间，这很可怕。

李　明：请举例说明堵车的情形。

雨城客：2008年以前，北京堵车非常严重。一天，我先去接一个领导，然后前往首都机场。我们提前两个小时出发，时间是非常充裕的。领导的家在西城区，走长安街是最佳选择。当我们的车走到天安门附近时，出现了堵车。原来天安门广场正在进行奥运会开幕式彩排，实行交通管制。所有经过长安街或者在其附近的车辆一律禁止通行。堵车的时间超过了一个小时，我着急，领导也急。即便如此，凭我多年在北京接送人的经验，早就有了应对措施：如果堵车超过了一个小时，就会通过手机联系首都机场，让领导的航班顺延到下一个航班。总之，不论遇到什么情况，都不会耽误领导赶飞机，这是我的职责所在。

李　明：北京的交通秩序是从什么时候改善的？

雨城客：北京奥运会之后，北京堵车的情况明显减少了。但是，也会出现堵车的情况。在平时的时候，只有遇到特殊情况，才会出现较长时间堵车，比如下雪、暴雨等情况。

李　明：堵车的原因主要有哪些？

雨城客：堵车的原因是多种多样的，有车辆不断增加的原因，有城市施工的原因，有车祸的原因，有天气的原因，也有其他特殊原因。

李　明：请谈谈道路选择的重要性。

雨城客：对于行车人而言，不管什么原因导致堵车都是外因，也是自己无法改变的，自己要做的也是能够做的是选择行车线路。我对北京的道路情况比较熟悉，逐步形成了"适时择路而行"的好习惯。因为北京是个大城市，所以可以选择的道路比较多。在确定了目的地之后，要看是什么时段出发，就可

以知道哪条路不堵车或者少堵车，从而保障了到达目的地的时间。只要行车线路选择得好，即便出现堵车的情况，车辆还是可以缓慢地行进甚至畅通无阻。只要车辆走着，就不用担心，就可以按时到目的地。正确的道路选择，充分体现"不怕慢，只怕站"的内涵。

李　明：对于走路而言，如何应用"不怕慢，只怕站"原理的？

雨城客：对于走路而言，跟行车基本一样。我平时把走路作为锻炼身体的基本方式。刚开始，我确定3～5公里作为目标，走着走着，总会感觉到心烦。原因很简单，走路太慢，似乎总是到达不了目的地。正因为走路太慢，甚至有时会产生放弃的念头。其实，产生心烦的原因主要是认识上的偏差。基本对策：一是要把走路锻炼当做一件事情来做，即便还有更多的事情等着去做，也要认识到走路的重要性不亚于要做的事情，这样就能够把走路坚持下来。二是应该以时间作为走路目标而不是长度。比如，把行走3～5公里路程改为行走一个小时，不论快慢，就自然走了3～5公里。因此，对于走路锻炼而言，重要的是不能停下来，只要走，哪怕慢些，始终是在前进。但是一旦停下来，就不能达到锻炼目的。

李　明：对于人生而言，又是如何应用"不怕慢，只怕站"原理的？

雨城客：对于人生而言，同样跟行车和走路有着许多异曲同工之处。不论在哪个人生阶段，只要确定了某个目标，就要为之奋斗，千万不能停下来。因为只要坚持为之努力，那么目标就会无限接近，最后完全可能成功。但是，一旦停下来，不管是什么原因，那么永远都不可能实现目标。正因为如此，在人生道路上，只要坚持奋斗，坚信"不怕慢，只怕站"原理，就非常有可能成功，不管这个成功是否达到自己的期望值。

李　明：对于"不怕慢，只怕站"的原理，你有什么建议？

雨城客：不论是行车、走路还是人生，都要坚信"不怕慢，只怕站"原理，选择好适合自己走的路，并为之不懈努力，就能够以最快的速度到达目的地。反之，如果自己虎头蛇尾、朝三暮四、急功近利、急于求成，那么就会白白耽误大好时光。

088 个人的基本信息有什么启迪?

李　明：电话号码是个人的基本信息吗?

雨城客：在现代社会，通讯工具是必不可少的。别说成年人，就连小学生都有手机。不论是座机还是手机，都得有个电话号码。人可以选择不同的电话号码，在选择过程中具有可变性，但是一旦电话号码被选定，至少要使用一段时间。有的人甚至使用几十年。在使用电话号码的时间里，电话号码跟个体的人具有对应性。因此，电话号码就成为使用该电话号码的人的基本信息。

李　明：电话号码永远是个人的基本信息吗?

雨城客：人跟电话号码的对应性是有时空限制的，只要超越了这个时空，该电话号码就不属于某个人了。比如，某个人具有两个以上电话号码，即便实名登记，必然会导致其中一个电话号码闲置。只要电话号码闲置一段时间，这个电话号码就会让电信公司取消而属于他人。再比如，个体的人死亡，其电话号码必然被注销，从而属于他人。换句话说，在某个时空里，你可以使用某个电话号码，在另外一个时空里，别人也可以使用这个电话号码。当别人使用了你以

前曾经使用过的电话号码之后,那么这个电话号码就只能标志着正在使用该电话号码的人,而不再属于你了。因此,你不能长期使用某个电话号码来代表自己的基本信息,或者说仅仅使用某个电话号码来表达你的基本信息是不够的,还需要其他信息作为补充。

李　明：正在使用的电话号码是一个人完整的基本信息吗?

雨城客：当你在使用信用卡的时候,需要留一个正在使用的电话号码,你可以留你的手机号码,但是仅仅手机号码是不够的,还需要其他一些信息作为补充,比如姓名、性别、出生年月、家庭住址等。因此,即便是正在使用的电话号码,也不是一个人完整的基本信息。

李　明：姓名与人的对应关系是唯一的吗?

雨城客：姓名与人的对应性也不是唯一的。姓名跟电话号码有不同之处，表现在两个方面。一是姓名可以伴随人的一生。只要人出生，不论是跟父亲姓还是跟母亲姓，姓就已经确定，是不能由他本人所选择的。到了一定年龄，要么是需要登记户口要么是需要上学要么是其他原因，就有固定名字了，这个名字就会伴随他一生一世。二是某个姓名可以由不同的人使用。在中国的姓氏中，不论是百家姓还是千家姓，姓氏的数量跟人的数量相比，起码低5个数量级。在中国人中，姓氏相同的人太多，尤其是"赵钱孙李周吴郑王"，相同的就更多。在现代习惯中，姓名中的名一般是一个字或者两个字，很少有人使用三个字以上的，这就决定了姓名相同的人就非常多。据不完全统计，全国叫李明的人超过100万。姓名相同的现象，不仅在中国存在，在外国也同样存在。

李　明：姓名与人的对应关系又如何呢？

雨城客：姓名与人具有一定的对应性。在某个时空里，某个姓名只属于某个人。即便在同一个时间段里姓名相同，也不可能在同一个空间，因为不同的人占据着具有唯一性的空间。正因为时空不同，即便姓名相同，人生轨迹也不会相同。由于同名的原因，姓名与人的对应性不是唯一的。姓名也只能标志着一个人的一些基本信息，要想把一个人的基本信息表达完整，还需要其他信息作为补充。

李　明：其他方面的信息主要有哪些？

雨城客：跟电话号码和姓名类似，人的性格、气质、习惯、学历、工作单位、社会身份等都可以用来代表人的基本信息，但都不是唯一的。原因有二，一是因为这些信息具有可变性，比如性格、习惯等。二是即使相对不变也不具有唯一性，比如学历、工作单位等。按照哲学观点：变是绝对的，而不变是相对的。一般情况下，成为过去的才不变。只有成为过去，才能定格过去的时空。只要是现在或者未来，就存在着变化的可能性。因为面对未来，哪怕是自己的性格也会变。一个人可能会由内向型性格变成外向型性格，也可能会由外向型性格变成内向型性格；人性也会变，好人可以变坏，坏人可以变好；身体也会变，在总体上变老的前提下，体质可以变好也可以变坏。因此，要表达完整一个人的特征，就需要许多基本信息相互配合才能完成。

李　明：通过本文有什么启迪吗？

雨城客：名利也不例外，它并非永远属于自己。做人不能贪婪，不论是金钱还是利益，够了就行，正所谓"生不带来死不带去"。不要沉溺于勾心斗角，尽量拿出一些时间去做自己想做的事情，做一些对家人和亲友有用的事情，做一些对社会有益的事情。

089 四观的内涵是什么？

李　明：何谓四观？

雨城客：古人之四观："观人于临财，观人于临难，观人于忽略，观人于酒后。"古人用四观来考察人品或识别人性，总体上来看是有道理的，因为在临财、临难、忽略、酒后等非常状态下，人性便会得到真实地体现或彰显。

李　明：何谓财？

雨城客：所谓财，就是有价值的物质或者物质形式，比如金钱、财产、有价证券等。财的外延比金钱大而比利益小，金钱仅仅是财的一个组成部分，而利益除了财之外还包括名誉、地位等。不论是在古代还是现代，人在社会上生存和发展都离不开财。不论是在机关工作的人还是在公司从业的人，其工作成果主要是靠工资和奖金来体现，而工资和奖金就是财的表现形式。

李　明：古人关于临财的观点是什么？

雨城客：古人关于临财的观点："爱财是否取之有道，有分寸感就不贪。"古人关于临财的观点主要是表现在个人的态度方面，只要临财而取之有道，就是正当的、合法的；只要有分寸、知足，就不会贪婪。

李　明：若多人共同临财会怎样？

雨城客：当多人共同临财的时候，每个人都有机会得到财的一部分或全部，此时各人之态度就显得非常重要。那些为他人利益着想的人之人品就会获得好评，而那些以自己利益为中心的人之人品就会受到啜泣。

李　明：何谓难？

雨城客：所谓难，就是灾难。在茫茫人生长河中，不论是谁，总会遇到灾难。人生几十载，一帆风顺的人毕竟是少数，绝大多数人总要遇到这样那样的灾难。人所遇到的灾难，有大有小，有来自自然界的或来自人为的，有必然的或偶然的，有自己能够解决的或需要他人帮助的，等等。

李　明：古人关于临难的态度是怎样的？

雨城客：古人关于临难的态度："临难是否从容镇定，有意志力就不怕。"当个人临难的时候，从容镇定有利于理智地应对灾难所带来的不利局面；有意志力而且不畏惧，便能够让人克服平时所不能克服的困难。

李　明：多人临难会怎样？

雨城客：当多人共同遇到灾难的时候，可能会有多种态度，只有那些在考虑自己的同时也为他人着想乃至只为他人着想的，才是值得倡导的。正所谓"将心比心"，今天他人遇到灾难，明天可能就是自己遇到灾难。现在帮助他人，就等于将来帮助自己。

李　明：何谓忽略？

雨城客：所谓忽略，就是放弃。一个人是不可能完成自己想做的所有事情的，因为生命有限、能力有限。对于有些事情，忽略或者放弃是必然的选择。忽略那些无足轻重的，放弃那些次要的，这才是明智的选择。

李　明：古人关于忽略的观点是什么？

雨城客：古人关于忽略的观点"办事是否漫不经心，有责任心就不懒。"办事漫不经心的人，对什么事情都会忽略，都会放弃。只有那些具有责任心的人，才会不慵懒。因为有取有舍才能把有限的时间、精力、资源投入到有价值的事情上，从而取得最佳效果。

李　明：何谓酒后？

雨城客：古今中外，酒都是人们日常生活中的重要饮料之一。不论是白酒、红酒、黄酒、啤酒、鸡尾酒还是其他什么酒，只要喝多了就会醉人。只要是喝酒，不管喝什么酒，哪怕没有喝醉，都会麻醉人的神经，薄弱人的意志。

李　明：古人关于酒后的观点为何？

雨城客：古人关于酒后的观点："酒后是否放任自流，有自控力就不乱。"如果酒后放任自流，不论是语言还是行为，都是不可取的。而只有酒后有控制力，能够控制自己，才不会乱说、乱为。

李　明：世界各国关于限酒都有相关法规吗？

雨城客：世界上许多国家都在法律法规层面上限制喝酒，尤其对醉酒的惩戒力度更加严厉，比如我国的《民法典》、《交通法规》等都有限酒的相关规定，主要是为了维护社会公共利益。如果对喝酒尤其是醉酒不加以惩戒，就会进一步纵容喝酒或醉酒的蔓延，从而造成更大的社会危害。

李　明：如何看待"酒后出真言"？

雨城客：俗话说"酒后出真言""酒品看人品"，似乎有些道理，因为人在喝酒的时候尤其是濒临醉酒的时候，人的意志力就会明显下降，会把平时把得住嘴的话在有意无意间讲出来，在行为上会体现人的本真。当然，在酒后，有控制力与没有控制力是不同的，控制力强与控制力弱是有区别的。总之，喝酒要适量，更要分场合。

090 八限的内涵是什么？

李　明：猪八戒在《西游记》里的角色重要吗？

雨城客：猪八戒在《西游记》里是一个重要角色。尽管孙悟空能够七十二变、唐僧精通小乘佛教、玉皇大帝管辖天上神仙、如来佛统领三界诸佛、观世音救苦救难、妖魔精怪百般纠缠，但是如果没有猪八戒，至少整个《西游记》就缺乏看点。猪八戒之"八戒"在日常生活中蕴藏着深刻道理。所谓八戒，全称'八关斋戒'，是为在家的善男信女们制定的戒律：不杀生、不偷盗、不淫欲、不妄语、不饮酒、不眠坐高广华丽之床、不装扮打扮及观听歌舞、不食非时食。

李　明：八戒对我们日常生活有什么启发？

雨城客：只要熟知八戒，自然会联想到修身养性之八限。所谓八限，就是在日常生活中的八种限制：限烟、限酒、限荤、限食、限性、限玩、限贪、限情。正所谓"存在就是合理的"。烟、酒、荤、食、性、玩、贪、情等八种对象，都是人之需要。只要把这八种需要限制好了，相信人生将会有较大改变，生活质量和品位就会得到提升，生理和心理就会更健康，

对社会的贡献必然就更大。

李　明：请谈谈限烟问题。

雨城客：一般而言，医生总是提倡戒烟。实际上，限烟也许更适合。一是没有抽烟的人坚决不要学抽烟，因为你既不想得到烟的好处，更不想受到烟的伤害。二是已经抽烟的人不能突然戒烟，因为突然戒烟的害处可能大于继续抽烟的害处。三是要抽烟就要抽好烟。四是要限制抽烟的数量，每天控制在 10 支以内为宜。

李　明：请谈谈限酒问题。

雨城客：关于对酒的看法，众说纷纭。有人说："酒是粮食精，越喝越年轻"，喝酒等于吃饭，所以喝酒没有害处；也有人说：适当喝酒有利于加强血液循环，对身体有好处；还有人说：喝酒会上瘾，就有可能乱性。

实际上，喝酒的多少要因人而异，有的人喝一杯酒就会醉，有的人喝两斤酒什么事都没有。总体而言，可以喝酒，但要适量。

李　明：请谈谈限荤问题。

雨城客：所谓荤，就是肉食。从生理需要看，肉食主要是为人体提供蛋白质，同时带来好的口感，所以人们普遍喜欢食荤。如果不食荤，就有可能缺乏营养；如果食荤过量，就有可能造成能量积累，出现油肚。因此要限荤，尤其不能多吃动物内脏和下水。

李　明：请谈谈关于限食问题。

雨城客：所谓限食，就是限制摄食量。尤其是在生活不断改善的年代，限制每天的摄食总量非常重要。总体而言，一日三餐的摄食总量要有控制并注重营养搭配，即早餐要好、中餐要饱、晚餐要少。在此，需要强调晚餐一定要少，这不仅有利于改善睡眠，更有利于包括心、肝、胆、胃等内脏器官的休息，还有利于减少能量积累。由此可见，吃夜宵是极端错误的做法。

李　明：请谈谈限性问题。

雨城客：此处之性为性欲。对于健康需要而言，既不宜禁欲，也不宜纵欲，而要限欲。总体而言，在20—30岁的时候，生命比较旺盛，可以2—3天行一次房事。在40—50岁的时候，则要适当延长时间间隔，5—10天行一次房事。在60岁以上的时候，15—30天行一次房事。

李　明：请谈谈限玩问题。

雨城客：玩是人之天性，不论是小孩还是老人，都需要玩，否则人之心理和生理就会失衡。古人云："玩物丧志"，必有其道理。因此，玩要适当。该做事的时候就专心做事，该玩的时候才尽情地玩，正如"静如处子动若脱兔"。

李　明：请谈谈限贪问题。

雨城客：贪的外延非常广泛，有对名利的贪、有对地位的贪、有对需要的贪等等。总体而言，一是要"君子好财取之有道"。二是要"知足常乐"。

李　明：请谈谈限情问题。

雨城客：此处之情为情感，是指喜、怒、哀、乐、惊、悲、恐等七情。人不论是在清醒状态还是在睡眠状态，都会掺杂着情感。或者说，人是不能逃避情感的，但是可以限制情感，让七情的程度不高、不深、不重。正所谓"不能感情用事"，充分说明限情的重要性。

091 逐利的本质是什么？

李　明：何谓利？

雨城客：利是指除了名之外的所有需要和欲望。人的需要和欲望都来自生命和身体感官，有了生命，就存在求生、怕死的需要和欲望；有了生命，就有了身体感官，从而也就有了眼、耳、鼻、舌、身、意的需要和欲望。

李　明：人的需要和欲望的区别何在？

雨城客：人的需要和欲望都基于生命和身体感官而存在，二者的主要区别有两点：一是人的需要具有被动性，欲望具有主动性。二是人的需要处于低层次，欲望处于高层次。

李　明：请谈谈人的需要问题。

雨城客：人最基本的需求的主要内容包括保持生命、维护健康，满足眼视、耳听、鼻闻、舌尝、身感、意求。人的需要与生俱来，不用任何人传授，是确保人能够生存和发展所必须具备的要素。现代的人，同时处于自然环境和社会环境之中，同时具有自然属性和社会属性。在人的自然属性中，人的需要主要是满足生存，包括生命、健康、安全、衣食住行、爱等内容。在人的社会属性中，人的需要主要是满足人的发展，包括仪表、尊重、名利、地位、自我实现等内容。

李　明：人的需要和人的欲望是什么关系？

雨城客：人的需要和人的欲望是不能严格分离的。人的需要与人的欲望可以看成一对孪生兄弟，二者非常相像，主要区别在于需要更娇小、更文静、更矜持，欲望更健壮、更有活力、更具有主动性。既然是一母同胞，需要跟欲望都流着一样的血液，需要的基本功能跟欲望也一样，都是保持生命、维护健康，满足眼视、耳听、鼻闻、舌尝、身感、意求。不论是在人的自然属性还是社会属性中，人的欲望都比需要更具有主动性，正因为如此，人的欲望就会无限膨胀。换句话说，人的需要是能够得到满足的，但是人的欲望永远也不会得到满足。似乎欲望是坏的东西，其实不然，正因为人的欲望的无限性，才决定了人具有"生命不息，奋斗不止"的决心。

李　明：关于需要和欲望问题，你的结论是什么？

雨城客：人的需要和欲望不仅是人性的体现，而且是人性的基元。正因为有了需要和欲望，人才会表现出各种各样的人性来。

李　明：请谈谈逐利问题。

雨城客：逐利，是人的需要和欲望的化身。利的范围要比名大得多，在人的所有需要和欲望中，除了名之外就是利了。因此，利不仅仅是物质范畴，只要是人的需要和欲望，都是利的范畴，当然除了名之外。正因为如此，在人际交往中，就自然产生了利益关系和利害关系这两种重要的关系。

李　明：何谓利益关系？

雨城客：利益关系是社会关系的一种。要了解利益关系，首先要了解社会关系。

李　明：何谓社会关系？

雨城客：人作为社会人，就要在不同场景下跟其他人交往，从而也就会形成各种各样的关系——社会关系。比如，家庭关系、工作关系、老乡关系、战友关系、同学关系、合作关系、朋友关系，等等。由此可见，社会关系广泛存在于社会生活、工作和活动之中。

李　明：凡是人与人的交往都会形成社会关系吗？

雨城客：尽管社会关系的存在非常广泛，但不是萍水相逢的两个人之间就存在社会关系，比如，在同一飞机、火车、汽车、轮船等交通工具上的乘客，再比如，在同一公园、街道、海滨、寺庙等公共场所的人们，彼此之间是不存在什么社会关系的。

李　明：社会关系双方包括哪些？

雨城客：社会关系的双方可能是自然人，也可能是机关、组织机构或社会团体（以下简称"机构"）。我们可以把社会关系归纳为三类：自然人与自然人的关系、自然人与机构的关系、机构与机构的关系。

李　明：请谈谈利益关系。

雨城客：逐利仅仅是单方行为，在复杂的社会环境中不一定皆能如愿，就自然产生了利益交换问题。有了利益交换，就必然产生利益关系。由此可以得出利益关系的基本概念：基于利益交换而建立起来的社会关系就是利益关系。利益关系并没有超越社会关系，而恰恰存在于社会关系之中。

李　明：判断是否是利益关系的关键是什么？

雨城客：判断是否是利益关系，关键是看有没有利益交换。在各种已经建立起来的社会关系中，如果没有利益交换，也就不存在利益关系。同样，如果有利益交换就自然形成利益关系。由此可见，利益关系并不是一种独立的、稳定的社会关系，而是存在于已经形成的各种社会关系中的某个阶段。比如，在老乡关系中，你帮我一个忙我也帮你一个忙，彼此都从对方那里获得了利益，在帮忙过程中，彼此的关系就是利益关系。当帮忙过程结束后，利益关系就消失了，而留下的还是老乡关系。由此可见，利益关系一般不会发生在陌生人之间，往往存在于已经形成的各种社会关系之中。

李　明：特殊情况下，陌生人之间也会发生利益关系吗？

雨城客：主要有两种特殊情况。一是关系的传递。甲跟乙是关系双方，乙跟丙是关系双方，甲跟丙没有关系，

那么乙可以把丙介绍给甲，从而让甲跟丙建立利益关系。在乙介绍丙给甲的过程中，就有可能发生利益关系，从而形成甲跟丙之间的利益关系。这个过程就是关系的传递。例如，在以上所讲的甲、乙、丙之间，如果乙是甲的老板或者上级，只要乙跟甲打个招呼，即便丙不认识甲，甲也会帮丙办事，从而让丙获得想要的利益。二是非常规手段。甲跟丙不是关系双方，丙要找甲办事，就要采取非常规手段——先给予甲利益，甲在接受了丙的利益之后，就有可能帮丙办事，从而让丙获得想要的利益，甲跟丙之间就建立了利益关系。说得直白一点，这就是行贿受贿的根源所在。

李　明：利益关系为什么会普遍存在呢？

雨城客：利益关系双方的利益交换往往是不同步、不对等的，你先帮我一个忙，我后帮你一个忙，往往存在着时间差。你帮我一个大忙，我帮你一个小忙，在利益价值上是不对等的。正因为利益关系的不同步性和不对等性，才让利益关系得以不断发展。

李　明：关于利益关系问题，你有什么结论吗？

雨城客：从表面上看，利益关系的特点是利益交换，特征是不独立性、不稳定性、不同步性和不对等性，一般存在于已经形成的社会关系之间，在特殊情况下也存在于陌生人之间。实质上，利益关系是逐利的重要表现形式，是人性的表现形式。

利害关系是怎样的关系？

李　明：何谓利害关系？

雨城客：利害关系是有利和有害的关系。

李　明：利害关系与利益关系有什么关联？

雨城客：利害关系与利益关系是一对孪生兄弟，就像名与利的关系一样。

李　明：利害关系有哪几类？

雨城客：利害关系主要有九类：一是自然人与自然人的关系；二是自然人与机构的关系；三是自然人与国家的关系；四是自然人与大自然的关系；五是机构与机构的关系；六是机构与国家的关系；七是机构与大自然的关系；八是国家与国家的关系；九是国家与大自然的关系。

李　明：利害关系有什么特点？

雨城客：利害关系与利益关系一样，同样具有不独立性、不稳定性、不同时性、不对等性等特征。

李　明：影响利害关系的主要因素有哪些？

雨城客：影响利害关系的因素主要有知情、权力、利益、亲属等四个方面。

李　明：请谈谈知情方面的因素。

雨城客：利害关系主要表现为九类关系，即便许多内容是不宜、不能公开的，关系主体一方或者双方都会对对方知情。一旦知情的一方公开了另一方的情况，就会导致对被知情一方的伤害。正因为知情，关系双方就产生了利害关系。

李　明：若利害关系的一方是大自然，情况会怎样？

雨城客：在上述九类关系中，都会由于知情而产生利害关系，包括关系的一方是大自然。从广义的角度看，知情的内容就应该包括不知情，如果关系的一方是大自然，似乎关系的另一方可以肆意伤害它，其实最终受伤的还是自己。近年来，各国、各地的生态环境破坏严重，从而导致气候反常，进而导致各种自然灾害频发，受到惩罚的还是人类，还殃及无辜。

李　明：请谈谈权力方面的因素。

雨城客：权力要在管与被管的关系中才体现出其作用。在社会上，不论是地方还是军队，不论是此地还是彼地，不论是甲行业还是乙行业，都存在等级关系。有了等级关系，就产生了权力关系。权力可以对事，也可以对人，最终要靠对人才能实现权力目的。然而，在现实社会中，不是所有拥有权力的人都是公正无私的，肯定存在一些人滥用职权，也肯定有些人掺杂私心，从而导致权力的承受者受到伤害。由于有了权力和权力的不正常使用，就必然产生了利害关系。

李　明：权力的使用有哪几种情况？

雨城客：权力的使用一般有作为和不作为两种。权力的作为在明处，肯定要受到包括政策、法律、纪律、道德、舆论等在内的各种社会规则的制约，从而限制权力对人的伤害。但是，不作为的伤害就不会受各种社会规则的制约，也正因为其具有隐蔽性，对人的伤害就更大。

李　明：请谈谈利益方面的因素。

雨城客：由于有了利益关系，就必然有利益交换。有了利益交换，就必然会出现利益交换的不充分、不彻底、不到位等情况，从而导致利益关系的一方受到伤害，进而导致利害关系的产生。这种建立在利益关系基础上的利害关系比较单一，也比较容易得到补救。比如，利益关系的一方给予了对方利益，希望

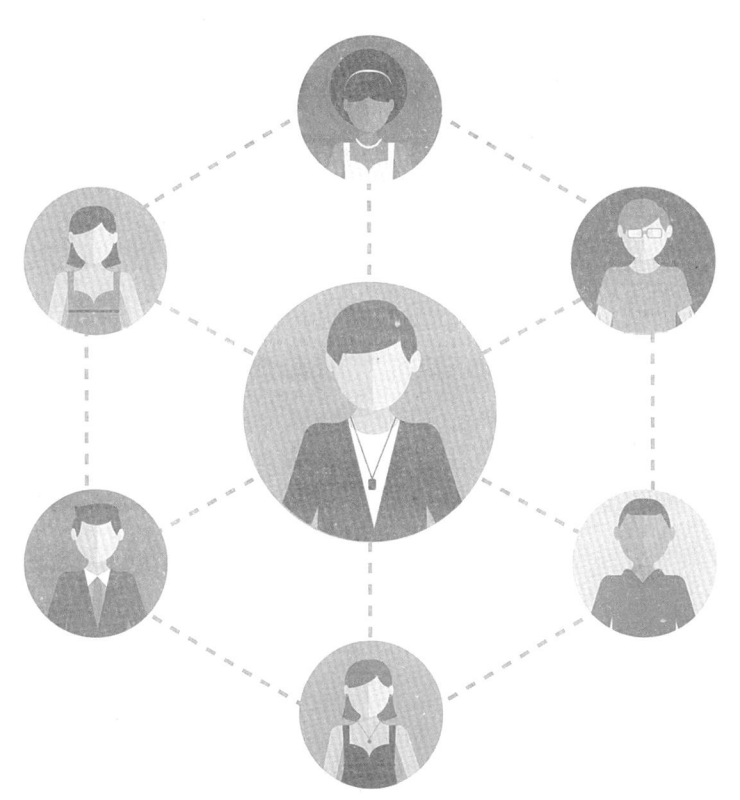

得到某种利益，由于主客观等条件的限制，导致他没有得到希望的利益，从而产生了伤害。

李　　明：由于利益关系产生的伤害怎么应对？

雨城客：一种办法是解释。只要把没能给予对方利益的原因说清楚，一般会得到对方的谅解，从而消除伤害的进一步发展或阻止再伤害的发生。另一种办法是补救。因为伤害来源于利益，如果给不了对方希望的利益，可以退还对方先给予的利益或者给予其他利益来替代。

李　　明：请谈谈亲属方面的因素。

雨城客：亲属关系来源于血缘和婚姻。基于这两种原因而建立起来的关系就自然产生了割不断、撕不破的利害关系。这种利害关系属于一荣俱荣、一损俱损的关系，也是法律上需要回避的关系。

李　　明：关于利害关系，你有什么结论？

雨城客：利害关系广泛存在于各种社会关系之中，它的一个核心词就是伤害，而这种伤害体现了人性的一面，它可以发生也可以不发生，可以避免也难以避免，可以补救也难以补救，可以割舍也难以割断。

敏感与敏锐的本质是什么？

李　明：何谓敏感？

雨城客：敏感是在生理或心理上对外界事物迅速作出反应，是依靠人的眼、耳、鼻、舌、身等感觉器官产生的。只要有外界信息，感官就会有反应，从而产生敏感。敏感不同于一般的感觉。通常情况下，人在下列三种情况下会表现出敏感。一是对自己的隐痛表现出敏感，比如，对自己的病痛、短处、缺陷表现出敏感。二是对普遍被关注的事情表现出敏感，比如，对性、爱、金钱等表现出敏感。三是对自己的偏好表现出敏感，比如，对自己的爱好、嗜好等表现出敏感。

李　明：人的敏感存在差异吗？

雨城客：不同的人对不同的事物的敏感表现是有差异的，不同的人对同一事物的敏感程度同样存在着差异。即便是同一个人，在不同阶段，对同一事物的敏感也存在着差异。敏感的差异性主要表现在生理上的差异和心理上的差异。生理上的差异并不明显，因为人的眼、耳、鼻、舌、身等感官的生理功能大同小异。只有在生理功能处于异常状态的时候，敏感的差异性才会显示出来。比如，人在生病的生理状态，其对事物的敏感性则明显地区别于健康人。而敏感在心理方面的差异就比较明显，主要是与构成心理内容的多样性、多变性、复杂性等密切相关。一般情况下，人对自己所关注之事、紧要之事、利害之事等相对敏感一些，而这些事情在各人心理上的地位、分量、作用是不同的，因此所表现出来的敏感就不同。

李　明：对敏感怎么分类？

雨城客：可以把敏感分为两类。一类是感性的敏感，即通过眼、耳、鼻、舌、身等感官所直接产生的敏感。另一类是理性的敏感，即通过人的理性思维间接产生的敏感，比如，对自己所关注之事、紧要之事、利害之事等所产生的敏感。感性的敏感对人的影响或

作用并不明显，而理性的敏感则对人有着明显的影响，甚至左右着人的前途和命运。

李　明：何谓敏锐？

雨城客：敏锐是感觉灵敏，眼光尖锐。敏锐是敏感的理性表现形式。对某些事物的确需要敏锐一些，比如，对政治方向、道路抉择、重大机遇等。如果人对关系到前途和命运的事物不敏锐，说轻一点可能会导致自己走弯路，说重一点可能会毁掉自己的一生。因此，在重大事情上一定要敏锐，至少要做到不糊涂。但是，由于人的时间和精力都是有限的，不可能对任何事物都敏锐，对于一些鸡毛蒜皮的小事情，不但不能敏锐，而且也不应该敏锐，只有这样才能保证自己对大的或者重要的事情敏锐。

李　明：敏锐是一种素质吗？

雨城客：可以把敏锐看成一种心理素质。随着年龄的增长，人都要逐渐成熟。成熟具有相对性，既相对于他人也相对于自己。成熟必然有标志着成熟的许多素质，敏锐，尤其是对重大事情的敏锐，就是这些素质中比较重要的一种。因此，要像重视其他素质一样重视敏感，要像培养其他能力一样地培养敏锐能力。

第十二章

实现篇

《黄帝内经·素问·四气调神大论篇第二》:"夫四时阴阳者,万物之根本也,所以圣人春夏养阳,秋冬养阴,以从其根,故与万物沉浮于生长之门。逆其根,则伐其本,坏其真矣。故阴阳四时者,万物之始终也,生死之本也,逆之则灾害生,从之则苛疾不起,是谓得道。道者,圣人行之,愚者佩之。"

094 场景对成败有什么影响？

李　明：何谓场景？

雨城客：场景就是特定的环境。要想真正了解场景的概念，仅仅简单地解释还不够，还要了解进入场景、离开场景的各种变化以及由此能够受到的各种启发。

李　明：请举例说明场景的概念。

雨城客：保安的例子。记得在20年前的某一天，我去北京市崇文区办事。当时崇文区还没有并入东城区，区委、区人大、区政府、区政协等四套班子都在幸福大街的一个地点上班，正因为如此，门口有保安值守便是非常正常的事情。其实，北京的绝大多数部门都有保安值守，不论是中央机关还是北京市的单位。由于我跟崇文区的关系比较好，所以有出入其机关的证件。那天刚好走得匆忙，没有带证件。如果回来拿证件，又怕耽误事情。其实，只要给区政府办公室打个电话，他们就会下楼来接。但是，又怕老朋友笑话。在这样的场景下，进入区政府办公楼的方法油然而生：我把车就近停下，若无其事地走向办公大楼。一名保安小跑步过来，对我说："请出示证件。"我故意做出一副不屑一顾的姿态，反问保安："你是不是新来的？"这名保安先是惊讶，继而把他的思绪由证件转移到我的问话上，连忙说："来了不到半年。"我接着问保安："有没有想起我？"保安很快地上下打量了西装革履的我之后，赶紧说："见过，见过。"还没等我继续说话，保安就做出让我往办公大楼通行的姿势，我便大步流星地走了进去。在这样的场景下，通过与保安的对话，保安肯定把我看成大楼里的一名领导干部。为什么会出现这样的情形呢？原因很简单，北京大多数机关的保安都是一年一换的，这名保安在崇文区大楼处上班的时间绝对在一年之内，而崇文区办公大楼却有几套班子在上班，任何保安都不可能在一年之内认识完里面的所有人，当然也不可能完全认识里面的所有领导。正因为如此，北京的绝大多数机关的保安都可以看成新来的，当然也包括这个保安，我才可以坦然进入办公大楼。这就叫"知彼知己，百战不殆"。虽然此事是件小事，但是如果不在那样的场景下，我也不会想到这样的方法。

李　明：请举几个场景的例子。

雨城客：例子一：微雕。以前我对微雕一直理解不了，现在就能理解了。因为微雕是工艺师在特定状态下完成的。当工艺师在特定状态下，也就是说在特定的场景下，找到了进行微雕的方法，从而完成了微雕作品。反之，即便是工艺师本人，如果不在特定状态这样的特定场景下，也不可能完成微雕作品，更何况是普通人。例子二：《本草纲目》。李时珍在完成《本草纲目》的时候，就是在一种特定状态下。我们可以想象，在一个人有限的一生中，要搞清楚

《本草纲目》中的1892种草药的药性、药理，是非常困难的，更别说是各种草药的不同搭配。唯一的解释：李时珍是在特定状态这样的特定场景下才找到了特定方法的。例子三：《西游记》。吴承恩在完成《西游记》的过程中，也是在特定状态这样的特定场景下，要不然他也不会想到从天上到地下、从神仙到妖怪那么丰富多彩的人物，即便他有丰富的佛教知识。

李　明：场景就是机会吗？

雨城客：场景就是机会，我们应该珍惜特定的场景。有的特定场景是偶然出现的，正如我所举的进入大门的场景；而有的特定场景是必然出现的，正如进入特定状态是可以依靠意念来控制的。不管是偶然出现的场景还是必然出现的场景，都是难得的机会，我们就要充分地把握和利用。有一句话说得好，"成功都是给有准备的人"。虽然充分把握和利用机会与成功没有必然的因果关系，但是只要充分把握住了机会，离成功就不远了。之所以提到成功的问题，是想说明把握和利用机会的重要性。

李　明：请举几个面对场景成功的例子。

雨城客：例子一：张继科夺冠。只要不断成功，就会形成良性循环。张继科在参加奥运会之前就拿了世界杯和世乒赛的男单冠军，积淀了在重大比赛这样特定场景成功的经历。哪怕张继科在平时的比赛中也经常输球，甚至输给二三流选手，但是这并不影响他夺取奥运会冠军。只有在奥运会决赛这样的特定场景出现的时候，张继科才会进入自己在世界杯和世乒赛决赛取得胜利的状态，从而也帮助他夺取了奥运会男单冠军，从而成就了他不到两年时间就实现大满贯的梦想。例子二：学习的心理定位。就拿学习来说，有的人从小学到初中一直是全校第一名，他已经适应了各种考试的场景，更习惯了成为学校第一名的场景。哪怕他所上的小学和初中都是二流学校，当他进入一流高中之后，他就有较大的可能性成为全校第一名，在高考的时候就有可能成为该省的状元。

李　明：请举几个面对场景失败的例子。

雨城客：例子一：聂卫平的遗憾。在首届"应氏杯"围棋决赛中，聂卫平就有血的教训。由于"应氏杯"围棋决赛是五番棋比赛规则，也就是五打三胜，当时正是聂卫平状态最好的时候，如果他拿到这个世界冠军，不但会成就他个人的第一个世界冠军，也是中国的第一个世界冠军。他的对手是韩国棋手曹薰铉，同样没有获得过世界冠军。在心理上聂卫平还占有优势。即便聂卫平有夺取世界冠军的实力，但是他没有把握住机会，在先赢两盘的有利形势下连丢三盘，痛失冠军。不仅如此，之后他的状态越来越差，从此没有获得过世界冠军，反而曹薰铉得了

九个世界冠军。我们可以设想，如果在"应氏杯"中聂卫平得了冠军，也许情况就会倒过来。例子二：王皓的遗憾。在奥运会乒乓球男单决赛中，王皓三次进入决赛而三次拿了亚军。在这三次决赛中，冠军分别被韩国的柳承敏、中国的马琳和张继科获得。我们可以想象，能够进入奥运会男单决赛，不论是哪个项目，谁都有可能拿到冠军，获胜的概率应该是五五开。如果把奥运会乒乓球男单决赛看成某个特定的场景，我们就不难理解这个结果了。要说王皓第一次参加奥运会乒乓球男单决赛输给柳承敏有些偶然，那么在后两次跟队友的决赛中至少应该有一次取得胜利，因为他有参加大赛的经历：曾经获得过三次世界杯男单冠军、一次世乒赛男单冠军。其实不然，也正是他有奥运会男单决赛失败的经历，才会导致他继续失败。因为在奥运会乒乓球男单决赛的特定场景下，王皓在心灵深处储存的都是失败的阴影，这种阴影在一般情况下不会出现，而恰恰要到奥运会这样的特定场景才会出现。正因为如此，王皓依靠平时的努力是不可能克服这种阴影的，因为平时没有这样特定的场景。

李　明：不论是成功的例子还是失败的例子，面对场景我们应该怎么办？

雨城客：我们不能小看场景对人的影响，它甚至会影响人的一生。要充分利用场景为自己服务。当场景来临的时候，要在场景状态下进行总结，不断积累成功的经验，以便取得更大更多的成功。即便遇到失败，也要从失败的场景中总结出失败的原因，不要沉溺于失败的结果，目的是为了将来能够取得成功。

模仿的意义何在?

李　明：何谓模仿?

雨城客：所谓模仿，就是照着现成的样子学着做。模仿分为两类，一是对社会的模仿，主要包括对语言的模仿、对文化的模仿、对习惯的模仿、对规则的模仿和对行为的模仿等。二是对大自然的模仿，主要包括对动物的模仿、对山水的模仿、对花草的模仿、对江河的模仿和对风雨的模仿等。

李　明：模仿的本质是什么?

雨城客：模仿是人的一种本能，是人适应环境和生存发展的一种能力。模仿能力与生俱来，人之所以能够生存和发展，其中一个重要原因就是人具有模仿能力。

李　明：请谈谈对语言的模仿。

雨城客：如果把一名儿童送进幼儿园，那么几个月下来，他（她）就不但会说老师所教的普通话，还会说同学们所讲的方言，这是让人惊奇的结果。如果不把孩子送进幼儿园，就是一年半载也不能培养孩子的这些能力。同样的道理，如果把中国的儿童送到国外的幼儿园，那么孩子便能够很快学会讲外语。不仅孩子如此，成年人也如此，哪怕成年人学习语言的能力不如孩子。人之所以能够收到如此满意的学习语言的效果，其中一个重要的原因就是人对语言的模仿。

李　明：请谈谈对文化的模仿。

雨城客：人类在生存和发展中，小到一个群体，大到一个国家，都在传承着特有的文化。这些文化既有历史的传承，又有相互的融合。不管这些文化的具体内容如何，它们之所以能够传承和发展，其中一个重要原因就是人们对文化的相互模仿。模仿的过程是从个体的文化模仿到群体的文化模仿。因为群体中的每个成员都有文化模仿能力，所以通过个体的文化模仿才能形成群体的文化模仿，从而才能让群体的文化得到传承和发展。

李　明：请谈谈对习惯的模仿。

雨城客：习惯的外延比较广泛，主要包括个体习惯、家庭习惯、群体习惯、社会习惯、国际惯例等。我们也可以把习惯理解为文化的一个组成部分。但是习惯还是在一定程度上区别于文化。在诸多习惯中，个体的习惯是核心。个体的习惯影射着群体的习惯。个体的人会在不同的场景下表现出不同的习惯内容。之所以会如此，就是因为个体的人具有习惯的模仿能力。正所谓"入乡随俗"，亦可谓"习惯成自然"。

李　明：请谈谈对规则的模仿。

雨城客：人在社会中，就必须受到各种规则的制约或者必须融入各种规则之中。在单位有工作制度，在家里有家规家法，在社会有法律法规和道德伦理，诸如此类。人必须掌握诸多规则，否则就无法遵循。实际上，人之所以能够遵循规则，除了一部分规则需要学习之外，很多规则都是依靠对遵循规则的人的模仿得来的。正因为人对遵循规则的人进行了模仿，所以很多规则不需要花太多的时间去学习。当然，我们要正确面对学习与模仿的关系。有些规则是需要认真学习的，比如交通规则，否则吃亏的不仅是自己也会危害社会。

李　明：请谈谈对行为的模仿。

雨城客：主要包括对他人行为的模仿和对动物行为的模仿。对他人行为的模仿，有好的也有坏的。正所谓"近朱者赤，近墨者黑"。同样，如果在社会上树立了榜样，由于行为模仿的存在，便会有利于普及社会需要的道德。人对动物的行为也会有模仿，我国拳法中的形意拳，就是模仿动物的结果。

李　明：请谈谈对大自然的模仿。

雨城客：人们之所以会喜欢安静的环境，之所以会喜欢绿色食品，之所以会喜欢旅游观光，之所以会喜欢融入大自然，就是因为人具有对大自然的模仿能力。人通过对大自然的模仿，在自己心中塑造了大自然美好的模式。只要自己所处的环境与自己心中大自然的模式不同，至少就会产生反感，从而就会向往大自然、追求大自然、呵护大自然。

承诺的内涵是什么？

李　明：何谓承诺？

雨城客：承诺是答应并照办。狭义的承诺，是企业与企业之间的契约或者合同达成的标志。广义的承诺，是两个主体之间形成权利和义务关系的标志。承诺的方式有三种，一是口头承诺；二是书面承诺；三是行为承诺。

李　明：请谈谈狭义的承诺。

雨城客：狭义的承诺体现在契约上。当契约一方提出要约的时候，契约另一方作出承诺，承诺的方式不管是口头的、书面的还是行为的，契约就成立了。契约成立之后，还有一个契约生效问题，要么是双方约定某个时间，要么是双方约定某个条件，最终契约开始生效。契约一旦生效，契约双方就要履行契约条款，主要就是履行契约的权利和义务，这个过程就是兑现承诺的过程。在履行承诺过程中，需要契约条款和信义来维系，否则就需要违约条款来保证守约一方的利益。比如，买卖双方的契约就是典型的契约。随着契约方式的不断发展变化，契约的内容也不断丰富，契约就演变成现代的合同。合同的含义比早期的契约更广泛、更丰富、更规范。因为合同的种类已经由最初的买卖合同发展成为多种合同，包括买卖合同、贷款合同、供电合同、供水合同、加工合同、劳务合同、合作合同、合资合同、国际贸易合同、国际合作合同、国际合资合同和其他合同等。

李　明：为什么说合同的基本条款是稳定的？

雨城客：不管合同的种类有多少，也不管合同的内容有多丰富，合同的基本条款是稳定的。合同的基本条款：一是合同名称，标志着合同的种类；二是合同双方的名称，一般为甲方、乙方；三是订立合同的依据，包括法律依据和基本原则；四是合同标的，决定着合同的性质；五是数量价格方式条款，是承诺的主要内容，也是合同的核心部分；六是权利义务，是

承诺的分解内容，也是保证合同履行的基本内容；七是违约责任，是对违约一方的惩戒条款；八是争议解决办法，主要有协商、诉讼、仲裁三种方式；九是不可抗力条款，主要是免责条款；十是合同生效条款，主要是合同生效的时间或条件；十一是公证条款，有的合同需要公证；十二是合同份数，合同至少两份；十三是合同签订，包括签字、盖章；十四是合同订立时间，签署合同的具体时间。

李　明：合同基本条款的稳定性说明了什么问题？

雨城客：合同基本条款的稳定性说明了两个问题：一是任何合同都是在合同的基本条款的基础上增加或者减少某些条款而形成的；二是合同的基本条款之所以能够稳定，归根到底还是由承诺的内容和如何兑现承诺所决定的。

李　明：请谈谈合同的兑现问题。

雨城客：既然有了承诺，继而形成合同，就应该兑现承诺或者履行合同。但是有些合同往往不能履行或者不能完全履行，从而导致承诺不能兑现或者不能完全兑现。究其原因，一是因为承诺者或者合同当事人在客观上遇到了不能履行合同或者不能完全履行合同的原因；二是因为承诺者或者合同当事人在主观上就不想或者不愿履行合同。如果是客观原因，双方可以通过协商或者其他办法来解决，这也是合同履行的继续。但是，如果是主观原因，合同订立得再好也是一纸空文。

李　明：要保证承诺能够兑现，根本上要靠什么？

雨城客：要保证承诺能够兑现，根本上还是要靠信义。信义好的人，即便没有合同也会兑现承诺；信义不好的人，即便有合同，也不一定会兑现承诺。当然，合同毕竟是一种规范的保证承诺兑现的形式，只要是有承诺，都应该有合同，至少让合同双方在心理上放心一些。此外，合同还是兑现承诺的行动指南或者日程表，因为承诺的内容细化之后，单靠记忆是不够的，它需要书面的提示作为辅助。

李　明：请谈谈日常生活中承诺的情况。

雨城客：承诺不仅仅以合同的方式体现，承诺的内容也不仅仅发生在企业与企业之间。在日常生活中或者社会交往中，需要大量承诺，也存在着大量承诺。大量的承诺一般不以书面承诺为主，而是以口头承诺和行为承诺为主。一般情况下，承诺者一旦有了承诺，就会把承诺当成一种行为的信条，再难也要完成或者为之努力。比如，当你答应帮助朋友办一件事情之后，就应该尽力去办。再比如，当你承诺一个即将死去的人要收养他的子女之后，就要把其子女抚养成人。然而，正因为日常生活中的承诺是以口头承诺居多，在形式上仅仅靠信义来维系，所以其可变性就要比合同大得多，在兑现日常生活中的承诺的过程中，变数就比较大。有些承诺可能兑现了，而有些承诺得不到兑现。

李　明：请谈谈意志与承诺的关系。

雨城客：不管是什么承诺，一旦有了承诺，就需要意志作为支撑。履行承诺或者兑现承诺的意志是否坚定，决定着承诺兑现的效果。信义或者背信弃义都是意志的表现形式。有什么样的意志就有什么样的行为，有了讲信义的意志，兑现承诺的效果就要好许多；有了背信弃义的意志，承诺往往得不到兑现。左右承诺兑现的意志的因素很多，除了信义或者背信弃义之外，也存在着利益关系和利害关系，还存在着各种潜规则。因此，有些承诺能够得到兑现，而有的承诺就得不到兑现。我们应该有一颗平常心、凡夫心、平静心，要像容纳承诺能兑现一样来容纳承诺不能兑现，这样我们的生活就少一些烦恼而多一些快乐。

097 迷惑的本质是什么？

李　明：何谓迷惑？

雨城客：迷惑，即辨不清是非。迷惑之迷，往往具有诱导性或引诱性。比如，唐僧在取经的过程中所遇到的美色（不论是妖怪还是国王），便是典型的迷惑之迷，一般人是经不住引诱的。迷惑之惑，就是看不清方向、真假。所以，迷惑之迷是方式或手段，迷惑之惑是目的或障碍。

李　明：迷惑可能发生于什么领域？

雨城客：迷惑可能发生于社会中，也可能发生于自然界。在社会中，迷惑是经常出现的。即用迷惑的手段，以达到掩盖事实真相之目的。比如，在战争中，便有"迷魂阵"战法、"诱敌深入"战法。不论是哪种战法，都使用了迷惑之术。在自然界，迷惑也是普遍存在着的。在人们探索客观规律的过程中，必然会受到现象或假象的迷惑，以至于增加了发现客观规律的难度。所以，迷惑必然会耽误时间，甚至会导致错失良机。不论在社会还是自然界，人们在寻找真理的过程中，到处都充满着迷惑，就像世界总是充满矛盾一样，这就是人们寻找真理困难的原因。正所谓"真理总是掌握在少数人手中"。也正是由于迷惑普遍存在,才让大多数人受困于迷惑之中,只有那些孜孜不倦而把握住了机遇的少数人,才能穿越迷惑发现并掌握真理。

李　明:迷惑的大小具有相对性吗?

雨城客:不论在什么领域,有的迷惑总是大些,有的迷惑总是小些,迷惑的大小具有明显的相对性。迷惑的大小既与排除迷惑而去寻找的真理(目标)有关,也与努力程度有关,还与能力大小有关。在努力程度和能力大小不变的情况下,目标越远大则迷惑就越大;在目标不变的情况下,努力程度越高、能力越强,则迷惑就越小。

李　明：请谈谈个体能力和群体能力。

雨城客：就个体能力而言，在某个时间段，其大小应该是可以计量的。至于其能力发挥多少，要依不同的场景而定。群体能力比较复杂，因为群体能力既涉及个体间相互竞争问题，又涉及相互协作问题。只有在不同个体相互协作的情况下，才会形成群体的合力，即群体的能力。个体的数量和质量是基础，在这个基础上才会产生协作的效果。因此，群体能力的变数比较大。至少在增加个体数量和提高个体质量的基础上，加强个体间的协作，才会提高群体能力。因此，大的事情或目标，只有依靠群体的力量才能完成。推而广之，国家的强盛，需要举整个国家之力。

李　明：为什么说个体能力具有基础性作用呢？

雨城客：不论是个体能力的发挥还是群体能力的增强，不论是哪个领域的目标实现，都需要个体的努力，都离不开个体的努力。只有个体做到：心定而动，具有坚定的信念、坚强的决心、坚韧的恒心，才能力排众多迷惑，才会奠定群体能力的基础，也才能到达真理的彼岸。

眼光的本质是什么？

李　明：何谓眼光？

雨城客：眼光是观察事物的能力，是超出寻常的看法，而不是指眼睛之光。眼光与观察有关，而观察则需要以眼睛为基础。观察不仅仅是用眼睛看，还包括用心看。眼光应该与眼睛之光有关，即眼睛放光者或目光炯炯有神者，其对事物的见解必然非同一般。有眼光者，可以看到事物的本质，对一般现象有独到的见解。

李　明：眼光来自何处？

雨城客：眼光主要来自人的天性，即有的人天生有眼光，而有的人则天生没有眼光。当然，有眼光与否具有相对性，有的人对此事有眼光而对彼事则茫然，有的人对彼事有眼光而对此事则茫然；有的人在一个阶段有眼光，在另一阶段则茫然。眼光的相对性还体现在不同的人的相互比较方面，即某人相对于此人有眼光而相对于彼人则没有眼光。

李　明：如何对眼光进行分类？

雨城客：根据不同领域，可以把眼光分为三类：一是对人的认识过程中的眼光。二是对自然界及其规律认识过程中的眼光。三是对社会现象及其本质认识过程的眼光。根据认识的不同阶段,可以把眼光分为两类:一是对现象认识的眼光,现象的内容包括人的现象、自然现象和社会现象等。二是对本质认识的眼光,本质的内容也包括人的本质、自然规律和社会本质等。

李　明:请谈谈眼光的主观性和客观性。

雨城客:眼光存在着主观性与客观性。眼光的主观性体现在眼光本身方面,即不论在眼光产生的开始、过程还是结果的哪个阶段,都具有主观性。眼光通常被称为见解。任何人都会有自己的见解。见解的主观性主要体现在见解本身可能会出现谬误,无论见解者有多么自信。眼光的客观性体现在两个方面:一是

眼光必须依托于眼睛和大脑等客观存在而存在。眼睛和大脑的客观性决定着眼光的客观性。二是眼光必须依托于眼光所观察到的事物是否符合真实的客观实际，包括现象的存在和本质的规律。这些现象的存在和本质的规律的客观性反映着眼光的客观性。

李　明：眼光可以培养吗？

雨城客：即便眼光主要来自人的天性，眼光也可以后天培养。一般而言，只要执着、专注，便可以提高眼光的能力。眼光存在差异性，因为一般人的眼光必然是一般的眼光或通常的眼光，其区别于独到的眼光或见地。有的职业需要有独到的眼光才能有所作为，如科学研究。因此，有的职业不一定适合任何人，而只适合某些少数具有独到眼光之人。培养眼光的能力也是有限的。尤其是在择业上，一方面要尽量提高自己的眼光能力，另一方面也要理智地分析某个行业是否真的适合自己。

099 防备的意义是什么?

李　明：何谓防备?

雨城客：防备是做好应付攻击或避免受害的准备，即防止和准备。所谓防止，就是制止不利的事件或者结果发生，具有明显的主动性。之所以需要防备，是因为社会复杂；之所以可能受到伤害，是因为存在着不安全或者安全隐患。所谓准备，就是不利的事件或结果发生的时候，有相应的应对手段，具有明显的被动性。防备的被动性表现为被动对抗或者即将被动对抗。防止是前提，准备是保证。有了防止，不利的事件或结果就有可能不发生。有了准备，即便不利的事件或者结果发生，也不至于手忙脚乱、措手不及，造成更为不利的后果。

李　明：防备的对象是谁?

雨城客：防备的对象，既包括传统意义上的坏人，也包括来自各个区域、各个领域的不利或者有可能不利的危害。正所谓"害人之心不可有，防人之心不可无"。所以，防备总比不防备好，有防备总比没有防备强。

李　明：防备有何特点?

雨城客：防备既有主观性，也有客观性。防备的主动性决定了防备的主观性。对于需要防备之对象，既可以采取主动出击的办法应对，正所谓"进攻是最好的防御"，也可以采取不主动出击的防备措施。只要有充分准备，以逸待劳，就不怕任何情况发生。防备的被动性决定了防备的客观性。需要防备的事件一旦发生，就是一个客观存在，就必然具有其客观性，也就必然要求采取相应的客观防备措施进行应对。正因为防备具有主观性和客观性，所以防备既在我又在他。在我者，通过采取各种防备措施，使不利情形不发生；在他者，即便不利情形发生，我也有相应的应对措施。

李　明：对一个国家而言，需要防备什么？

雨城客：对一个国家而言，就要应对对外和对内这两个方面的防备问题。国家的防备必然与国家的具体情况、需要和发展阶段等有关。

李　明：请谈谈关于对外防备问题。

雨城客：关于对外防备，主要是四个方面。一是国防。建设和拥有一支强大的人民军队，防备外敌侵犯，防备战争，防备武装冲突。二是防备国际恐怖袭击。建设一支强大的人民公安队伍或者反恐队伍，防备国际恐怖袭击和国际恐怖事件。三是防备国际网络袭击。对国家安全、金融安全等要建立安全保障体系，防备受到来自国外的网络袭击。四是防备国际犯罪。对于诸如贩毒、海盗等，人民军队或者维和部队应该与国际组织合作，共同防备国际犯罪。

李　明：请谈谈关于对内防备问题。

雨城客：关于对内防备，主要有八个方面。一是防备自然灾害。对于防备自然灾害而言，有国家层面的，也有区域层面的。不管是防备哪个层面的自然灾害,也不管是防备地震、洪涝、病毒、细菌等哪种自然灾害,都需要政府主导、社会参与。二是防备犯罪。对于防备犯罪,也存在着国家层面和区域层面的问题。应按照属地原则进行防备,属于全国性的犯罪由国家有关部门负责,属于地方性的犯罪由地方有关部门负责。三是防备群体性事件。要找准群体性事件发生的原因,正确处理好各种上访事件,尽量把群体性事件处理在萌芽中、处理在基层中。四是防备不利舆论的蔓延。舆论大体分为三种,有在实际社会生活中的舆论,有以传统媒体为载体的舆论,有通过网络媒体传播的舆论。不管是哪种形式的舆论,都必然有对国家有利的舆论和对国家不

利的舆论。关于对国家不利的舆论，要防备其肆意蔓延。五是对干部队伍贪腐的防备。在党纪、国法的基础上，既要有完善的各种制度体系，也要有完备的管理运行机制体系，还要有健全的惩戒措施体系。六是防备网络犯罪和网络侵权。网络毕竟是新生事物，网络犯罪和网络侵权也层出不穷。因此，要完善网络犯罪和网络侵权的各种法律法规，加大对网络犯罪和网络侵权的打击力度。七是防备经济犯罪。经济犯罪不同于传统犯罪，因此，一方面要不断完善各种经济法规，另一方面要加大对经济犯罪的打击力度。八是防备国内的恐怖袭击。恐怖袭击既然有国际的，就必然有国内的。既然存在恐怖袭击或者恐怖袭击的可能，就应该有相应的反恐应对措施。

创造的意义是什么?

李　明：何谓创造?

雨城客：创造是建立、发现或做出从未有过的事物。狭义地讲，创造就是创作、制造和发明。创作包括文字创作、图形创作和音乐创作等。制造包括制作和建造。广义地讲，一切能够促进和推动人类社会进步和发展的智力成果都是创造，如发现、发明、设计、流程、方案等。尤其是发现，它是对客观事物规律的认识（包括人类自身、自然和社会）。发明则是在发现的基础上，或者在认识事物规律的前提下，搞出新产品、新设计、新方案、新流程等智力成果的过程。可以这么说，没有创造，人类社会就不会进步和发展，因此创造是人类社会发展的基础、根本、源泉。

李　明：请谈谈创造的新颖性。

雨城客：创造就是搞出新东西或新成果的过程。所谓新，具有相对性，存在着绝对新和相对新的差别。所谓绝对新，是就人类社会整体而言具有新颖性，即在某个时间之前尚未有过或出现过。所谓相对新，是创造者不知道已经出现过或已经有过，对其而言具有新颖性。正因为创造者自己不知，所以相对新的创造也是创造者独立完成的智力成果。实际上，很多智力成果都具有保密性，即便已经有过或出现过。正因为保密才会出现他人不知，而不知并不意味着不存在，也才会产生相对新的创造。虽然说人类的智力成果理应为人类所共享，然而由于局部利益的存在而需要保密，才出现创造的相对新的问题，当然也会出现他人走弯路的问题。创造的过程是漫长的，诸如航天技术、航空技术、导弹技术、船舶技术、卫星技术、军事技术等，就是这样一个过程。尤其是在国家还存在的人类社会发展阶段，对创造性成果进行保护是必不可少的。这就是知识产权保护的问题，即通过各个国家的法律法规和国际公约对知识产权进行保护。

李　明：请谈谈创造性成果的不均衡性问题。

雨城客：创造性成果产生的过程有着相似之处，因此相对新的创造才会层出不穷，哪怕路途弯曲、耗时较多。换一个角度看，之所以会出现相对新的创造性成果，是因为创造性成果涉及国家之间的利益问题，涉及知识产权保护问题。正因为有了知识产权的保护，各个国家才存在着科技发展水平的差异性，或者人类创造性成果的分布的不均衡性。这种创造性成果的客观差异性或者不均衡性的存在是正常的，符合人类社会发展的心理特征，主要原因是局部利益的存在，诸如国家利益、地区利益、私人利益等，因为谁也不会无偿地奉送自己的劳动成果，包括智力成果。而事实上，正因为局部利益的存在或者利益驱动，有的智力成果或创造，在确保技术保密的前提下，会把智力成果或创造转化为产品，以获得更多、更大的利益。也就是说，保密存在着相对性，当智力成果的拥有者获得利益的同时，其智力成果在客观上已为人类所共享。

李　明：请谈谈创造潜能问题。

雨城客：人类的创造潜能应当大同小异，不论什么国家、什么种族、什么民族，皆然。然而，实际上只有少数人具有创造性成果，为何？这就涉及一个实际创造能力发展问题。因为创造不仅仅决定于人的创造潜能一个方面，还决定于创造的条件，包括国家整体科技水平、国家体制机制、具体工作条件，诸如仪器设备、对待智力成果的方式等。由于这些创造条件存在不同，哪怕其中一个因素不同，也会导致创造成果的天壤之别。换句话说，不具备创造条件的国家或者个人，哪怕具有创造潜能，也发展不了创造能力，从而也不可能有创造性成果。

李　明：请谈谈创作问题。

雨城客：创作是最普遍、最容易做到的一种创造。不论在哪个国家，也不论是使用哪种语言，古今中外，人人都可以搞创作。但是，要想创作出不朽之作，也不是那么容易的事情。因为不朽之作是好中之好的作品，除了质量寓于数量之中之外，还需要有产生上佳作品的土壤，即国家环境。总体上来讲，上佳作品必须具备三个条件：一是作品本身必须是上佳的。由于其作品所反映的客观世界已经具备划时代的特征或影响，国家的社会环境足以产生划时代作品的客观存在，同时又被划时代的作品所反映出来。二是作品还必须被社会所认可。这是作品社会化的过程，也是非常艰难的过程或耗费时间较多的过程。对创

作者而言,由于其精力和时间的有限性,还不要说其是否要参加较多的社会活动,既要搞创作又要使作品社会化,难免会出现顾此失彼的情况。再加上社会之人皆处于竞争状态,谁也不希望别人爬到自己头上来,就会有意无意地对作品加以否定、阻挠。上佳作品的问世更是艰难,因为会出现好作品成果被窃取的可能性。所以,好作品的问世非常艰难。而有的好作品往往是在作者逝世或者即将逝世的时候才诞生,就是作品社会化出了问题,或者对作品的社会化有所顾虑之缘故。当然,对一般的作品而言,由于其作品具有肤浅性,等不到作者逝世也就丧失其价值了,当然也就不用担心作品社会化的问题了。三是划时代的作品在社会化的过程中或之后,要能够真正推动社会的进步或发展,这也是检验作品能否由好作品向划时代作品过渡的实践验证。

李　明：如何培养创造能力？

雨城客：创造能力可以培养。因为创造性是人的天性，当创造潜能与一定的条件有机结合之后，便能产生创造性成果，从而也能够不断强化创造能力。因此，创造能力培养主要有三种方式：一是挖潜。主要方式是学习。通过学习，可以不断挖掘或激发创造潜能。二是融入一定的条件之中。当融入了一定的创造条件之后，自己的创造潜能就能够得到发挥，从而也就有可能有创造性成果。同时，在自己产生创造性成果的过程中，也会不断强化创造能力。三是在使自己的创造性成果社会化的过程中强化创造能力。只要自己的创造性成果不断被社会化，就能够反过来激发、促进自己的创造能力的发展。

李　明：请谈谈创造的埋没问题。

雨城客：通常情况下，创造可以分为职务创造和自发创造两种。有条件进行职务创造当然最好，绝大多数人则不具备进行职务创造的条件。即便如此，也要努力寻求机会进行创造，否则就是自我埋没。通常或者绝大多数埋没都是自我埋没。如果一个人连一点创造性成果都没有，谁会发现其创造能力呢？因此，只有自己才能培养并证明自己是千里马。至于伯乐是否出现，那是次要的，也是自己无法掌控的。

李　明：创造者应该有什么心理准备？

雨城客：创造者要耐得住寂寞。因为创造的过程就是忍耐寂寞的过程或者忍耐痛苦的过程，而寂寞则是创造过程中最大的魔障。只有耐得住寂寞，才可能有创造性成果。当然，即便耐得住寂寞，也不一定有创造性成果。耐得住寂寞是产生创造性成果的必要条件，但不是充分条件。

后 记

早在2013~2014年,《心灵深处》的主体部分曾以散文形式发表于"雨城客的博客",虽然许多文章具有一定的理论性、独创性和系统性,但是缺乏人民性,所以一直没有汇集出版。近年来,作者一直在学习各种理论知识,尤其是学习习近平新时代中国特色社会主义思想,深刻领悟到:好的作品必须充分体现人民性。再加上《冠心病日记》的出版发行,在体现作品人民性方面积累了一些经验,所以《心灵深处》才如期出版发行。

《心灵深处》之所以能够顺利修改、完善、出版、发行,离不开各方面亲友的大力支持!

作者的母亲阮汝珍一直希望有一册适合于自己的防治心理疾病的行动指南,《心灵深处》在一定程度上满足了老人家的心愿。

云南省作协的胡性能、李朝德等朋友,十分关注、关心、关怀作者的创作心路。

北京星鑫文化艺术交流中心的王建明,为《心灵深处》的出版辛勤劳作。

云南美嘉美印刷包装有限公司的陈若松,为《心灵深处》的美编付出很多努力。

李波、李亚昀等亲属，为《心灵深处》的日臻完善添砖加瓦。

在此，作者一并向为《心灵深处》的诞生付出辛劳的各位亲友表示诚挚谢意！

上佳的珠玉需要慧眼之人，优良的作品需要欣赏之人。为了便于理解《心灵深处》的内涵，促进心理健康，作者愿与读者交流互动，特提供基础信息：

邮箱：yuchengke@qq.com。

雨城客
癸卯年金秋·昆明